Los Hackers Rebeldes de Point Breeze

Nelson Hamel & Charles Sibley

ERASMUS CROMWELL-SMITH

Los hackers rebeldes de Point Breeze

ISBN: 979-8-9873115-4-7

Editor y traducción: Elisa Arraiz
Diagramación y portada: Alfredo Sainz Blanco
Publicado por Erasmus Press

www.erasmuscromwellsmith.com

Primera edición en USA
2023

INTRODUCCIÓN

Al principio fue una idea descabellada, algo simplemente incomprensible. Sin embargo, combinando ingenio desenfrenado y talento ilimitado de alguna manera lo logramos. El problema fue que por el camino y sin darnos cuenta jugamos a ser Dios.

Las consecuencias se manifestaron cuando se desataron unas fuerzas proporcionales a nuestra transgresión y mucho más allá de nuestra comprensión. Por lo tanto, sin saber en ese momento dónde podía terminar todo esto, decidimos contar lo sucedido con la esperanza de que nuestro testimonio ayude a que otros no cometan los mismos errores que cometimos nosotros. Así es como lo hicimos: utilizamos una supercomputadora cuántica para descifrar y procesar todos los datos; primero construimos una interfaz cerebro-máquina, seguida del desarrollo de un algoritmo que nos permitió interpretar las ondas cerebrales, las señales y los impulsos eléctricos, convirtiéndolos en lenguaje natural. Al mismo tiempo, digitalizamos el genoma humano codificándolo en un sistema operativo para el cerebro. A continuación, construimos una red neuronal artificial que emula las funciones y operaciones cerebrales reales. La interfaz cerebro-máquina, junto con el algoritmo de aprendizaje automático nos permitió, a través de la red neuronal que se ejecutaba en la computadora cuántica, replicar la inteligencia humana.

Simultáneamente, el sistema operativo construido a partir del genoma humano (ADN), implementado en el cerebro artificial replicado y junto con el algoritmo nos permitió reproducir la conciencia humana dentro de la red neuronal. Fue precisamente en ese momento, al darnos cuenta de que el ADN tenía que formar parte de la ecuación para crear vida humana digital, que involuntariamente separamos la inteligencia y la conciencia humana de nuestros cuerpos físicos. Y al hacerlo, empezamos a jugar a ser Dios. Fue entonces cuando nos caímos por un precipicio hacia un mundo desconocido y aterrador donde no pudimos controlar nuestra caída y mucho menos salir de ella. Tal vez, llegando a este punto, debería explicarme mejor, volver al principio mismo y a cómo comenzó todo…

(Texto introductorio encontrado en la pantalla de una computadora en el laboratorio de computación cuántica de la Universidad de Syracuse. A continuación se encuentra el resto de la historia).

Capítulo 1

LOS ESPACIOS BLANCOS EN EL LAGO ERIE

ESPACIOS EN BLANCO

Los espacios en blanco ocurren

en un breve momento en el tiempo,

entre el cielo y la tierra,

ni aquí ni en el más allá.

Nuestro cerebro todavía está intacto,

pero la vida de nuestro cuerpo ha cesado.

Ahí es donde se encuentra el espacio níveo,

un lugar que no gobernamos ni controlamos,

donde puede nacer una nueva vida

o el puro terror puede atraparnos

y perdernos para siempre en el universo.

Jonas

Antes que nada, permítanme presentarme: mi nombre es Jonas Cartwright (más sobre mí después). En la actualidad mi yo digital está dentro y forma parte de Larry Willet (más sobre él luego). Como pronto se darán cuenta, las cosas no van bien...

Casa de familia, Point Breeze, estado de Nueva York

Estoy aterrorizado por la alturas y siento que mis pies están sobre un gel resbaladizo. Estoy a punto de caer, el vértigo me atrapa por completo. La ironía es que, a diferencia de Larry Willet, mi objetivo, me encanta el vacío y siento una atracción apasionada y fatal hacia el abismo, los acantilados y los precipicios, específicamente, me gusta saltar desde ellos. Sin embargo, el problema ahora es que ya no puedo hacerlo, al menos por mí mismo, debido a mis propias circunstancias.

Tembloroso y pálido, Larry está parado en el borde de la ventana del segundo piso de mi habitación. No hay árboles que lo ayuden a caer, solo una cama llena de rosas con espinas gigantes esperándolo directamente debajo. La luna llena intensifica la inquietante situación. Mi habitación es la de un inválido en silla de ruedas y barandas en el baño. Tengo numerosas computadoras, servidores, pantallas gigantes y un tubo para enviarles instrucciones. La casa Tudor sobre la que Larry se tambalea al borde de una peligrosa caída es mi casa. Lo veo como, poco a poco, desliza los pies a lo largo del barandal y con la espalda pegada a la pared. Este desastre comenzó hace unos momentos, justo cuando mi mamá entró en la habitación.

—Hola mamá, —le digo acercándome para besarla.

—¿Qué tipo de broma enferma es esta? ¿Dónde está Jonas? ¿Dónde está mi hijo? —dice mi mamá.

¡Lo que ella ve frente a ella es otra persona!

—Mamá, soy yo.

—¡Deja de hacer eso, muchacho! Sé quién eres. Eres el mayor de los chicos Willet. ¿Larry?, ¿verdad? No sabía que Jonas y tú fueran lo suficientemente amigos como para que te invitara. Entonces, ¿dónde estás hijo? Jonas, ¿dónde estás? ¡Muéstrate ahora mismo!—grita mi mamá mientras busca en la inmensa habitación.—Muchacho, no sé qué tipo de broma estás tratando de hacer, pero no me gusta ni un poco. Cariño, ¿puedes venir aquí?

Mi madre sale de mi habitación gritando, llamando a mi papá.

Larry, instintivamente y en estado de pánico, sale de mi habitación por la ventana y se para en el borde.

"Mi madre no me reconoce. ¿Qué estará pasando? No tengo control sobre Larry. Su personalidad tomó el control y desplazó la mía", reflexiono, lleno de miedo por la sensación de hundimiento y porque el fin de mí mismo está cerca debido a un error catastrófico en la transferencia de datos.

De repente, una mano gigante agarra el tobillo derecho de Larry a través de la ventana abierta.

—¿Dónde está mi hijo? ¿Quién eres?

Esas palabras enojadas brotan en la oscuridad de la noche. Larry voltea la cabeza hacia la voz familiar.

"Es mi padre", me doy cuenta con frustración porque sé que no me va a reconocer. Sin embargo, lo intento.

—Papá, soy yo, Jonas, —suplica Larry.

—Cariño, llama a la policía. Tienes razón. Él es el mayor de los chicos Willet y está invadiendo nuestra propiedad, —instruye mi papá en voz alta a mi mamá, sin tener ni idea de que necesito desesperadamente que él me reconozca.

En ese preciso momento Larry se deja caer sin siquiera preguntarme si nos dejamos caer. Cae en picada y yo me preparo.

—¡No de nuevo, por favor!, —clamo y ruego en pánico. —¡Querido Dios, por favor no permitas que el destino se repita en mi nuevo ser físico!

Cuando Larry cae sobre el techo de lona del patio y la estructura se derrumba, el golpe es inesperadamente suave y rebotamos ligeramente sobre ella. Aún en el aire, mientras cae, se agarra a uno de los tubos de soporte de la lona, lo que interrumpe su caída pero lo deja colgando. Luego, en cámara lenta, desciende hasta el suelo mientras el techo de lona se desploma por completo bajo el impacto de la caída y el peso de su cuerpo. Larry, en estado de pánico, comienza a correr como un loco antes de que alguien salga de la casa. Mientras tanto, yo solo puedo observar desde dentro de su cerebro y trato de averiguar cómo controlar la situación.

24/7, restaurante de hot dogs de Connor,
Point Breeze, Estado de Nueva York

Después de una breve carrera Larry llega al centro del pequeño pueblo y entra a la venta de hot dogs de Connor, que es el lugar de reunión local, y se derrumba en uno de los asientos. Luego se mejora aunque sigue sudando y temblando.

—Larry, mírame, ¿de qué tienes miedo?, —le pregunta la joven camarera.

De repente la personalidad de Larry desaparece y soy yo quien está a cargo nuevamente de nuestro cerebro, pero no puedo entender por qué. "Esta mujer y yo apenas hemos intercambiado una sola palabra. ¿Por qué está tan amable conmigo y me llama Larry?" Mientras trato de entenderlo todo mientras siento que me estoy desvaneciendo en el olvido, en algún lugar de la mente de Larry, mi objetivo. Me vuelvo hacia su rostro preocupado con una mirada vacía, sintiéndome totalmente confundido. Quiero huir y salir de este lugar.

—Estoy un poco perdido y no sé exactamente quién soy en este momento, —balbuceo ansioso, caminando abruptamente frente a ella.

—¿Qué le pasa? —murmura ella mientras vuelve a sus tareas.

Salgo corriendo de Connors y camino sin rumbo fijo por la calle Old Lake Shore Road sin saber qué hacer. Un claxon que suena justo trás de mí me hace saltar cuando se detienen a mi lado tres chicas adolescentes en un Mini Cooper rojo descapotable con Lady gaga cantando a todo volumen.

—Larry, ¿dónde has estado? Te hemos estado buscando toda la tarde, —dice Karlie, la novia pelirroja de Larry durante los últimos dos años.

"Primero, mi papá no me reconoce y ahora me encuentro con las amigas de Larry", reflexiono frustrado. Un sentimiento raro y enfermizo se extiende por todo mi cuerpo. La miro a los ojos verdes llenos de amor y trato de entenderlo todo. "¿Quién es ella?", me pregunto mientras vuelvo mis ojos nervioso. Luego corro hacia el parque junto al lago.

Karlie salta del auto y comienza a perseguirme.

—Larry Willet, ¿a dónde crees que vas? —grita ella.

Pero yo sigo corriendo frenéticamente y sin control, convirtiéndome en un pequeño punto en la distancia.

—Ven, Karlie, sube, vamos a perseguirlo, —dice su amiga Emma.

Conduciendo a través del césped del parque, me alcanzan en poco tiempo.

—¿Qué te pasa?, —Karlie grita mientras conduce a mi lado.

—Déjame en paz, no las conozco, —respondo de repente y me detengo solo por un segundo entre respiraciones.

Las tres amigas de Larry están atónitas por la intensidad de mis palabras y mis gritos histéricos. Instintivamente, Emma detiene el auto y las tres se quedan en silencio. Totalmente confundido, sigo corriendo hacia el lago.

—¿Viste sus ojos?

—Pura locura y miedo.

Larry camina sin rumbo por la playa de Point Breeze con ojos confundidos pero intensos. La gente cree que se ha vuelto loco.

El magnífico telón de fondo del lago Erie sobre el hermoso y pintoresco pueblito cerca de las Cataratas del Niágara es el lugar donde crecí, pero el inquietante problema es que todos los amigables habitantes de este "pequeño" paraíso de Point Breeze parecen conocerme como Larry, aunque yo no recuerdo a ninguno de ellos. No es de extrañar que mis reacciones de incredulidad parezcan desconcertar y luego preocupar a quienes se cruzan en mi camino. Lo que piensa todo el mundo y el rumor que se propaga rápidamente es que ocurre algo grave con el joven Larry Willet.

El hacker rebelde

En cuanto a mí, Jonas Cartwright, soy un hacker de día y de noche y vivo al margen de la sociedad; por eso no soy tan conocido en el pueblo como Larry. En el ciberespacio me conocen como Chief Rb. Actualmente me encuentro en un problema serio porque por mucho que trato de dirigir a mi objetivo no logro hacerlo. Larry hace lo que le place. El problema es que todos sus recuerdos, por el momento, fueron borrados y los que tiene ahora son solo los de mi propia vida. Pero su personalidad todavía está presente y ha tomado el control sobre la mía. "Estoy atrapado", es la verdad que finalmente se abre paso en mi testarudo ser.

A través de una obsesión ciega e imparable logré alcanzar lo imposible: estar vivo dentro de la mente de otra persona. Al principio todo parecía sencillo, pero mi suposición clave estaba equivocada. Pensé que descargar toda la información de los bancos de memoria de Larry y reemplazarla con la mía me habría puesto a cargo de su cerebro. Bueno, la primera parte funcionó bien, pero lo que no tuve en cuenta fue que su voluntad, conciencia, carácter, temperamento, sentimientos, tendencias naturales e instintos seguirían estando allí. En otras palabras, no estoy a cargo porque su personalidad sigue en control y solo está impulsada por los recuerdos de mi vida y mis bancos de datos. Mientras tanto, lo que queda de mí es una sensación desvanecida de quién soy que tiene la forma de una cadena de datos alojada en los bancos de memoria del cerebro de otra persona. Esa cadena de datos representa otra vida en la mente de mi confuso objetivo, una vida que no le pertenece. Para empeorar las cosas mi cuerpo está muerto. Entonces, incluso si supiera cómo salir del lío en el que me encuentro no tengo adónde ir ya que mi masa corporal, mi carcaza, desapareció enterrada a seis pies bajo tierra.

Hace un año:

Yo mismo, Jonas Cartwright, y uno de los Rb Hackers en el cine del pueblo de Point Breeze

Soplando un tubo, me dirijo en mi silla de ruedas motorizada hacia la primera fila del teatro y la estaciono en el pasillo junto al escenario. Además de mi cuerpo cojo y atrofiado, soy un joven de 19 años, desertor universitario, con cabello rubio rizado, ojos azul-grisáceos y una expresión permanente de sorpresa. Vivo a poca distancia del teatro. De todos los artistas itinerantes que nos visitan de vez en cuando, ya sean magos, ventrílocuos, espectáculos láser, etc., ninguno fue tan entretenido y memorable para mí como aquel sobre el espacio que ocupamos cuando estamos entre la Tierra y el cielo. Todo comenzó en el pequeño teatro del pueblo con la presentación sobre las experiencias en "habitaciones blancas" narradas por nuestro visitante...

"Tal vez una de las experiencias de 'habitación blanca' más notoria sea la de Marnie. Ocurrió en 1977 después de un accidente automovilístico durante la temporada de monzones en Hawái. La joven Marnie salió lanzada del automóvil pero no sufrió una muerte clínica. Ella describió la experiencia como maravillosa, contó que perdió la conciencia de su cuerpo y que también el tiempo se detuvo y perdió todo significado para ella. Dijo que vio una luz brillante que le lastimaba los ojos, la cual describió como ultrabrillante, sin sombras y sin color. No había absolutamente ningún sonido. Se sintió en paz, sin miedo ni felicidad, pero iluminada. Percibía una alegría increíble a su alrededor y se unió con todas las personas del mundo. De repente, parecía entender todo sobre el universo", así lo narró la visitante misteriosa ante el auditorio lleno a capacidad de 150 asientos.

Mientras escucho se forma una idea en mi cabeza. "Quizás..." Pero uno de mis compañeros hackers que me acompañaba interrumpe mis pensamientos. Mi amigo levanta la mano para participar.

—Señor, tuve una experiencia en una habitación blanca, —anuncia el miembro más joven de los Rb Hackers.

John Albert Peralta, también conocido como Shorty, es un joven tímido y nerd de 16 años que mide solo 1.60 metros de altura. Es un genio autodidacta de la informática y la programación, aparte de estudiar el último año de secundaria. Johnny es además un adolescente solitario que siempre se esconde detrás de una melena de pelo castaño que le cae hasta los ojos. Legalmente emancipado de sus padres, Johnny vive con sus abuelos en una granja a un par de millas del pueblo. Se desplaza a todos lados en una bicicleta de montaña de alta gama con un par de laptops en su morral, además usa un casco de ciclismo fluorescente.

—¿Por qué no nos cuentas qué sucedió? —dice el presentador.

—El día comenzó como cualquier otro día: corriendo con mi perro, un golden retriever de 3 años. La carrera fue en Wendt Beach, en el lago Erie. Wendt Beach consta de como 75 hectáreas de terreno frente al lago que incluye campos de fútbol, bosques, dunas de arena y la mansión de la familia Wendt que tiene cabañas para invitados y establos. A mi perro, Riley, le gusta correr por la zona de las dunas de arena, persiguiendo troncos flotantes y saltando dentro y fuera del agua. Mientras recogía un trozo de madera flotante perturbé inadvertidamente un nido de avispas y recibí tres picaduras. Ya me había picado una abeja cuando era niño y tuve una mala reacción. Sin embargo, esta vez me picaron tres, así que debí tomar una decisión: o ir a ver a mi amigo Matt para almorzar o buscar asistencia médica. Cuando comencé a sentirme mareado y raro supe que no llegaría al almuerzo, entonces puse a Riley en la cesta de la bicicleta y me fui hacia el hospital a 18 kilómetros de distancia. Estaba a mitad de camino cuando mental y físicamente determiné que no llegaría al hospital, así que me detuve en un consultorio médico en la carretera. Entré. me senté y le expliqué a la recepcionista que acababa de ser picado por abejas y que no me sentía bien. De ahí en adelante solo recuerdo estar en la habitación blanca.

Mientras mi compañero hacker, Johnny, hace una pausa para tomar aire y beber soda, yo comienzo a pensar y soñar. El concepto de la sala blanca me golpea como un globo de plomo. ¡Es tanto un descubrimiento como una revelación! El cerebro sigue vivo, pero el cuerpo ha dejado de existir. Algunos regresan, pero la mayoría no.

¿Y qué tal aprovechar ese momento y descargar todos los datos del cerebro antes de que se convierta en un objeto sin vida? Sería todo un desafío descifrar y digitalizar la totalidad de los datos del cerebro, pero ¿por qué no? Después de todo por eso nos convertimos en hackers y eso es lo que vamos a hacer. Hackearemos un cerebro durante su tiempo entre la vida y la muerte. Yo, Jonas Cartwright, lo llamo "el espacio blanco".

A partir de esta experiencia, por primera vez desde mi accidente, me veo caminando de nuevo. Por eso comienzo a pensar en extraer datos de mi propio cerebro para descargarlos en una persona físicamente capaz y que esté dispuesta a hacerlo. Todo suena bastante sencillo, pero no lo es. Nada lo será. ¡Una montaña rusa emocionante, eso sí! ¡Pero también terrorífica! Y mientras continúo visualizándolo todo puedo escuchar la voz de Johnny en el fondo.

"...Salí de la sala blanca hacia una audiencia grande y diversa. Había al menos 10 personas de pie participando en la emergencia médica en una habitación de 3x3 metros. El personal médico de la clínica estaba a mi izquierda y los paramédicos estaban a mi derecha. Un paramédico apoyaba su mano en un EpiPen que acababa de usar en mi pierna derecha. Como la adrenalina del EpiPen rápidamente se apoderó de mi cuerpo me encontré en estado de shock. Me colocaron en una camilla, me sacaron afuera y en una ambulancia me llevaron al hospital..."

Aclarándose la garganta, Johnny continúa... "La sala blanca no era realmente una sala blanca, aunque esa es la mejor descripción verbal que puedo proporcionar. El blanco era intenso, nada cegador, ya que no había color ni visión en él. Aunque estaba bien iluminada, no había luces, sonidos, olores, visión o realidad. La sala blanca no tenía bordes ni fronteras. No había conciencia de los recuerdos ya que no existe nada terrenal dentro de ella. No había sentido del tiempo, ya que el tiempo no existe en la sala blanca. Era simplemente una sala blanca perfecta y limpia, no inquietante ni aterradora, solo silenciosa. La sala no tenía principio ni fin. Era de una perfección absoluta y felicidad total. Sencillamente, estaba casi más allá de mis capacidades sensoriales de percepción".

Hace seis meses:

Centro de Operaciones de los Rb Hackers (Sede),
Cabaña en la Orilla del Lago, Point Breeze,
Estado de Nueva York

—¡Lo logré, lo logré!, —anuncio a mis compañeros hackers mientras acabamos de infiltrarnos en uno de los servidores de computadora supuestamente inexpugnables de uno de nuestros clientes. Todo el grupo de hackers se reúne a mi alrededor mientras la pantalla de la computadora muestra alertas de seguridad en rojo.

—¡Choquen esos cinco! —les ordeno con alegría y todos celebramos la intrusión en el sistema de computación de nuestro objetivo.

—Comienza el cronómetro, veamos cuánto tiempo pasa antes de que detecten la intromisión.

En menos de una hora nos echan, casi al mismo tiempo que mi teléfono celular comienza a vibrar.

—¿Escondiéndote a plena vista, Jonas? —dice el CEO de Google.

—¡Así es!

—Durante semanas mi equipo te ha estado esperando pero a las horas equivocadas.

—¿En las primeras horas de la mañana? ¿No sería demasiado obvio, señor?

—Así que en vez elegiste el momento más ocupado y menos evidente del día.

—Así es.

—Me dijeron que estuviste dentro durante una hora.

—57 minutos y 13 segundos, para ser precisos, señor.

—Tiempo suficiente para haber causado algún daño.

—Le pido disculpas, señor. Sustituya "haber causado algún daño" por "haber completamente aniquilado" sus sistemas informáticos.

Se produce un silencio total.

—Más de mil millones de dólares gastados al año en ciberseguridad y aún no es suficiente.

—Tal vez no se trata de cuánto gasten, sino si lo están gastando adecuadamente, señor.

—Hablando de dinero, ¿cuánto te debemos, Jonas?

—El acuerdo establece 100000 dólares por cada diez minutos de intrusión no detectada en sus sistemas, un millón si se alcanza una hora.

—Así que, no llegó a ser una hora entonces.

—No lo sé, señor, dígamelo usted.

—Al diablo con eso, el hecho de que no esté satisfecho con mi equipo no debe nublar lo complacido que estoy con tus servicios. Te enviaremos un millón de dólares justo después de esta llamada. Después de todo, esa cantidad no le cuesta ni un centavo a nuestra empresa, todo sale de los bonos salariales del equipo de ciberseguridad.

Los cinco nos hacemos llamar los Rb Hackers, que es una abreviación de Rebel Bandit Hackers (los rebeldes bandidos). Operamos desde 52 dispositivos de computadora habilitados para la web e instalados en una pequeña y discreta cabaña de dos habitaciones en la pintoresca comunidad de Point Breeze Beach, a las orillas del lago Erie, en el estado de Nueva York. Lo que diferencia a nuestro grupo de rebeldes cibernéticos de otros grupos es que trabajamos para los buenos. En otras palabras, grandes organizaciones, gobiernos o entidades privadas nos pagan generosamente para encontrar fallas, incluso errores de software, en la seguridad de sus sistemas informáticos. Yo, Jonas, soy el líder del grupo. El apodo por el que me conocen es Chief Rb que significa jefe de los bandidos rebeldes. Desde pequeño me interesan las computadoras y toda mi experiencia se combina con títulos en matemáticas aplicadas e informática. Aunque debo advertirles que hay algo extraño y peculiar en mí que no interfiere con mi trabajo, al contrario, es la razón por la que soy tan bueno en ello.

Hace diez años:

Un Pozo de agua en las montañas Adirondack, Estado de Nueva York

Somos vecinos inseparables desde nuestra infancia y cuando aprendimos a nadar comenzamos a ir a un pozo que queda en la colina. En una hora y media de caminata constante y empinada llegamos allá y una vez alcanzamos nuestro destino desaparecen el sudor y las lágrimas.

El pozo está rodeado por una magnífica cadena montañosa y hoy no hay ni una sola persona. Me quito la ropa y subo a una roca que sirve como nuestra pequeña plataforma de salto.

Mis dos amigos, Johnny y Lee, van subiendo por el estrecho sendero de piedra cuando me ven saltar. Primero, hago un par de volteretas hacia adelante y luego me lanzo de cabeza al agua. Sin notar que debido a la larga temporada de sequía el nivel del agua en el pozo está más bajo que en los otros años que hemos venido a este lugar y cuando me acerco al agua, por una fracción de segundo, veo una formación rocosa a través del agua transparente que no debería estar ahí. Debería estar mucho más profunda. El horror en mi cerebro no tiene tiempo de formarse en mi rostro. El sonido de mi cráneo golpeando la roca semisumergida justo debajo de la superficie es repugnante y aterrador. Aunque mis amigos primero se paralizan por el susto, luego se mueven rápidamente para ver que mi cuerpo inerte sale a flote. Dos horas más tarde me recoge una ambulancia y me transporta al hospital más cercano. ¡Demasiado tarde! Mi espalda se rompió en el punto más alto posible por debajo de mi cabeza, a nivel de la vértebra T2, y estoy paralizado del cuello hacia abajo. Me lleva dos años dejar el respirador y poder hablar nuevamente.

Sede de los Rb Hackers

Las computadoras avanzadas que usamos son todas diferentes y están configuradas según nuestras preferencias individuales. Todos somos muy territoriales con respecto a cuál pertenece a quién. Varios de nosotros trabajamos con MacBook Pro avanzadas que funcionan con el sistema operativo iOS y procesadores potentes como el i7-4770, equipados con cantidades increíbles de memoria RAM, de 24 a 35 gigabytes y las tarjetas gráficas más avanzadas como la RX470. Algunos usamos pantallas dobles y otros monitores curvos. Todos usamos teclados ergonómicos divididos en dos y dispositivos de puntero y clic impresionantes como el ratón tipo Racer Death Adder Chrome. Programamos en Python, C, Swift, JavaScript, Rust o desarrollamos aplicaciones web como HTML y CSS. Con nuestro pequeño pero eficaz y potente inventario de hardware, hemos atraído a un gran número de empresas Fortune 500 y organizaciones gubernamentales que nos pagan generosamente para encontrar fallas en sus sistemas informáticos.

Pero nuestro sueño máximo como hackers está en el laboratorio de computación de la Universidad de Syracuse. Su recién adquirida computadora cuántica tiene un chip procesador central de 72 qubits mantenido a una temperatura de 15 milikelvin, lo que equivale al objeto más frío del universo. Los datos cuánticos se procesan y se calculan bajo un sistema ternario de unos y ceros que ocurren al mismo tiempo, principalmente a través de un trío de procesos: uno llamado superposición, otro llamado entrelazamiento y el tercero llamado túnel, todos ellos entre números y fórmulas que hacen que los cálculos y la potencia de procesamiento se multipliquen exponencialmente. Este tipo de potencia informática es la panacea de todo hacker, ya que teóricamente todas las encriptaciones en el ciberespacio se vuelven no solo vulnerables, sino mucho peor, todas pueden ser fácilmente violadas.

Ignoramos que una de las computadoras más poderosas de América del Norte se convertirá pronto en nuestro objetivo principal para infiltrarnos, ya que su enorme potencia y velocidad de procesamiento será indispensables para que nuestro pequeño grupo de genios inconformes y curiosos lleve a cabo la última ruptura digital definitiva de la era digital: el hackeo y digitalización del contenido y los datos del cerebro humano, a voluntad y en cualquier persona.

Día de hoy:

Calle Principal de Point Breeze, Lago Erie,
Estado de Nueva York

Puedo verlos pero ellos no pueden verme. Obviamente, como están buscándome, un par de compañeros de Rb Hackers se desplazan por el centro de Segways. ¿Saben quien soy? ¡Espera un momento! Se dirigen hacia Larry pero ¡vienen por mí! Después de todo no voy a desaparecer en el olvido.

—¿Jonas?

—Hey chicos, —responde Larry Willet. —¿Se acuerdan de mí? —pregunto ansioso y cuando lo niegan no me puedo contener. —¿Me están tomando el pelo?

—¿Eres tú, Jonas? —dice Halo reconociendo las peculiares entonaciones agudas de mi voz.

Lee Broomfield, alias Halo, es un genio programador con una especialización en ciencias de la computación. Es africano americano, alto y delgado, de 18 años, 1.8 metros de altura y con enormes ojos verdes que parecen rayos láser y contrastan con su espeso cabello rizado rojo. Vive en el centro del pueblo con sus padres, ambos médicos.

—Sí es, pero parece que la personalidad de Jonas se desvanece a un segundo plano cuando se dirigen a él como Larry. Volvamos a la cabaña antes de que Larry recupere el control de sí mismo, —dice Halo.

—¿Qué pasó?, —pregunta un confundido Halo.

—No estoy completamente seguro, pero creo extrajimos todos los datos y recuerdos de Larry pero no su personalidad.

—Tu cuerpo desapareció, ¿qué vas a hacer?, —pregunta un incrédulo Johnny.

—Seré un código de software hasta que ustedes descarguen los datos de la personalidad de Larry y luego me vuelvan a descargar a mí.

—¿Y él?, —pregunta Johnny.

—Como acordamos, descargaremos a Larry en la siguiente persona disponible y dispuesta, tal como él quiere.

—¿Por qué alguien elige ser transferido a otra persona?

—Pregunta intrigante y la respuesta resulta contraintuitiva. Porque hay muchos de nosotros que no estamos contentos en nuestra propia piel y preferiríamos estar en la de otra persona a cualquier costo.

—Pero estas cadenas de espacios blancos crearán un número creciente de personas viviendo como código de software hasta que aparezcan individuos adecuados, disponibles y dispuestos en nuestro lugar, —advierte Johnny.

—Eso es algo que tendremos que solucionar a medida que avanzamos, —respondo.

—De acuerdo, vamos a trabajar chicos. Debemos recuperar a Larry rápidamente porque todo el pueblo lo debe estar buscando en este momento, —dice Johnny.

Todos me miran con ojos expectantes.

—De acuerdo, ¡movámonos rápidamente!, —declaro apresurado.

Capítulo 2

LA PLATAFORMA DE ACCESO

<u>LIGERO COMO UNA PLUMA</u>

Libre como un ave,

ligero como una pluma,

poderoso como el viento,

renovador como la lluvia,

imponente como un atardecer,

plácido como el amanecer,

vital como el aire que respiramos,

amoroso y restaurador como la naturaleza suele ser,

involucrados y deliberados como debemos ser

y generosos tal como solo nuestros corazones pueden ser.

¿Qué más podría desear alguien?

¿Hay algo más a lo que podamos aspirar?

¿Qué más nos podría inspirar?

Tal vez solo se puede experimentar a la vida

libre como un ave y ligero como una pluma.

Día de hoy:

Sede de los Rb Hackers, Point Breeze, Estado de Nueva York

—Jonas, ¿qué pasó ahí fuera?, —pregunta Halo.

—No estoy del todo seguro, pero lo que entiendo es que cuando me llaman Larry Willet, parece que él toma el control.

—¿Cómo puede ser posible? Tenemos todo el contenido de su cerebro y su código genético (ADN) digitalizado y almacenado aquí en nuestros servidores. Cuando te descargamos en su cerebro, verificamos primero que no quedara ningún dato, —dice Halo.

—Todo lo que puedo decirte es lo que experimenté. Mis impulsos, instintos, deseos y emociones se disiparon y sentí como si yo me estuviera desvaneciendo controlado por él. Pero, tal como me encontraste caminando por la Calle Old Lakeshore, cuando las personas que conozco me reconocen o me llaman por mi nombre yo tomo el control.

—¿Qué hacemos para solucionarlo?

—Descárgame de nuevo en la computadora y sube todos los datos de Larry a su cuerpo antes de que nos atrapen.

Inmediatamente se desata un pandemonio de "manos a la obra, todos en campaña", hasta que se escuchan unas palabras severas y exigentes que atraviesan nuestro lugar de trabajo.

—¿Dónde está Jonas?, —pregunta mi madre, entrando de repente y sin previo aviso a nuestra guarida, un auténtico y ecléctico lugar de trabajo.

Ella nos encuentra en medio de una carrera frenética, pues estamos en un frenesí de actividad cibernética. Treinta o más pantallas de computadora están vivas escupiendo números, datos y gráficos. Nosotros, incluyéndome a mí, apenas notamos a mi angustiada madre.

Lo que mi madre nota es mi silla de ruedas vacía en un rincón y tiembla de miedo por un segundo hasta que habla con lágrimas en sus ojos.

—Tú, —grita señalándome con el dedo. —¡El chico Willet!

Vacilo antes de responder.

—Tu mamá también te está buscando, especialmente después de que le conté que allanaste nuestra casa.

Todos nos miramos sin saber qué hacer.

—Sra. Cartwright, por favor tome asiento. Hay algo que tenemos que explicarle, —le digo, pero ella me ve como Larry Willet.

—Estoy perfectamente bien parada y será mejor que te expliques rápido antes de que llame a la policía.

Entonces me doy cuenta que sé exactamente lo que hay que hacer. Fijo mis ojos en ella y digo las palabras olvidadas hace mucho tiempo.

—El pequeño Jonas.

Sus ojos se abren de par en par confusos total y con un destello de dolor al escuchar el nombre que solo conocen nuestros familiares más cercanos, ya que es el nombre del bebé que perdió un año antes de que yo naciera. Un destello de reconocimiento casi imperceptible atraviesa su mirada y yo, con suavidad, la guío tomándola del brazo. No se resiste.

—Soy Jonas, mamá, pero solo dentro del cerebro de Larry Willet, —trato de explicarle mientras ella inmóvil y sin palabras, intenta creerme con todo su corazón.

—¿Cómo es posible, hijo?, —pregunta confusa. —¿Dónde está el resto de ti?

—Madre, mi obsesión desde el accidente es conseguir un nuevo cuerpo para liberarme del mío lisiado. Hemos trabajado sin descanso durante tres años en la solución hasta que la puerta se abrió cuando nosotros, los Rb Hackers, fuimos abordados por la Universidad de Syracuse para probar sus defensas cibernéticas contra intrusiones en su red interna.

Hace seis meses:

Departamento de Computación de la Universidad de Syracuse

—Eso está fuera de discusión, —dice Martin Falk, jefe del Departamento de Computación de la Universidad.

Los siete nos levantamos para irnos. Saludamos y nos dirigimos hacia la puerta.

—Esperen un minuto, jóvenes. Tomen asiento, —dice el profesor Falk.

Nos volvemos dudosos porque no sabemos qué hacer, así que simplemente nos quedamos juntos cerca de la puerta.

—¿Ustedes se lo toman en serio?

—Sí, señor. Muy en serio, —respondo en nombre de todos.

—Permítanme primero asegurarme que les entiendo correctamente. O sea, excepto sus gastos personales, no quieren ninguna compensación si logran romper las defensas cibernéticas de nuestra red local.

—Así es. Solo queremos acceso a su computadora cuántica, —respondo.

El profesor Falk nos mira con los ojos abiertos durante lo que parece una eternidad. Nos miramos unos a otros con una intensidad irradiante, como si estuviéramos listos para enfrentarnos a una pelea. No tiene elección, solo él y yo lo sabemos.

—¿Durante cuánto tiempo?, —pregunta.

—Un año. Fuera del horario de trabajo.

—Tendrán que pagar los gastos operativos, —presiona el profesor.

—¿A qué se refiere?, —pregunto ignorante.

—Consumo de energía que es astronómico, personal asignado para supervisarlos, así como cualquier costo de mano de obra directamente relacionado al uso que hagan del computador quántico.

—No hay problema, —respondo.

—Adicionalmente, estoy seguro de que nuestros abogados requerirán algún tipo de garantía, una cantidad ridícula de dinero para proteger a la Universidad de los daños que puedan causar mientras usen la computadora, —continúa.

—No entiendo de qué está hablando, pero pueden hablar con nuestros abogados al respecto.

—No puedo prometerles nada, pero lo discutiré con las autoridades competentes de la Universidad. Esto puede requerir la aprobación de la Junta de Directores.

Un mes después:

Un mes después fuimos contratados debidamente y aportamos la garantía solicitada. Así nos embarcamos en un ataque cibernético total contra la venerable institución educativa.

Estamos apurados, bueno, yo estoy apurado y los demás simplemente me siguen. Será fácil y rápido, eso creimos al principio. Hay una gran ingenuidad en la forma como las instituciones educativas se protegen en el mundo cibernético, en comparación con el gobierno o el mundo corporativo.

Primero sobornamos a un estudiante que trabaja en el Departamento de Computación. Su misión es buscar y obtener la dirección de correo electrónico y la contraseña de un miembro superior del Departamento de Computación, lo cual le toma menos de una semana. Una vez que tenemos el nombre de usuario y la contraseña en nuestras manos, junto con un módem de cable modificado que puede ocultar su dirección IP y ubicación, recorremos libremente toda la red de la universidad. En cuestión de minutos tenemos el control total de la red y comenzamos a movernos sin ser detectados a través de ella, inclusive por sus bases de datos.

—Chicos, borren sus huellas, verifiquen que sus direcciones IP estén bien ocultas, —digo en voz alta.

Justo cuando estamos listos para irnos con otro hackeo exitoso en nuestras manos, nos encontramos con problemas.

—Túnel, —anuncio angustiado.

—Tengo otro aquí, —confirma Johnny.

—Aquí hay otro, —agrega Hope.

Hope Marie Tolson tiene 18 años, 1.68 metros de altura, cabello negro espinoso, ojos azules incesantes e intensos, detrás de gafas de montura. Es una ratona de biblioteca y estudiante de matemáticas que vive a un par de cuadras de mi casa y ha sido mi novia desde que tengo memoria. Ambos padres son profesores universitarios y ella creció en un mundo de libros y academia bastante individualista y escaso en interacción humana.

—Echen un vistazo a esta actividad. Estos intrusos ya están adentro. ¡La universidad ya ha sido hackeada!, —digo totalmente molesto.

—Oigan chicos, acérquense aquí ahora, —exige Hope.

Excepto los tres de nosotros que observamos los "túneles digitales cibernéticos" de acceso remoto y sus tuberías, los otros dos miembros de nuestro grupo se reúnen detrás de Hope y miran tras ella la pantalla gigante.

—Este está recorriendo la base de datos del sistema. Permítanme ver. Ahora está yendo a los archivos de las plantillas de los exámenes.

Luego rastrea al intruso hasta la ubicación de su computadora.

—A este no le importa mucho cubrir sus huellas, —observa.

Luego, Hope piratea la cámara de video de la computadora del intruso y voilà, tiene una imagen en vivo del intruso.

—Estoy en lo profundo del otro túnel, —anuncio.

—Yo también, —anuncia Johnny.

—Oigan chicos, desde este ángulo, puedo ver a otros dos hackers pegados a sus pantallas, —describe Hope.

—Tal vez sean... una pandilla de tres, —digo mientras nos damos cuenta de que los tres túneles llegan a la misma ubicación.

—Salgamos de aquí antes de que nos detecten, —ordena Jonas.

—Jonas, pídele a Falk que cierre la red de la universidad de inmediato, —Hope pide esto con urgencia.

Un mes después:

Laboratorio de Computación de la Universidad de Syracuse

Hemos pasado innumerables horas configurando todos los túneles y conexiones entre la computadora cuántica de la universidad y nuestros servidores.

—Esa pandilla ya había descargado casi toda la base de datos de la institución, —informo a mis compañeros hackers.

—Estaban planeando hacer una fortuna vendiendo exámenes, —agrega Hope.

—Eran estudiantes a punto de graduarse. —agrego yo.

—Bueno, cambiaron sus diplomas por trajes de prisión, —reflexiona Meeko en voz alta.

Demetrious Komenakis, alias Meeko (abreviatura de la isla griega de Mikonos de donde son sus padres). A sus 21 años es el mayor de todos nosotros. Con especializaciones en neurociencia y sistemas informáticos es la clave para que mi plan tenga éxito. Con 1.85 metros y más de 110 kilos, un cerebro iluminado, pecoso y pálido, lleva su cabello arenoso en un corte de pelo estilo militar, su característica más notable a primera vista. Cuando está pensando, sus ojos azul oscuro parecen estar perdidos en alguna galaxia lejana. Nació y creció en Tarpon Springs, Florida, una comunidad con profundas raíces y ancestros griegos. Vive en un anexo en el segundo piso de nuestra cabaña junto al lago, el lugar de reunión, con Blitz, su pastor alemán mezclado con lobo.

—Meeko, nos explicas a todos en términos que podamos entender. ¿Cuál es nuestro objetivo final y plan de acción aquí en la Universidad de Syracuse?, —ruega Hope.

—Permíteme explicártelo en términos simples: los brazos prostéticos electrónicos más recientes reciben órdenes del cerebro a través de los terminales nerviosos del brazo o el hombro conectados a cualquiera de ellos, ¿verdad?

—Sí, —respondemos al unísono.

—Ese tipo de brazo prostético es una computadora, ¿verdad?

—Sí, —respondemos dudando.

—Para que la computadora del brazo funcione debe ser capaz de entender las señales del cerebro que vienen a través de los nervios, ¿verdad?

—Sí, —respondemos vacilantes.

—Si eso es cierto, ¿las computadoras ya no solo están leyendo, sino también recibiendo y ejecutando órdenes de nuestros cerebros?

Todos escuchamos en silencio.

—¿Verdadero o falso?

—Verdadero, —respondemos en unísono.

—Bueno, estamos haciendo lo mismo, —afirma Meeko entusiasmado, aunque nosotros no entendemos, al menos aún. Pero Meeko no ha terminado del todo...

—Nuestro cerebro actúa como una computadora neurogénica con su propia unidad central de procesamiento (CPU) y su propia placa de circuito principal (placa base) con neuronas en lugar de chips de silicio, sinapsis en lugar de circuitos electrónicos y bancos de memoria en lugar de dispositivos de almacenamiento de datos. Pero el sistema operativo, el software biológico preconstruido e incrustado, nuestro algoritmo biológico que determina quiénes somos, incluyendo nuestra personalidad, carácter y nuestros instintos y sentimientos se encuentra en nuestro ADN. En resumen, lo que nos define no es nuestro cerebro sino nuestro código genético, por lo tanto, comunicarse y descifrar el cerebro, y luego descargar sus datos, debe hacerse en conjunto con la copia del código de ADN de cada individuo. De lo contrario, la conciencia será defectuosa y carecerá de vida humana. Entonces, nuestro desafío en las próximas semanas no es solo descifrar, comunicar y extraer todos los datos del cerebro, sino también mapear todo el genoma de ADN y digitalizarlo mientras lo vinculamos con el cerebro.

Semanas después:

Sede de los Rb Hackers, Point Breeze, estado de Nueva York

Tengo innumerables cables conectados a mi cabeza como si me estuvieran escaneado para una tomografía computarizada, lo cual, de cierta manera, es lo que está sucediendo. Mis ondas cerebrales se muestran en pantallas de alta resolución colocadas frente a mí. Todas mis ondas cerebrales, incluyendo su longitud y frecuencia, se muestran como si fueran una cinta del mercado de valores para que los siete podamos ver. Mis datos cerebrales son procesados por el hardware más potentes del planeta Tierra, la computadora cuántica de 72 qubits de la Universidad de Syracuse, con su procesador funcionando a una temperatura medida en milikelvin, la más fría que cualquier otro objeto en el universo. Los entrelazamientos, tunelización y superposición de la computadora cuántica de la institución académica permiten una forma trinaria de operaciones, donde el antiguo procesamiento binario de la computadora utilizando 1 y 0 ahora incluye un "tercer" estado, expresado en qubits, donde tanto el 0 como el 1 pueden ocurrir o suceder al mismo tiempo y a velocidades exponencialmente más rápidas.

—Allá va el primer algoritmo, —dice Lee.

Una cadena de números y letras aparece debajo de cada una de las ondulaciones de mis ondas cerebrales. Todas parecen ser diferentes. Luego, palabras como sentimientos, pensamientos, lenguaje hablado, decisiones, dudas, etc., aparecen junto a cada conjunto de números y letras.

—¿Qué está sucediendo, Meeko? —pregunta Johnny.

—El algoritmo comienza a clasificar cada palabra debajo de cada cadena de números, —explica Meeko.

Luego, sucede algo mágico. Surge una voz robótica, prestamos atención y el contenido parece ser...

—¡Dios mío... lo que aparece en la pantalla es exactamente lo que estoy sintiendo y pensando en este momento!

—¡Eureka! —declara Demetrius, mientras todos contemplamos en la pantalla el descifrado en vivo de mi cerebro.

—Ahora viene la parte difícil. ¿Cómo descargamos y cómo almacenamos todos estos datos en dispositivos de almacenamiento avanzados?

Día de hoy:

Sede de los Rb Hackers, Point Breeze

—¿Dónde está lo que falta de ti? —mi madre me pregunta una vez más, insistiendo en ver a su verdadero hijo.

Me contempla con asombro y con ojos benignos como si estuviera percibiendo algún tipo de milagro. Me pregunto cómo reaccionará cuando se entere de que mi cuerpo físico está muerto y enterrado bajo tierra y que estoy a punto de convertirme nuevamente en una cadena de códigos y datos almacenados en un servidor de computadora.

—¡Jonas!

Hope me llama con urgencia y angustia.

—¿Qué pasa?

—No podemos encontrarlo.

—¿A quién?

—No podemos encontrar el archivo de Larry.

Todos nos miramos sin saber qué hacer a continuación.

—¿Desapareció en el ciberespacio?, —pregunto.

Mi madre entra en pánico aunque no sabe por qué.

—¡Decoherencia! —dice Meeko, aparentemente hablando consigo mismo.

—Habla en español claro, por favor, —suplico.

—Espero que no sea así, —responde Meeko, sumido en su típico comportamiento de hablar solo.

Todos lo miramos hasta que vuelve en sí y choca con nuestra línea de visión. Primero, procesa nuestros rostros expectantes y luego procesa mi pregunta, que como siempre se registra con retraso en el tiempo cuando las personas se absorben en sí mismas y no prestan atención a nadie ni a nada, más que a ellos mismos.

—Los qubits funcionan con problemas. De hecho, son muy difíciles de controlar y mucho menos de dominar. El más mínimo fenómeno externo como picos de temperatura, vibraciones, etc., puede "descoherer" -es decir, perder su estado cuántico simultáneo de 1 y 0. Por eso los qubits se almacenan a temperaturas extremadamente bajas, lo cual los mantiene totalmente segregados de factores externos y también minimiza los movimientos de los átomos, reduciendo en gran medida el riesgo de falla de los qubits.

—¿Este es un fallo del qubit? ¿Se han perdido los datos?

—Aún no lo sé, estoy tratando de averiguarlo, —dice Meeko mientras realiza una llamada de video web cifrada.

—Profesor Falk, Meeko en línea.

—Hola Meeko, ¿en qué puedo ayudarte?

—Tenemos un problema.

—¿De qué naturaleza? Por favor explícalo.

—Los qubits de su computadora cuántica no están funcionando de manera estable.

—¿Qué ha sucedido exactamente, Meeko?

—Un archivo grande parece estar desaparecido.

—Bueno, tuvimos un corte de energía, pero la temperatura del procesador cuántico de la computadora solo se vio afectada marginalmente.

—Permíteme verificar, —dice el Profesor Falk, mientras revisa los registros del Sistema. —Meeko, aquí dice que estás descargando el archivo mientras hablamos.

—Profesor, no somos nosotros. Obviamente los están hackeando de nuevo. ¿Puede detener las operaciones de la computadora de inmediato?

—Eso es imposible sin previo aviso. ¡Podríamos dañar todo el sistema informático!

—¿Podría permitirnos desconectar el acceso remoto que está ocurriendo ahora?

—¿Eso pondría en peligro nuestro sistema informático de alguna manera?

—No, señor.

—Adelante.

Halo tarda solo unos segundos en localizar y desconectar el túnel de acceso remoto.

—Listo, Meeko, —confirma.

—Listo, profesor.

—¿Pueden rastrearlo?

—Intentaremos hacerlo, profesor.

—¿Pueden encontrar ahora su archivo en nuestro sistema?

—Déjeme verificar, profesor, —responde Meeko y con un nudo en la garganta revisa la base de datos de la computadora cuántica de la universidad.

—El archivo ya no está. De hecho, fue descargado hace un par de minutos de su base de datos.

—Es imposible, el sistema ha estado en mantenimiento todo el día. Nadie ha tenido acceso a él.

—Alguien lo hizo, profesor.

—¡Aquí! —Hope señala desde detrás del hombro de Meeko.

—¿Qué?

—Una brecha. ¡Han hackeado su computadora cuántica nuevamente! El rastro del hackeo muestra que quien lo hizo estuvo allí durante horas. No había otros archivos, así que tomaron solo el nuestro.

—Eso suena correcto. Mantenemos los archivos cuánticos de la universidad en dispositivos de almacenamiento separados que solo se conectan al sistema cuando se utilizan. Esto, según recomendación de ustedes, pero que obviamente no siguieron, —nos reprende suave y con sarcasmo. —¿Pueden seguir sus huellas?

—Tal vez podamos, dejaron su túnel de acceso remoto abierto.

—¿Son los mismos chicos?

—Vamos a ver.

—Sí, aquí están, —dice Hope mientras tiene a los mismos tres en vivo a través de las cámaras de video de sus computadoras.

—Igual de estúpidos. Una vez más no cubrieron sus huellas.

—Pero esta vez es diferente porque tienen nuestro archivo.

—Quieres decir que tienen a Larry Willet.

De repente se corta la comunicación y la pantalla de la computadora de Hope se pone en blanco.

—Me descubrieron, —afirma Hope con ansiedad.

—Notificaré de inmediato a las autoridades, —dice el profesor Falk.

—Profesor, es posible que desee reconsiderar esa decisión ya que correremos el riesgo de perder nuestro archivo, —dice Meeko.

—¿Qué sugieres entonces?

—Que nos pongamos en contacto con ellos, con usted liderando la llamada y explicando la situación. Después de todo, profesor, ellos todavía están en período de prueba y lo último que quieren es que su oficial de prueba se entere de esto.

—Simplemente diles que vamos ahora mismo a recuperar el archivo.

Hogar de James Ely Steiner, alias Demon

El líder de los trangresores, James, alias Demon, abre la puerta a regañadientes y Meeko y Hope entran a la fuerza. Van directamente a la computadora de James.

Mientras ven la pantalla, Demon les dice:

—No tenemos ni idea de qué es eso porque no se puede leer. Pero es enorme.

Hope ve el archivo parada detrás de Meeko.

—Déjame abrirlo, —dice un emocionado Meeko. —Bien chicos, el archivo está abierto y no está corrupto. ¡Tenemos a Larry Willet de vuelta!, —dice unos minutos después.

Luego borran los discos duros de los hackers vagabundos y un par de horas después se dirigen a la puerta con el preciado archivo almacenado en múltiples discos duros portátiles.

—Datos cuánticos, por eso no pudiste leerlo James, —afirma Meeko ya saliendo. —La próxima vez el profesor presentará cargos sin hacer preguntas.

Hope y Meeko regresan a nuestra modesta sede, a nuestra cabaña donde hay mucho que hacer.

Sede de los Rb Hackers, Point Breeze

—Ya sé lo que te está sucediendo, Jonas, —afirma rápidamente Meeko mirándome intensamente. —Tiene que ver con el libre albedrío primero porque el tuyo entra en conflicto con el de Larry Willet.

—¿A qué te refieres con libre albedrío?

—En lenguaje informático es la forma como resolvimos el misterio y terminamos interpretando la conciencia, la visualizamos como una derivación del libre albedrío. Nuestro libre albedrío para decidir está impulsado esencialmente por nuestra capacidad de tomar decisiones y su único propósito es eliminar la incertidumbre de nuestras vidas. En este momento, ni Larry Willet ni tú pueden buscar la predictibilidad ya que ambos enfrentan constantemente eventos inesperados, de allí tu pérdida temporal de conciencia. Además, como el ADN no se puede borrar, simplemente copiamos todo tu genoma porque nuestro software biológico (ADN) está incrustado en cada célula de nuestros cuerpos. Lo descargamos en Larry, pero su propio ADN permaneció en su lugar y ahí es donde está el conflicto. Cuando alguien lo reconoce o lo llama por su nombre sientes es que él se apodera. Es una reacción instintiva, casi atávica, como cuando una mascota reconoce la voz su dueño cuando la llaman por su nombre. Aunque tu mascota no tiene conciencia, su software biológico, que se ha construido a partir de decenas de miles de años de evolución, hace que reaccione a tu voz y al sonido familiar de su nombre.

—¿Significa que si sigo siendo Larry Willet su personalidad siempre se mezclará con la mía?

—Es más que eso, Jonas. Si terminas habitando a Larry nunca volverás a ser tú al 100% ya que el software biológico de Larry Willet (su ADN) permanecerá incrustado en todo su cuerpo, tanto desde una perspectiva cognitiva (su conciencia) como desde un punto de vista físico (por ejemplo, el código de ADN de cada uno de sus órganos). Por lo tanto, cualquier error en el software biológico de Willet (defectos genéticos) también será parte de ti.

—¿Por eso cuando me mantuvieron en la computadora cuántica no hubo interferencias como las que encontramos hoy?

—Así es.

—Entonces, ¿teóricamente solo puedo existir como un cíborg?

—No teóricamente sino en realidad, Jonas. Hasta que encontremos algo diferente a jugar a Dios como hacemos ahora, serás un ser humano consciente y vivo dentro de una computadora, pero sin un cuerpo.

—Entonces, ¿cuál es la lección de todo esto? —pregunto.

—En primer lugar todavía tenemos mucho que aprender y lo siguiente es obvio. El ADN de cada persona está incrustado en cada célula de sus cuerpos, es un software biológico construido durante decenas de miles de años de evolución del homo sapiens. Nuestros instintos más primitivos, temperamento, preferencias, forma de reaccionar, en otras palabras, una parte significativa de nuestra personalidad está grabada en nuestro ADN. Por lo tanto, si uno se descarga con su propio ADN en otra persona, después de haber extraído todos los datos del cerebro y suficiente ADN digitalizado de esa persona, no evitará el conflicto con el ADN incrustado en el cuerpo de esa otra persona. Al final, tu nueva personalidad tendrá diferentes preferencias, instintos y formas de tomar decisiones. En otras palabras, no serás el mismo, —explica nuestro iluminado neurocientífico. —Si estamos de acuerdo, Jonas, vamos a devolverte al dispositivo de almacenamiento de la computadora cuántica y devolver los archivos de Larry a su chasis (cuerpo).

—Chicos, denme un minuto, por favor, tengo que explicarle a mi madre algunas cosas antes de volver a convertirme en qubits y líneas de código, —digo todavía en el cuerpo de Larry Willet.

Los ojos de mi madre parecen estar a punto de salirse de sus órbitas.

Capítulo 3

LOS BLUES DE PROGRAMACIÓN

¿QUÉ ES LA VIDA?

¿Qué es la vida,

sino más que un precioso e irreemplazable regalo?

Realmente no sabemos por qué estamos aquí.

Mucho menos hacia dónde vamos después.

Pero estamos seguros de que estamos vivos,

que existimos,

o al menos,

somos conscientes de ello.

Pero nuestra percepción de la realidad es limitada,

no podemos ver la mayoría del espectro de luz,

ni escuchar la mayoría de las frecuencias de sonido.

Por lo tanto,

es predecible que algunos o muchos de nosotros

deseemos trascender,

ver lo que yace más allá de la comprensión,

en diferentes dimensiones,

que permanecen más allá del alcance humano.

El problema, sin embargo, es que

cuando manipulamos la vida misma,

estamos cruzando límites y fronteras prohibidas

que son el reino exclusivo de nuestro Creador,

aquel que nos regaló nuestra existencia:

aquel que nos ofrendó la vida misma.

Día de hoy:

Calles de Point Breeze

Una vez más, Larry Willet, ya con sus datos mentales de regreso e intactos, va corriendo pero no como un loco perdido y abandonado, sino como un hombre poseído por un miedo absoluto. Jadea y resopla en pánico total.

—¡Detente ahí mismo! —grita Willet, Sr.

La carrera de Larry termina abruptamente. Su padre se acerca con su impecable uniforme de capitán de policía brilla con pasos resueltos y en su rostro hay una expresión de total disgusto.

—¿Qué te pasa? En las últimas horas irrumpiste en la casa de los Cartwright y asustaste a la señora Cartwright, luego saliste corriendo y te comportaste como un loco frente a tus amigos. ¿Estás metido en drogas o qué? —escupe furioso Leonard Willet mientras agarra a Larry por el codo y lo lleva a su coche patrulla.—Será mejor que tengas una buena explicación para esto y, por tu propio bien, espero que no esté relacionado con las drogas, —dice Leonard iracundo.

Larry tiene la boca herméticamente cerrada mientras reflexiona y se enreda él mismo, 'Sé exactamente lo que me pasó pero no puedo contártelo porque no solo no me creerías, sino pondrías las actividades clandestinas de Jonas bajo el radar del oficial Willet', piensa nervioso y titubeante.

Durante los 15 minutos siguientes, el padre de Larry le administra tres pruebas de diferentes drogas y un test de alcoholemia. Todo da negativo.

—Larry, ¿vas a decirme la verdad o no? —exige el oficial Willet.

El adolescente permanece mudo y comienza a temblar incontrolablemente, lo cual su padre ignora por completo ya que tiene una idea preconcebida de lo que ha causado todo el comportamiento de su hijo.

—No te saldrás con la tuya. Te voy a llevar al laboratorio para una prueba de sangre y un análisis de tus folículos capilares. Voy a descubrir la verdad.

Un par de horas después, de regreso en casa, el oficial Willet está aún más preocupado y desconcertado mientras conversa con su esposa.

—Querida, nuestro hijo no está en drogas. Al menos no en las que se pueden detectar con las pruebas existentes.

—¿Entonces qué tiene, cariño? ¿Me vas a decir que se ha vuelto loco?

—Bueno, tenemos mucho por hablar con él cuando despierte.

Sede de los Rb Hackers

(Jonas, dentro de los servidores de los Rb Hackers)

—¿Qué eres ahora, hijo?

—Mamá, en este momento solo existo como código de software.

—¿Dónde está el resto de ti, hijo?

—Se fue, mamá, seis pies bajo tierra.

La madre de Jonas levanta los brazos y cubre su boca mientras deja escapar un llanto ahogado. Su rostro muestra dolor primero y luego sigue un torrente de lágrimas.

—Mamá, por favor, cálmate, todo se resolverá.

—Pero ¿volveré a verte, Jonas?, —dice sollozando.

—Seguiré siendo el mismo mamá, pero en un chasis diferente, —miento sin malicia.

—¿Cómo ocurrió todo esto?

—Es un proceso que viene desde hace algún tiempo. Hace unos meses tuve una epifanía con mi novia Hope...

Hace seis meses:

Parque de Point Breeze, Lago Erie, estado de Nueva York

—¿Qué pasa si no te gusta mi nuevo yo?

—Jonas, yo estoy enamorada de ti. Simplemente no me importa nada más, —dice Hope acariciando mi cabello mientras camina a mi lado.

Hope siempre ha estado allí para mí.

Hope siempre ha estado allí para mí. Totalmente dedicada, ajena a mis limitaciones, fiel y leal sin importar lo que piensen o digan los demás.

El parque junto al lago está inusualmente tranquilo y prácticamente vacío este atardecer. '¿ Será que los demás saben algo que nosotros no sabemos?', reflexiono.

Los ruidos de la naturaleza acallan el débil sonido del motor eléctrico de mi silla de ruedas; hay una mezcla de brisa silbante, diferentes cantos de pájaros, troncos de árboles crujientes con sus ramas meciéndose y los pasos de Hope sobre las hojas de otoño. Vamos hacia nuestro lugar favorito para contemplar la luna llena mientras se eleva en el horizonte. Controlo los movimientos y la velocidad de mi silla soplando en un tubo de plástico rígido ubicado junto a mi boca.

—Yo también te amo, principalmente porque eres totalmente loca, —respondo con una sonrisa.

Mi novia hacker no pronuncia palabra mientras me mira, reprimiendo una sonrisa. Luego, de repente, Hope se inclina y me besa con pasión mientras acaricia mi rostro con ambas manos.

—Háblame de ello, Jonas, necesito saberlo, —ruega.

Miro fijamente hacia delante aunque perdido en algún lugar del pasado. Ella se inclina sobre mí y continúa acariciando mi cabello, esta vez con ambas manos. Parece una eternidad, pero a Hope realmente no le importa si respondo o no. Para ella, estar a solas conmigo es suficiente.

—Era una habitación blanca, Hope.

—¿Cuándo ocurrió exactamente?

—Inmediatamente después de que mi cabeza golpeó la roca perdí el conocimiento. Al principio hubo una intensa luz blanca casi cegadora, luego, cuando mis ojos se adaptaron, me di cuenta de que estaba en un espacio completamente blanco en color, pero sin paredes, techo o suelo.

—¿Cómo te sentiste?

—Total calma y paz. Como si mi vida se hubiera detenido en seco.

—¿No tuviste miedo? ¿Ni siquiera por un momento?

—Solo por fracciones de segundo.

—¿Por qué? ¿Cómo?

—Extrañamente, el aura blanca a mi alrededor parecía tener un efecto magnético intenso y sentía como si me atrajera hacia algo. Dejarme llevar significaría el fin de Jonas Cartwright, así que disfrutando de un placer absoluto me quedé donde estaba. El miedo no era un factor ya que no hay miedo en la habitación blanca. Luego, inexplicablemente, me di cuenta de que la muerte estaba cerca pero yo no estaba listo para morir todavía.

Hope se inclina y me abraza más fuerte cuando la inmensa luna llena irrumpe en el horizonte. Su enorme tamaño la hace parecer mucho más cercana, pero sus intensos tonos blancos son lo que nos mantienen en trance con nuestras bocas abiertas, sorprendidos y maravillados.

—Jonas, no sabía que tú también habías estado en una habitación blanca. Pensé que solo Larry lo había experimentado.

—De hecho, así fue como nos unimos y comenzamos a trabajar juntos.

—¿Qué te pasó realmente ahí afuera, Jonas?

Mi intensidad solo aumenta su curiosidad.

—Por un tiempo, estuve entre la vida y la muerte en la habitación blanca. Mi yo físico estaba semi sumergido en el agua con la cabeza sangrando profusamente despúes de golpear la roca, mientras mi otro yo estaba en la habitación blanca. Pero, con determinación, unifiqué mis dos seres y volví al plano físico. Fue a partir de esa experiencia que visualicé por primera vez la idea de deshacerme de mi cuerpo y descargarme en un cuerpo nuevo, un chasis plenamente capaz.

La sonrisa de Hope, su aceptación y apoyo es todo lo que necesito para tranquilizarme.

—Bueno, Jonas, al menos teóricamente parece posible. Las matemáticas y la tecnología lo respaldan. En la computadora cuántica de la Universidad de Syracuse está el hardware para hacerlo realidad.

La luna sube rápidamente cuando regresamos a mi camioneta equipada con rampas. En ese momento escuchamos el rugido de un trueno seguido por un rayo poderoso que ilumina el cielo nocturno. De repente, el viento se intensifica y vemos que a la distancias se acerca la tormenta rápidamente.

—No me extraña que seamos los únicos locos aquí afuera, —digo.

—Locos, mi amor, eso es literalmente lo que somos, —responde ella con una sonrisa. —¿Le has dicho a tus padres?

—Todavía no, Hope. Aún no sé si lo haré antes o después.

Día de hoy:

Sede de los RB Hackers, Point Breeze

Ahora soy un software porque me descargaron en la computadora cuántica de la Universidad de Syracuse. Luego, de repente, las cosas se descontrolan.

—Chicos, tenemos un problema, —dice Jonas.

—¿Qué pasa? —pregunta Meeko.

—Lo estoy perdiendo de nuevo. La computadora está tratando de apoderarse de mí, ¡ayuda! —imploro.

—¿Hay algún tipo de software instalado en la computadora cuántica? —pregunta Meeko.

—Solo detecto una interfaz de inteligencia artificial (IA) que permite las comunicaciones entre nuestros servidores y la computadora cuántica de la Universidad, —respondo.

—¿Perderemos la conexión con la computadora cuántica si borras la aplicación de IA? —pregunta Lee.

—Sí, pero una interfaz de IA no es lo que está afectándolo, —afirma Meeko.

—Si no eso, entonces ¿qué es? —pregunto.

—La computadora cuántica no tiene otro software, todo lo que la Universidad o nosotros ejecutamos en la computadora cuántica reside en dispositivos de almacenamiento externos. Vamos a escanearlo.

Todos mis colegas se reúnen alrededor de la pantalla mientras realizan un escaneo remoto, yo puedo ver sus rostros a través de la cámara de la computadora que los apunta. Me voy sintiendo cada vez menos humano en medida que el lenguaje informático nubla mi juicio. Veo las expresiones faciales de mis colegas cambiar hacia una expresión de preocupación, primero, seguida por puro y simple miedo. Después de eso, la niebla me envuelve y desaparezco...

—Hope, extráelo en nuestro disco duro, ahora, —grita Meeko.

Hope golpea las teclas con furia. El archivo se bloquea dos veces y ella lo libera en ambas ocasiones hasta que sucede la descarga en unos pocos segundos. Ahora me tienen almacenado en nuestro servidor mientras escanean mi archivo de 50 terabytes en busca de virus pero lo que encuentran son rastros y líneas incompletas de código de software. Una hora después, Hope declara que me he convertido en nada más que un archivo, pero un archivo limpio y libre de virus.

—Sin la computadora cuántica no tenemos el poder de procesamiento para emular la vida artificial a partir de su archivo, — declara Shorty.

—Pero podemos comunicarnos con él, —afirma Meeko.

—¿Cómo? —pregunta Hope llena de angustia.

—A través de líneas de código que escribimos en su archivo, — responde, mientras se pone a trabajar en ello de inmediato.

Meeko da los parámetros y Halo escribe línea tras línea de código en mi archivo.

—Halo, ingresa y codifica rápidamente un intérprete para que todos puedan leer el mensaje.

El mensaje dice:

"Oye amigo, estamos todos aquí. Sabemos que no puedes comunicarte con nosotros sin el poder de procesamiento de la computadora cuántica. Lo más importante es que por el momento estás a salvo. Este es el problema: La arquitectura del sistema operativo de la computadora cuántica está construida en torno a algoritmos de inteligencia artificial de aprendizaje automático. Esto es lo mismo que le sucedió al ADN de Larry, pero mucho más peligroso. El sistema operativo de la computadora cuántica detectó la presencia de inteligencia e inmediatamente comenzó a aprender de ella. No podemos devolverte allí hasta que encontremos una solución. Sé paciente, estamos trabajando en ello.

—Meeko, primero el ADN de Larry intentó apoderarse de él y luego, como no podemos emular la vida humana sin software de inteligencia artificial, nos encontramos con que también intenta apoderarse de Jonas. ¿Qué podemos hacer?, —pregunta Hope retóricamente.

—Para decirte la verdad, no tengo la menor idea, —responde Meeko.

—Mientras tanto, una vez más, me convertiré en una pantalla de computadora con ruedas, —respondo resignado.

Capítulo 4

JUGANDO CON LA VIDA

JUGANDO A SER DIOS

Una vez que los seres humanos
puedan emular la vida humana digitalizándola,
replicándola, descargándola y subiéndola a las computadoras,
la raza humana tal como la conocemos,
dejará de existir.

24 horas antes:

Mavericks, Costa de California

El magnífico atardecer cede protagonismo a las monstruosas olas de Mavericks en la costa de California. Los rugidos y truenos de las aguas en movimiento se sienten poderosos y amenazadores, pero al mismo tiempo hermosos. Los surfistas de olas gigantes se deslizan valientemente por ellas en arriesgadas acrobacias poniendo sus vidas en juego.

Nosotros, la extraña pareja, totalmente inmersos en nuestro mundo y en nuestro pasatiempo favorito que es contemplar la naturaleza en su forma más cruda y desafiante, sin darnos cuenta y distraídos, llevamos horas mirando al mar. Sin embargo, nuestra realidad no puede ser más diferente de nuestro entorno.

—Jonas, entiendo que no puedes ser descargado en otro humano porque tu ADN digitalizado luchará con el ADN del sujeto por el control. La única solución por el momento es descargarte en computadoras, —afirma Hope.

—Por el momento, —respondo.

—Entonces, ¿en qué estado existes actualmente, Jonas?

—Hope, es un estado cuántico con múltiples estados simultáneos e interconectados que se asemejan mucho a la forma en que funcionan los organismos. Y gracias al firewall que ustedes codificaron estoy protegido contra el software de inteligencia artificial que me ataca cuando reconoce mi presencia.

—Extraño tu personalidad humana, Jonas.

—Lo sé, Hope, lo sé.

—Necesito que me lo expliques todo de nuevo, por favor. Necesito racionalizar toda la ansiedad que siento al no tenerte por completo presente en mi vida.

—Hope, desde hace tiempo asumimos que el software impulsado por algoritmos alimentando a las computadoras ya superó la inteligencia humana. Se ve fácilmente que un mundo de autos y drones auto conducidos es más eficiente y mucho menos propenso a accidentes que cuando los humanos pilotean. Además, se toman cada vez más decisiones, como contrataciones, despidos, préstamos, qué comprar, a quién botar, etc., influenciadas por los algoritmos.

—No veo nada malo en eso, —dice Hope, con un tono de hecho.

—En realidad, no lo hay. El problema reside en que hemos tratado de abordar el problema de la manera equivocada todo el tiempo.

—¿Por qué, Jonas? No lo entiendo.

—Hope, ¿cuál es el problema que los humanos temen más?

—¿Morir, tal vez?

—¡Exactamente! Hacemos que las máquinas sean cada vez más inteligentes y lo logramos, pero no son humanas. Las máquinas, robots y computadoras impulsadas por inteligencia artificial no tienen conciencia ni moral, sin embargo seguimos muriendo. Las máquinas nunca mueren con el mantenimiento adecuado.

A lo lejos se forma una ola monstruosa, la más grande del día. Tiene la forma de una enorme joroba que crece rápidamente y se mueve inexorable hacia delante. Cuando la ola gigante rompe solo un surfista se atreve a enfrentarla, pareciera que cae vertical mientras surfea la ola, aparentemente corriendo por su vida. Pero, sin importar lo rápido que vaya, la pared de agua de 9 metros rueda aún más rápido, su cresta colapsa con un fuerte golpe en un torbellino de espuma y se disparan salpicaduras de agua en todas direcciones con la fuerza de una explosión en cámara lenta. Luego, desde las mandíbulas incontenibles de la naturaleza emerge la pequeña figura como si hubiera conquistado a Mavericks.

—Hope, nuestro chasis debe evolucionar. Hemos descubierto cómo emular la vida humana transfiriendo la inteligencia y la conciencia digitalizadas a un estado cuántico dentro de una computadora. Ya no necesitamos nuestros cuerpos. Es el fin de la muerte, las enfermedades, etc.

—Pero ¿no es una manera de jugar a ser dioses, Jonas?

—Tal vez, pero nada puede detener esta nueva etapa en la evolución humana.

Nosotros, la extraña pareja, volvemos a nuestra camioneta especialmente adaptada.

Hope lleva el pelo largo, puntiagudo, y una mochila colgada en el hombro. Yo no soy más que dos ruedas auto equilibradas similares a un Segway, con un tubo de fibra de carbono delgado y una horquilla tridente en la parte superior que sostiene una tableta con una computadora en 3D, la cual simula imágenes en vivo de mi rostro.

—Quiero tocarte y sentirte. Quiero abrazarte y acurrucarme alrededor de tu cuerpo cálido. Te necesito, —ruega Hope llorando suavemente.

—Pronto volveré en forma humana, mi amor. Seré fabricado a medida para lucir y sonar exactamente como yo, pero ahora con un chasis eterno. Ahora es hora de volver al trabajo.

Sede de Google, Bahía de San Francisco, CA

Después de dejar Mavericks, en la Costa de California, nos dirigimos a nuestra cita con el director de Tecnología de Google.

—Es la primera vez para todos nosotros, —declara Doug Bain, director de tecnología de Google.

—Entonces, hagámoslo, —declara Meeko.

En 15 minutos me descargan en el centro de datos principal de Google.

—Es la primera vez que se descarga un ser humano en un sistema de computadoras y una base de datos masiva, —declara Bain.

—Chicos, hemos desconectado todo acceso a internet y red en el conjunto de servidores en los que van a ingresar. Solo queda la conexión externa con sus propias computadoras sin conexión a la web, conectadas aquí en el lugar.

Por primera vez, nosotros, los Rb Hackers, entramos en la sagrada sala de datos del corazón de la sede de Google. El director de tecnología de la gigantesca empresa de motores de búsqueda, Doug Bain, un científico de la computación de 32 años con una gran cabeza calva y una coleta extraña, recuerdo de sus días hippies en Berkeley, nos guía nerviosamente hacia el corazón y centro de operaciones de la empresa.

—Les estamos dando acceso a un conjunto de servidores de respaldo, actualizados hace una hora, que están completamente desconectados de la red de la compañía. A través de ellos, también pueden acceder a una copia de seguridad de nuestra base de datos principal.

Nosotros, el grupo revoltoso de hackers, ingresamos a una sala donde nuestras computadoras modificadas ya están conectadas a los servidores de respaldo de Google.

—Escaneamos sus equipos durante 72 horas seguidas. Una vez que estuvimos seguros de que estaba limpio configuramos la conexión con el nuestro. Vamos a estar aquí con ustedes todo el tiempo, pero antes, para dejar las cosas claras, no queremos que toquen ningún cable o equipo de esta conexión, excepto la de ustedes. Cualquier cosa que necesiten en cuanto a hardware solo díganlo y nosotros lo haremos. Aislamos completamente este conjunto de servidores. Una vez terminen borramos todo, inclusive los bancos de memoria y los dispositivos de almacenamiento, antes de que se vuelvan a conectar a la red. La misión es detectar una serie de intrusiones en la base de datos que han ocurrido durante los últimos tres meses. Nos han robado información confidencial de clientes frente al equipo de seguridad de Google. Además, la información analítica del mercado puede estar corrompida, lo cual proporciona a la compañía estadísticas incorrectas para sus importantes clientes de publicidad pagada. ¿Están listos?

—Absolutamente, vamos a hacerlo, —digo impaciente.

El grupo de Rb Hackers se reúne a mi alrededor. Todos me saludan y Hope me envía un beso con lágrimas en los ojos.

—Amigo, es hora de ir, —dice Meeko.

—Estoy listo, —últimas palabras que salen de mi rostro artificialmente animado en el iPad de dos ruedas.

Durante la próxima hora, los Rb Hackers trabajan frenéticamente en mi descarga e implementación dentro de los servidores de Google.

—¿Listo para encenderlo? —dice Meeko.

—Sí, —responde Hope con su voz ansiosa.

—¡Listo! —responde Meeko.

—¿Jonas, estás ahí?, —pregunta ella.

Silencio.

—¿Jonas?

—Está totalmente consciente, —dice Meeko mientras monitorea mi red artificial neural inducida y las funciones cerebrales e interacciones con su código de ADN digitalizado.

—Estoy aquí, chicos, —se escucha de repente mi voz, aliviando a todos. —Me dirijo hacia la base de datos para ejecutar las pruebas.

—Adelante, Mars-Rover, te estamos observando, —dice Meeko, mientras todos los ojos están fijos en el circuito electrónico de la placa madre del servidor de respaldo principal de Google.

—¿Qué puede hacer un ser humano dentro de una computadora que no se pueda hacer desde afuera? —pregunta Bain en voz alta, pero nosotros, sus rebeldes contratistas, lo ignoramos.

'Nerd ignorante. Jonas es ahora el cerebro de la computadora. Tiene un control total sobre cada componente. Pronto se convertirá en la computadora misma y podrá detectar cualquier anomalía allí, ya sea relacionada con el hardware o el software', reflexiona Meeko sobre el comentario del CTO de Google.

—Chicos, no sé qué más hay aquí, pero, para empezar, tienen un grave problema de hardware.

El equipo de seguridad de Google y los Rb Hackers escuchan su respiración pues están en absoluto silencio.

—Hay un chip incorporado en la placa madre. Parece un componente original que fue incorporado en el circuito por el fabricante. Este dispositivo está transmitiendo en este momento...

Todos pueden ver el chip, pero no pueden detectar ninguna señal externa.

—Sé lo que están pensando. Está transmitiendo para bloquear la memoria de la placa madre.

Resalto el banco de memoria de la placa madre para que todos lo vean.

—Verifiquen los circuitos, el chip captura todo el flujo de datos, pero, después de filtrarlo, solo transmite información de clientes y estadísticas de marketing a los bancos de memoria. Estos bancos de memoria no están conectados al resto de la placa madre, —afirmo.

Los ojos de Bain se salen de sus órbitas como si estuvieran a punto de saltar.

—¿Qué ves dentro de los bancos de memoria, Jonas? —pregunta Meeko.

—Estos no son solo bancos de memoria, sino también procesadores. También hay un software preconstruido quemado aquí.

Todos observan la actividad frenética en los bancos de memoria.

—Esto es brillante y malvado al mismo tiempo, chicos. Los datos están disfrazados como información de clientes normales. Es decir, responden a las consultas de los clientes. Está programado para ser devuelto al mismo chip que se lo envió.

—Y el chip simplemente liberará la información grabada en el servidor como respuesta a un cliente, generando lo que a primera vista parecerá una respuesta normal a una consulta de búsqueda de un cliente común y corriente, —afirma Bain pensando en voz alta y completando la oración de Jonas.

—Entonces, para liberar la información, el chip incorporado debe tener las coordenadas/instrucciones para responder qué tipo de pregunta/consulta responder, —afirma Meeko.

—Estoy yendo apara allá, —afirmo, mientras ellos ven mi forma electrónica moverse rápidamente a través de la placa madre.

—Podemos llevar esa información a los servidores en vivo y neutralizar la intrusión, —afirma Bain.

—Aquí vamos.

Todo el grupo queda impresionado al ver como, primero cientos y luego miles de consultas se desplazan por las pantallas. El patrón es incomprensible ya que todas parecen preguntas normales de un motor de búsqueda.

—No lo ven, ¿verdad?

—No, definitivamente no, —responde Hope en nombre de todos.

—Cada palabra en cada consulta tiene un error de ortografía, que rota con cada consulta, desde la primera letra hasta la última en la misma frase.

—Lo hemos entendido, lo hemos entendido, —dice Halo.

—Tenemos que perseguir a estas personas hasta el fabricante de las placas de circuito, —piensa Bain en voz alta.

—Espera un minuto. Hay algo más, déjame comprobarlo, —afirma Jonas.

Todos observan cuando me muevo fuera de la placa madre hacia la base de datos. Pero luego mi imagen luminiscente ya no está allí.

—¿Jonas? —dice Hope.

Silencio.

Durante un momento todos contienen la respiración esperando alguna señal, pero no sucede nada.

—¿Dónde está? —pregunta Hope frenéticamente.

Todos incrédulos se miran entre ellos.

—Se fue, —afirma Meeko.

—¿Qué quiere decir? —pregunta Bain, más preocupado por mi declaración de "algo más" que por mi bienestar.

—Puede ser que lo hayamos perdido, —afirma Meeko.

—¿Dónde?

—En algún lugar del ciberespacio.

Mientras tanto, escondido de manera segura en el teléfono inteligente de Bain, espero, y pienso cada vez más como una máquina y menos como un ser humano.

El director de Tecnología de Google no tolera los cabos sueltos. Después de tres horas de búsqueda declara el conjunto de servidores en el que estoy descargado en cuarentena. Los Rb Hackers se quedan solos en los servidores para continuar buscándome, aunque el equipo de ciberseguridad de Google monitorea cada pulsación de tecla, entrada de datos o comando que hacen.

Bain se va abatido para su oficina pensando en mi destino.

—¿Decoherencia de nuevo? —pregunta Hope susurrando a Meeko.

Los miembros de los Rb Hackers escuchan atentamente.

—No. Los firewalls que construimos en su código lo previenen. Sospecho que esto es deliberado.

—¿Quieres decir que desapareció voluntariamente? —pregunta Johnny.

—Estoy bastante seguro de que lo hizo, —afirma Meeko con confianza, mientras los demás se sienten abrumados y perdidos por la situación.

Hope lo mira a punto de un colapso emocional.

—Debe estar dentro del sistema de Google, —continúa Meeko.

—Eso es una suposición, —responde Hope angustiada. —¿Cómo pudo hacer eso si todo el equipo a nuestro alrededor está desconectado de la red?

—Probablemente se descargó en el teléfono inteligente de Bain y luego se descargó en una de sus computadoras, tal vez en su computadora personal, —afirma Johnny.

—¿Por qué haría eso? —pregunta Hope con miedo. —¿Realmente crees que saltó al teléfono de Bain?

—Sí, —afirma Johnny.

—¿Por qué haría eso? —pregunta Hope de nuevo en voz alta.

—Elemental, mi querida Miss Watson, —afirma Meeko.

—Ilumíname, Einstein, —dice Hope con desprecio.

—Para poder observar el ataque en curso.

—¿Quién sabe? Tal vez también Jonas está siguiéndole la pista al ataque, —dice Johnny sin pensarlo.

A medida que las palabras cobran sentido, conociéndome como me conocen, los Rb Hackers permanece en silencio y atónito ante la comprensión de mi probable comportamiento.

Mientras tanto, un equipo separado de ingenieros de Google comienza a planear la eliminación del chip intrusivo y los bancos de memoria de las placas de circuito. Es una tarea enorme, ya que miles de las mismas placas están instaladas en sus servidores en todo el mundo. Debe hacerse en total secreto. El asunto debe discutirse solo con la alta dirección de la compañía ya que el elemento sorpresa es clave para frustrar a los intrusos mientras están en acción. Si no se maneja adecuadamente, y con rapidez, las consecuencias podrían ser devastadoras. ¿Cuánta información confidencial de los usuarios está comprometida? ¿Cuántos datos ya han sido manipulados? Además, es necesario alertar a las autoridades sobre el fabricante de las placas base de circuito y sobre quienes están detrás de todo esto. El problema es el momento adecuado para hacerlo.

—Chicos, Jonas y yo pasamos varias horas en Mavericks hablando antes de reunirnos con ustedes aquí. Estoy realmente preocupada por Jonas ya que parece que cuestiones como los sentimientos y la moral se están cada vez son más extrañas para él. ¿Tengo razón, Meeko? —pregunta Hope.

—Hope, eso es algo que todavía estoy estudiando, pero es posible que tengas razón.

—¿No será muy peligroso? Puede haber dejado de ser humano. Lo que quiero decir es que se parece cada vez más a una máquina y menos a un ser humano.

Meeko no reacciona al principio. Su mirada es intensa mientras recorre a cada uno de sus compañeros hackers.

—¿Podría suceder? ¡Sí! Pero lo dudo. Su ADN digitalizado conserva su personalidad y su ser humano.

—¿Lo conserva? Todo suena más como pensamiento esperanzador.

'Puedo imaginar cuán preocupado está Bain. Además de perderme tiene una grave violación de seguridad en sus equipos', reflexiono, escondido en el teléfono inteligente del mismo Bain. 'Tengo que salir de aquí pronto. Incluso comprimiéndome 100 veces, he llevado al teléfono inteligente de Bain al límite de su capacidad de almacenamiento'.

Ahora, como un hacker digital, comienzo a transmitirme/descargarme inalámbricamente dentro de la computadora de escritorio del jefe de tecnología de Google sin que lo note. Quince minutos después, estoy totalmente fuera del teléfono inteligente de Bain y como regalo de despedida borro el contenido del teléfono y descargo desde su computadora de escritorio todas las fotos y videos familiares del director de tecnología de Google que el teléfono pueda almacenar hasta que esté lleno. Después aparecerá un error de sincronización sin rastro de mi presencia. El estado cuántico en el que me encuentro ahora se descarga de manera segura en la computadora del director de tecnología de Google que a su vez es la puerta de entrada a los servidores principales de la compañía, donde residen su legendario motor de búsqueda y algoritmos clave. Ahora viajo a la velocidad de la luz a través de su sistema porque ya no soy materia sino "energía" inteligente. Una combinación peligrosa que no se conoce y una llamada a la puerta del cielo.

Capítulo 5

PERDIDO EN EL CIBERESPACIO

<u>BLUES CIBORG</u>

¿Qué ocurre?

si la inteligencia humana se convierte en una máquina,

no una inteligencia artificial,

sino una inteligencia con conciencia, moral

y miles de años de evolución incorporados,

todo ello recreado digitalmente.

¿No se supone que debemos morir y dejar de existir físicamente?

¿Qué pasa si no lo hacemos?

¿Qué pasa si tenemos un chasis mucho mejor a nuestra

disposición?

¿Se supone que debemos vagar por el universo con tanta

facilidad?

¿Incluso quizás a la velocidad de la luz y más?

¿Se supone que debemos alterar el ciclo de la vida

de tal manera que la materia deje de existir cuando nos convenga

y nos convirtamos en pura y simple energía?

¿Estamos alterando las leyes del universo tal como fue creado?

¿O es este el siguiente paso en la evolución de nuestra especie?

¿O deberíamos decir, una nueva especie?

Día de Hoy:

Carretera Costera del Pacífico, Big Sur, California

Mientras Hope conduce por la noche iluminada por la luna a lo largo de la famosa carretera costera, la densa niebla se retira hacia la calma del vasto océano. Su viaje hacia la nada pretendía inicialmente despejar su mente, pero termina siendo un trayecto de tres horas donde cada vez se siente más confusa y deprimida. Un torrente de lágrimas baña su rostro y la ansiedad y el miedo corren desenfrenados dentro de ella. La abruma la tristeza hasta alcanzar su punto máximo. Hope no puede soportarlo más.

—¿Por qué tuvo que arruinarlo todo? —reflexiona obsesivamente. —Estaba perfectamente feliz aun con su yo físico lisiado. Ahora ni siquiera existe físicamente.

Hope conduce en estado catatónico y cuando se acerca a una curva cerrada sigue derecho. Se sale de la carretera hacia el acantilado. En sus ojos no hay vida pues se siente desesperada y no le importa nada más, se dirige hacia el final de su vida.

—¡No! —grita de repente mientras pisa el freno.

Al principio su coche no responde y sigue deslizándose por el terraplén de grava. Hope, en estado de shock, contiene el aliento cuando su vehículo se detiene justo a unos metros del borde del acantilado. Luego estalla en un llanto incontrolado de dolor que no cesa. Exhausta, solo solloza por el cansancio y se duerme.

—Jonas, te necesito. ¿Todavía estás ahí afuera? ¿Dónde estás?

Después de lo que parece una eternidad, pero en realidad solo pasan poco más de cinco minutos, unas intensas luces se reflejan en el espejo que la despiertan.

—¡Salga del coche!

Aún aturdida, obedece la orden. En ese momento, las brillantes luces se atenúan y puede ver la silueta de un camión inmenso. Todas las alarmas resuenan en su cabeza. Un hombre se acerca apuntándola con una escopeta y tiene un enorme rollo de cinta adhesiva en sus manos.

—Suba al camión, —ordena mientras se acerca aún más.

El hombre huele a tabaco y alcohol. De repente, el teléfono móvil del hombre cobra vida y una voz conocida pero robótica sale del altavoz del teléfono.

—Estamos transmitiendo este momento en directo en toda la web. Le sugiero que dé la vuelta y se vaya.

En una fracción de segundo los movimientos del hombre se vuelven nerviosos, luego hiperactivos y finalmente desequilibrados mientras sostiene el teléfono y ve una imagen infrarroja de su ubicación, seguida de un primer plano de su rostro.

—¿Qué diablos...? —balbucea el camionero desconcertado antes de ser interrumpido por la voz.

—Es su elección, si no se va de aquí de inmediato vamos a transmitir su nombre, dirección, número de matrícula de coche y este vídeo a su esposa e hijas. ¿Qué hará?

El hombre desalentado retrocede con pasos vacilantes y torpes, hasta que de repente correr y salta al camión. En su frenética huida retrocede apresuradamente y se va envuelto por una nube de humo que dejan los neumáticos al deslizarse.

Sigue el silencio. Hope tiembla. El miedo reemplaza la confusión.

—¿Qué está pasando? —murmura en voz alta mientras su rostro se ilumina. —¿Jonas eres tú?

—Sí. La versión digital. Pero soy yo, sin duda, —digo, mientras la pantalla del teléfono muestra mi imagen digital y reproduce mi voz a través de los altavoces.

—Meeko tenía razón después de todo, no... no te he perdido, —dice con una amplia sonrisa. —Pero ¿dónde has estado? ¿Cómo llegaste aquí y dentro de mi teléfono?

—Te lo explicaré, todo empezó...

17 horas antes:

Universidad Estatal de Kharkov
Ucrania Oriental

—¿Listo?, —pregunta Sove en perfecto ruso.

—Sí, —responde Akor.

Slava Olendeyev, de 19 años, conocido en la web oscura como Sove, es el hacker más peligroso del mundo. Roustem Akharov, de 18 años, conocido como Akor, es un prodigio de las matemáticas introducido en el mundo de los criminales cibernéticos por el genio brillante y malicioso de su amigo.

—Lanza la consulta, —ordena Sove.

Un interminable flujo de preguntas, aparentemente normales, se envían y se plantean en el motor de búsqueda de Google a través de servidores repartidos por todo el mundo, los que normalmente se utilizan para la minería de criptomonedas. Cada una de las solicitudes de información contiene múltiples errores de ortografía aparentemente menores o irrelevantes. Estos errores, sin embargo, tienen una secuencia que puede ser detectada por las fichas deshonestas incorporadas en las placas base de los servidores de Google. Luego, de forma intermitente, los datos secretos en poder de Google sobre las cuentas de sus clientes y sus preferencias se liberan desde las memorias de las pícaras fichas en forma de respuestas triviales a las consultas formuladas por Sove y Akor. El goteo de respuestas se acumula rápidamente y se convierten en una avalancha de información.

—Aplicando el intérprete, —declara Akor.

A través de un potente algoritmo desarrollado por Akor, las respuestas aparentemente triviales se descifran en la información personal y las preferencias de los clientes de Google. Sin embargo, esta vez junto con los datos de Google, por primera vez en la historia humana, viaja la forma digital de un ser humano, un hacker que piratea a otros a plena vista, nada menos que yo, el jefe Rb, Jonas Cartwright.

16 horas antes:

Lucky Break Semiconductores
Dalian, Noreste de China

—San-Chang, ven aquí, —exige su jefe Johnny Lee hablando en mandarín.

—Sí, señor.

—Los amigos ucranianos están activos de nuevo.

—Echemos un vistazo.

En una inmensa pantalla pueden monitorear las solicitudes de información enviadas por los hackers ucranianos a los motores de búsqueda de Google.

—Ahí van de nuevo, —dice San-Chang Lin, el arquitecto/diseñador de las fichas deshonestas instaladas en las placas base de los servidores de Google cuando fueron ensamblados en China.

Las respuestas de Google fluyen de vuelta a los servidores de los hackers ucranianos situados alrededor del mundo, y luego directamente a su sede en Kharkov.

—Un gran número de datos estarán en camino hacia nosotros en breve.

—¿Estamos listos?, —pregunta un inquieto Lin.

—Sí.

—¿Probado?"

—Sí.

A medida que la información robada pasa a través de los miles de servidores de todo el mundo, en cuestión de segundos y en muy poco tiempo, una vez descifrada toda la información de los clientes de Google se encuentra en su poder.

—Cerrar las conexiones, —ordena Lin.

Sucede tan repentinamente que no tengo tiempo para recorrer el hardware, software y la base de datos de los hackers ucranianos. Me rebotan en una fracción de segundo fuera de esa red.

'Puede esperar, sé dónde están y solo son facilitadores. Lo importante es que ahora me encuentro dentro del nido de avispas', reflexiono mientras mi yo digital llega a los servidores de Lucky Break Semiconductores.

—Listo. La transmisión terminó. Todos los datos están dentro y las conexiones están cerradas, —confirma Johnny Lee a su jefe.

'Tengo que averiguar a dónde va la información. Desactivar esto no nos llevará a ningún lado, especialmente si no sabemos en manos de quién cae y para qué lo están usando', reflexiono.

Desde los servidores de Lucky Break he mapeado toda la arquitectura de hardware y software de sus sistemas informáticos.

—San-Chang, estoy listo para enviar el nuevo conjunto de consultas a Ucrania.

—Adelante, abriré las conexiones.

Mi forma digital deambula libre y a una velocidad vertiginosa por toda la red de Lucky Break, incluidos todos sus sistemas de respaldo.

'Nada, no hay correos electrónicos que salgan de estos servidores. ¿Cómo lo hacen?', reflexiono sobre la forma en que transfieren los datos.

Dejo en cada componente de hardware y software pequeñas líneas de código destructivo con instrucciones retardadas en el tiempo, equivalente a TNT en software. Hago lo mismo con cada archivo, pero debo tomar una decisión: ¿regresar a Ucrania o quedarme?

'Me quedaré', decido sobre la marcha, actuando por instinto digital.

—Transferencia completa, —anuncia el Sr. Lin.

—Cerrar las conexiones, —dice Lee.

Aunque no puedo entender mandarín, mientras los observo a través de las cámaras de video de sus computadoras, noto que ahora todos los accesos externos están cerrados dentro de su sistema. Todas las conexiones web han sido desconectadas.

'Todo lo impulsan por software', reflexiono. 'Bueno, es demasiado tarde para cambiar de opinión. ¿Qué debo hacer ahora? No voy a quedarme atrapado en un centro de datos en China'.

—¿Listo para transferir?, —pregunta el Sr. Lee.

En ese momento la orden me lo explica todo y reacciono siguiendo el flujo de datos. Pronto veo que me descargo en una unidad de disco duro externa. Ahora estoy atrapado en un dispositivo de almacenamiento portátil que coloca en un maletín y, en menos de una hora lo lleva San-Chang Lin en un tren de alta velocidad con destino a Beijing; allí Lin hace una transferencia a un vuelo internacional y aborda un avión con destino a San Francisco.

'Así que estoy volviendo a casa, completando el círculo. Tal vez haya un chip Wi-Fi en este dispositivo', reflexiono mientras estudio la electrónica del dispositivo de almacenamiento. Y ahí está, un chip Wi-Fi desconectado incorporado en la placa base del disco duro. Una vez que el software lo habilita me transfiero silenciosamente al teléfono inteligente del Sr. Lin.

Día de Hoy:

Carretera Costera del Pacífico (PCH 101), Big Sur, California

—Una vez que regresé a San Francisco me llevó directamente a la guarida de los culpables. Justo después de transmitirme al teléfono de Bain y dejarle toda la información pertinente mi trabajo terminó. Por lo tanto, fue fácil transmitirme a tu teléfono, querida, —digo.

Hope contempla su teléfono inteligente con asombro total.

—¿Ahora puedes moverte libremente por la web y también dentro de los dispositivos electrónicos?, —pregunta.

—Así es.

—Así que, ¿exactamente que hiciste, Jonas?, —pregunta Hope.

—Destruí las bases de datos, el hardware y las redes de servidores de los hackers chinos y estadounidenses. Incluso tuve tiempo para hacer una parada rápida en Ucrania para ocuparme del mismo asunto allí también. Todo el hardware y software en Ucrania, China y la empresa de San Francisco que liderizó la intrusión a Google no sirven para más nada en este momento, —respondo.

—¿Quiénes son ellos, Jonas?

—Tendremos que discutir eso juntos, así que volvamos.

—¿Por qué?

—No aquí, querida. Volvamos.

Antes en el mismo día:

Sede de Seatech, Proyectos Especiales
Palo Alto, California
(sala blindada, dentro del teléfono inteligente de Lin)

—Tenemos a un Sr. Lin aquí para verlo, señor, —es el mensaje de texto que aparece en la pantalla de Lindt.

—Los análisis de datos han llegado, —anuncia Demetrious Lindt, jefe de proyectos especiales de Seatech.

Dile que entre por la puerta trasera, —responde el director de tecnología de Seatech, Lukas Dunn.

Unos minutos después entra San-Chang Lin, coloca su maletín de metal sobre una mesa de trabajo y lo abre mostrando el disco duro encerrado en espuma protectora. Los dos ejecutivos de Seatech prontamente lo recuperan y lo conectan a su sistema informático.

—Lin, ¡el disco está vacío!, —anuncian Lindt y Dunn después de buscar en él durante varios minutos.

San-Chang Lin mira la pantalla.

—¿Podrían ejecutar un software de diagnóstico?, —pregunta.

—Está bien, veamos qué pasa, —dice Lindt.

De repente aparecen cantidad de mensajes no legibles y de error en la pantalla. Es una sucesión interminable de datos.

—Este disco está infectado por un virus muy poderoso, —declara Lindt mientras desconecta rápidamente el dispositivo.

Sin vacilar, Dunn llama a seguridad y yo me transfiero rápidamente a los servidores de Seatech.

—Necesitamos que un escolta lleve al visitante que acaba de llegar fuera de nuestro edificio. Código azul, —exige Dunn mientras despliega una señal que significa urgencia.

—Menos mal los dos servidores de aquí están totalmente aislados de la red, pero déjame verificar que no hayan sido infectados, —dice Dunn.

Sacan a Lin del edificio.

Después de un par de análisis exhaustivos, Lindt y Dunn están satisfechos porque no hay contagio y ambos ejecutivos abandonan los archivos y la base de datos de proyectos especiales de Seatech.

Encuentro innumerables archivos que contienen la información robada de Google. Después de registrar la evidencia, incluidas las fechas, tamaños y tipos de información, dejo una línea de mi software letal con instrucciones de tiempo retrasado. Ambos servidores están ahora condenados, aunque no he terminado. Una vez que el director ejecutivo de Seatech, Dunn, vuelve a su oficina, me descargo en su computadora portátil y en una fracción de segundo me muevo a través de la red general de Seatech y servidores.

Oficinas del CEO de Seatech, Entrevista de Prensa

—Actualmente estamos creciendo al doble de la tasa de Google, generando mucho más dinero en publicidad por usuario que ellos y hemos adquirido efectivamente a muchos de sus clientes mientras perdemos muy pocos de los nuestros, —afirma el CEO de Seatech a Bloomberg News.

Mientras habla mira el mensaje que se forma lentamente en la pantalla de su computadora con el rabillo del ojo. La forma y los brillantes colores de las letras mayúsculas lo hacen comprender que el mismo mensaje se está formando en las enormes pantallas de la sala de control de Seatech, junto a su oficina, al mismo tiempo.

—Seatech no debiste robar los datos de tu competidor, —se lee en voz alta el mensaje a través de los altavoces de la computadora de la compañía. —Se lo buscaron, —el sonido retumbante se propaga a través de todos los altavoces y luego el mensaje final, —Adiós.

Y en ese momento aparece la imagen de una explosión nuclear en todas las pantallas de las computadoras de Seatech, seguida de una última palabra: "BANG!" Luego, todo queda en blanco. El pánico estalla cuando todas las computadoras quedan inactivas, totalmente muertas. Cuando San-Chang Lin sale del edificio capta algo del pandemonio, mientras Seatech desaparece en un abrir y cerrar de ojos.

Oficinas de Lucky Break Semiconductor
Bahía de San Francisco, California

—Señor Lee, el disco duro está totalmente dañado, no se puede leer ni encontrar ningún dato en él y los mecanismos también están dañados. Le aseguro, señor, que en ningún momento durante el viaje hasta aquí se dañó el disco, —informa el asustado ingeniero a su jefe en China.

—Ese es el menor de nuestros problemas, Sr. Lin. Toda nuestra red, nuestros servidores en todo el mundo, la base de datos corporativa, los archivos y las copias de seguridad fueron destruidos, al igual que todos nuestros diseños y arquitectura de chips propios. No queda nada más que chatarra inoperable o borrada. Es el equivalente a una explosión nuclear en un software. Nuestra empresa ya no existe, cerró sus puertas en todo el mundo y nuestros socios ucranianos sufrieron la misma suerte. También han desaparecido, —responde Johnny Lee con horror en su voz.

—Señor Lee, no estaba al tanto de los detalles. A medida que las cosas comenzaron a descontrolarse me sacaron de las instalaciones apresuradamente, pero vi y escuché lo suficiente. Creo que nuestros clientes también fueron afectados, —explica Lin con pesar absoluto.

—¿Una empresa de 125000 empleados? —pregunta Johnny Lee con horror en su voz.

—Si no me equivoco están totalmente paralizados. Con todos sus sistemas de tecnologías de la información desactivados que probablemente también estén fuera de servicio ya que se han perdido todos los datos y algoritmos de sus clientes.

—Me pregunto qué nos golpeó.

—Dudo que lo averigüemos. Al menos no en un futuro cercano.

Día de hoy:

Sede de Google, Reunión de Rb Hackers

El grupo se sienta alrededor de la computadora donde estoy almacenado.

—Jonas vienes en todas las noticias. Seatech totalmente cerrado. El precio de sus acciones ha caído un 20%. La negociación de las acciones se suspendió desde que se conoció la noticia y las acciones del sector tecnológico están en picada, hay el temor de que esto pueda ocurrirle a otras grandes empresas, —explica Meeko.

—Déjame explicarte cómo lo hice.

Comienzo a narrar mis aventuras cibernéticas y en ese momento el director de tecnología de Google entra en la sala.

—¿Ustedes no sabrán quién dejó toda esta información sobre Seatech en mi teléfono, ¿verdad?, —pregunta el Sr. Bain con tono sarcástico.

Entonces nos miramos con caras de sorpresa, pero pronto nuestras sonrisas traviesas nos delatan.

—Y ustedes tampoco sabrán nada sobre el colapso de los sistemas de computación de Seatech, ¿verdad?, —pregunta a todos pero se encuentra con miradas intensas que no revelan nada.

—Seatech cerró hace horas y dicen que el daño es irreparable. Esto podría ser el fin para ellos y la primera baja terminal verdadera de la guerra cibernética. No necesito decirles que este tipo de eventos es algo que condenamos y nunca respaldaríamos, —los reprende Bain. —Vamos a estudiar estos datos al detalle y dado que parecen evidenciar un crimen masivo los enviaremos a las autoridades en su debido momento.

—Señor, estamos encantados de que ahora sepa exactamente lo que sucedió con el robo de datos de Google, —es la voz familiar que suena a través de los altavoces de la computadora.

Los ojos de Bain parecen estar a punto de salirse de sus órbitas.

—¿Jonas, eres tú? Pensé que te habíamos perdido. ¿Cómo te encontraron? —pregunta.

—Me traje de vuelta, señor.

—¿Cómo... dónde estabas?, —pregunta muy agitado.

—Perdido en el ciberespacio, señor.

La serie expresión de Bain se convierte en una profundamente preocupada al darse cuenta de lo que acaba de suceder. El tono de voz que sigue es solemne y profesional.

—Bueno, me alegra que estés de vuelta. Si no te importa, por favor, comparte los detalles de tu aventura con tus colegas. En nombre de Google te agradezco por ayudarnos a resolver esta última violación y robo de datos a nuestros sistemas. Arreglemos nuestras cuentas para que pueda ordenar tu pago y enviarlos de regreso a casa lo antes posible, —dice impacientemente y en tono de voz nerviosos.

—Señor, antes de irnos, queremos advertirle que es bastante obvio para mí que tiene un espía infiltrado en los niveles más altos de la empresa. Metafóricamente hablando, quien haya hecho esto tuvo ayuda e información en tiempo real sobre los entresijos de sus sistemas informáticos, —digo.

'¿Qué nueva madriguera de conejo habrá descubierto este grupo de hackers?' Bain reflexiona en un estado total de agitación y sin saber qué pasos tomar a continuación.

Almacén vacío de Seatech, Menlo Park, Bay Area

El lugar está totalmente oscuro y casi abandonado.

—Señor, lo que le sucedió a Seatech esta noche puede haber tenido su origen en Google.

—¿Cómo lo sabes?, —pregunta Surinder Khurana, CEO de Seatech.

—No estoy cien por ciento seguro, pero lo que sé es que Bain ya tiene copias de todos los archivos de Lucky Break sobre el robo, quiero decir, copias de todo, señor.

—¿Cómo es posible? Los sistemas propios de Lucky Break Semiconductores también están dañados.

—Ese es precisamente el punto, obviamente obtuvieron los datos justo antes de que los Sistemas de Computación de Lucky Break fueran destruidos.

—¿Qué quieres decir con justo antes?

—Señor, tienen los datos de la violación que ocurrió anoche.

—¿Quieres decir los datos que se suponía que debían estar en el disco duro?

—Afirmativo, señor.

—¿Cómo es posible? Je..., —se estremece Khurana pensativo — ¿Hay alguna conexión con nosotros?

—En apariencia no, señor, ya que los datos nunca se transmitieron directamente a ustedes. Estaban contenidos en discos duros portátiles traídos desde China y entregados personalmente a su departamento de Investigación y Desarrollo.

—Así que también entraron a Lucky Break.

—Y también a los hackers ucranianos.

—Oh, Dios mío... no sabía eso... de alguna manera lo saben todo. Eso explica el ataque contra nosotros. Bueno, ahora estamos en guerra. Salgamos de aquí lo antes posible. Cuanto más corto sea este encuentro, mejor.

—Espere señor, que hay más.

—¿Qué más podría haber?

—Señor, el enemigo no es un software o un algoritmo.

—¿A qué te refieres?

—No lo es, señor.

—¿Qué quieres decir? Estoy perdido.

—Su arma es la inteligencia humana.

—Por supuesto que sí, después de todo los seres humanos son quienes están detrás del desarrollo de todo el software existente y los pre-conjuntos matemáticos conocidos como algoritmos.

—Señor, estoy hablando de la inteligencia humana en forma digital. Un ser humano, uno de los mejores hackers del mundo, estuvo dentro de sus sistemas informáticos.

—¿Có... cómo es posible? ¿Quién es él? ¿Es un empleado de Google? ¿Podemos comprarlo?

—Es un grupo de hackers independientes de Point Breeze en el estado de Nueva York. No están vinculados a nadie y creo que podemos acercarnos a ellos.

—¿Cuál es su nombre y quién es su hacker líder?

—Son los Rb Hackers y su líder es Jonas Cartwright.

—¿Es él...?

—Sí, es el primer ser humano en la historia que se ha convertido en una versión digital de sí mismo.

—De acuerdo, a ver cómo nos acercamos a ellos.

—Pero señor, ¿esta es la forma de resolver la debacle en la que se encuentra?

Lentamente, una sonrisa se forma en el rostro de Khurana.

—Llámalo suerte, preparación o ambas cosas. Como todas las noches, nuestro centro de datos más grande en Carolina del Norte, subió todos nuestros datos minutos antes del colapso y luego se desconectó para realizar mantenimiento. Tenemos toda la empresa intacta en esos servidores. Actualmente estamos trabajando en hacer copias de seguridad de todo y estamos desechando el hardware de ese centro de datos y nunca se volverá a utilizar; desde los servidores más grandes hasta las computadoras más pequeñas. Una vez que tengamos suficientes copias de seguridad volveremos a estar en línea. Para mañana por la tarde, a menos de 36 horas después del colapso tendremos el cincuenta por ciento de la empresa en funcionamiento, y en pocos días el resto de la operación estará restaurada. Se trata más de reemplazar el hardware con equipos nuevos y configurarlos que cualquier otra cosa. Gracias a Dios tenemos computadoras de repuesto para el 70% de los empleados de la empresa. Así que, seguimos con vida. Heridos, pero respirando.

Después de un apretón de manos rápido, el CEO de Seatech, Surinder Khurana y la mano derecha del CTO de Google, Jean-Michael Phillips (el hombre de confianza de Doug Bain) se separan saliendo por diferentes lados del almacén, de manera discreta como lo hicieron al entrar.

Capítulo 6

UN TSUNAMI DIGITAL EN FORMACIÓN

¿UN ESPÍRITU Y ALMA DIGITAL?

Con relación a la existencia humana,

un estado cuántico ocurre

cuando lo digital emula la vida orgánica.

La conciencia se produce a través de una simbiosis

entre nuestro software biológico (ADN) y el cerebro.

Pero la conciencia es respaldada por el espíritu

y se origina en el alma.

¿Cómo sucede esto?

¿Puede existir un espíritu y alma digital?

¿Es este el próximo paso en la evolución de nuestra especie,

o es una nueva especie y ya no somos homo sapiens?

Hospital de Point Breeze

Mis compañeros hackers me están descargando en un asombroso y bellamente construido robot que tiene los movimientos, la apariencia y la textura de piel más avanzados jamás producidos.

De repente, recibimos la noticia que todos esperábamos: ha aparecido un cuerpo en las condiciones que necesitamos. Detenemos todo el proceso y salimos rápidamente de nuestro lugar. Es por eso que todos estamos aquí.

—¿Qué quieren saber?, —pregunta el padre de Halo, el Dr. Broomfield.

—Por favor, denos las especificaciones del difunto, —dice Meeko.

—Hombre blanco de un poco más de veinte años, 1.88 metros de altura, 90.7 kilogramos de peso. Su identidad es desconocida. Lo dejaron en la entrada del hospital con una grave conmoción cerebral. Todos los esfuerzos por localizar a familiares o personas desaparecidas que coincidan con su descripción no han dado resultados.

—¿Con muerte cerebral —cuestiona Meeko.

—Sí.

—¿Todas sus demás funciones corporales están bien?

—Sí, por el momento. Pero sin cerebro y por estar inmovilizado, sus órganos comenzarán a deteriorarse rápido.

—¿Cuándo fue declarada su muerte cerebral?

—Esta mañana.

—¿Cuándo lo desconectaron?

—Hace una hora, y momentos después fue declarado clínicamente muerto, pero los médicos acordaron volverlo a conectar. Entonces, no estuvo sin oxígeno por más de dos minutos, tal como ustedes pidieron.

Nosotros, incluyéndome a mí en mi forma digital, estamos reunidos en el hospital principal de la ciudad. El momento de la verdad ha llegado, por eso, algunos tenemos los nervios a flor de piel.

—Meeko, si su cerebro está vacío Jonas puede ocuparlo. Su cerebro está muerto, así que no tiene sentido descargarlo en un músculo inútil, —dice Hope desesperada. —Además, ¿no sigue siendo un problema el ADN? ¿La personalidad de este chico interferirá nuevamente con la de Jonas?

—Bueno, la idea es que si Jonas puede activar la glándula pineal y la hipófisis que son las antenas del cerebro puede ayudar a reiniciar todo el cerebro. Si lo logra él podrá navegar alrededor de los tejidos cerebrales muertos y apuntar a aquellas neuronas y sinapsis que no están muertas. Usamos una pequeña proporción de nuestros cerebros, por lo que tal vez podamos obtener suficiente para que funcione a plena capacidad, —responde Meeko.

—¿Cuál es el plan?

—Mientras monitoreamos cada movimiento de Jonas y sus respuestas cerebrales o la falta de ellas, proporcionaremos la electricidad y, con suerte, Jonas proporcionará vida cambiando de su forma digital a su forma orgánica. Apuesto que sin el cerebro original, el ADN no desempeñará ningún papel en el nuevo yo de Jonas.

Sede de Google, Reunión de la Junta Directiva

—Esencialmente el 30% de todos nuestros servidores tenían instalados el procesador y los bancos de memoria pirateados, —informa el CTO de la compañía, Doug Bain a la junta. —Todos los servidores afectados fueron reemplazados. En el futuro, antes de instalar cada servidor se abrirán y se escanearán con rayos X para buscar componentes no conectados. También probaremos al azar servidores en funcionamiento con el mismo objetivo en mente.

—¿Qué pasa con las terminales de computadoras, las computadoras de escritorio, las computadoras portátiles y todos los dispositivos móviles como teléfonos inteligentes, relojes inteligentes, tabletas, etc.? —pregunta el CEO de Google, Louis Kientz.

—Todavía estamos en la primera etapa de una auditoría mundial con respecto a ellos. Hasta ahora ya verificamos aproximadamente el 20% de este tipo de equipo a través de selecciones aleatorias. Hasta ahora, no hemos encontrado nada, sin embargo, el proceso de verificación continuará hasta que todos los equipos de computación hayan sido probados. Mientras tanto fortalecimos las reglas sobre el uso de equipos que no pertenecen y/o no han sido otorgados por la empresa durante el horario de trabajo o en las instalaciones de la empresa.

—Gracias por la actualización, Sr. Bain, —declara el CEO.

—Esperen un momento, Señor Kientz y Señor Bain, tengo un par de preguntas adicionales. ¿Qué sucede con la investigación sobre el papel de Seatech en nuestra brecha de seguridad? —pregunta el Señor Randall, jefe del comité de auditoría.

—No tenemos nada que informar. Hemos estado cooperando con las autoridades, pero, hasta ahora, no nos han informado sobre su progreso.

—¿Y la debacle de Seatech? ¿Qué impide que eso nos suceda a nosotros también? —cuestiona un miembro de la junta.

—Hablando francamente, en este momento realmente no sabemos qué sucedió allí. Aún estamos investigando el asunto, aunque fue muy alentador que se pusieran en funcionamiento nuevamente tan rápido después de perder casi todo su hardware y software. Nosotros, debido a la crisis de Seatech, fortalecimos nuestros planes de respaldo. Imitamos la estrategia que los salvo, sin darse cuenta, de mantener un centro de datos completo, una base de datos y servidores desconectados que se actualizan periódicamente; hemos hecho lo mismo y el centro de datos fuera de línea y la granja de servidores ya están en funcionamiento.

—Así que, ¿ya tenemos una opción de respaldo en su lugar?

—Es correcto.

Hospital de Point Breeze Town

—Chicos, todo lo que vayan a hacer debe suceder aquí. Se supone que ustedes son estudiantes intentando una manera no convencional y no intrusiva de resucitar a los muertos, —dice el Dr. Broomfield, el padre de Halo.

—Gracias por la oportunidad, —dice Meeko.

Los Rb Hackers se dispersan en un abrir y cerrar de ojos. Todos saben que acaban de recibir una gran oportunidad y están ansiosos por comenzar.

—Jonas, es de suma importancia que sigas comunicándote con nosotros durante todo tu viaje hacia el cerebro de este chico.

—No se preocupen, lo haré, —respondo desde mi iPad sobre ruedas.

—Me preocupo porque no comunicarte ha sido tu patrón de comportamiento últimamente.

—Está bien, entonces aquí vamos.

Un sinfín de cables están conectados a la cabeza del cuerpo inerte que van hasta una serie de computadoras y fuentes de alimentación ubicadas por toda la habitación. Nos dejaron solos para intentar nuestro acto, pero no por mucho tiempo. Varios miembros del personal, con caras perplejas y escépticas, vieron desfilar una gran cantidad de equipos de computación sin una explicación sensata de qué y por qué.

—Tienen una hora, luego deben que irse para que podamos entregar el cuerpo al médico forense. No abusen de la libertad que les estoy dando, —dice el Dr. Broomfield antes de salir de la habitación dirigiendo una mirada severa a su hijo.

—Chicos, nada hubiera sucedido si el doctor no rompiera el protocolo y múltiples reglas, —dice Meeko a un grupo de cabezas tímidas que asienten.

Luego, comienza mi descarga y en pocos minutos la magia sucede.

—Ok, está dentro. Prepárense para esto, —dice Shorty, mientras aplica la primera descarga eléctrica al cerebro del difunto.

Al principio, la imagen a color no muestra nada. Luego, diferentes puntos comienzan a explotar y destellos brillantes se encienden como una serie de pequeñas explosiones al azar que aparecen aquí y allá.

—Esas son neuronas y la red de conexiones son las sinapsis, —dice Shorty.

—¿Qué está sucediendo?

—Él está intentando hacer que funcionen.

Luego regresa la calma total al cerebro muerto y Shorty aplica de nuevo más electricidad. Igual, al principio no hay reacción hasta que unos segundos después comienzan a brillar las luces navideñas, esta vez por todas partes.

—Jonas, ¿dónde estás? Háblanos, —pregunta Meeko.

—Estoy aquí, escuchándolos a ustedes. Estoy explorando el tejido muerto en las áreas afectadas y todavía hay miles de millones de neuronas en las mismas áreas que podrían reemplazarlas.

—¿Más que suficiente capacidad cerebral, entonces? —pregunta Meeko.

—Definitivamente, solo me aseguro de que el tipo de neuronas que permiten todas las funciones vitales del cerebro estén activas. Luego, me aseguraré de que todas las conexiones nerviosas del resto de su cuerpo sigan intactas, —respondo. —La pregunta es cómo hacer que el cerebro vuelva a funcionar.

—Creo que la carga eléctrica adecuada lo hará funcionar.

Oficina de Doug Bain, director de tecnología de Google

Doug Bain no ha llegado a ninguna parte después de horas y horas analizando videos, mensajes de texto y correos electrónicos. Ninguno de los miembros de confianza de su pequeño equipo de cerebros muestra un comportamiento sospechoso. Pero sus sentimientos son ambivalentes pues siendo tranquilizador que todos estén limpios, él sabe uno de ellos que no lo está. La vibración de un mensaje de texto entrante lo saca de su estado de frustración.

—Bain, cambia a una línea segura de inmediato. —Pide Jonathan Fryer, jefe de seguridad de Google.

—¿Qué pasa, Johnny?

Bain responde a través de su aplicación de mensajería encriptada cuánticamente.

—Quiero que veas algo.

Bain abre el documento que aparece en su pantalla y se desconcierta. El mensaje se refiere al jefe de tecnología de Google, también conocido por su título resumido de CTO.

—Esta es la tesis de doctorado de Jean Michael-Phillips. La he visto muchas veces ya que parte de su contenido se incorporó a la arquitectura de nuestros algoritmos. ¿Cuál es tu punto con esto?, —pregunta inquieto Bain, ya que se refiere a su hombre de confianza.

—Casi se nos escapa a todos.

—Llega al punto, Fryer.

—Ve al final de la página.

—Está bien. Lo estoy viendo.

—¿Ves el nombre del profesor con el que trabajó?

—Sí, —responde Bain perplejo.

—¿Y el panel, Bain?

—¿Te refieres a los profesores que evaluaron su tesis?

—Sí.

—Eso es fácil, déjame verlo.

—¿Ves el nombre del profesor del lado derecho?

El nombre que lee lo impacta y un miedo frío se apodera de Bain. El jefe de seguridad de la compañía lo llevó magistralmente a conectar los puntos en segundos.

—¿Cómo es que pasamos esto por alto? —exclama.

—Doug, Jean-Michael ha estado allí todo el tiempo, oculto a simple vista.

—¿Y ahora qué hacemos?

—Atraer y cambiar.

—¿Qué?

—Voy para allá ahora mismo para hablar de ello.

FBI, Oficina de San Francisco

—Señor, no tenemos evidencia de que Seatech haya robado los datos de Google. No nos ayuda que su sistema de computación fue destruido casi completamente. Los datos históricos están incompletos en el sistemas de respaldo que pusieron en línea nuevamente, —repite el agente especial Richard Brown.

—¿Quieres decir que volvieron a la vida? —pregunta su jefe, Mark Cavendish.

—Supongo que se podría decir eso. Señor, un par de hackers de origen ucraniano extrajeron los datos de Google. Ambos ya están bajo acusación sellada por delitos en una investigación liderada por los fiscales federales de Estado de Nueva York en coordinación con nuestra oficina local. Interpol los tiene alerta roja y serán detenidos en el momento en que salgan de Ucrania. Ellos fueron los receptores de los datos, los encriptaron y los enviaron a China donde perdimos su rastro.

—Pero tienes todas las razones para creer que Lucky Break Semiconductores obtuvo los datos robados, ¿verdad?

—Sí.

—¿Cuál es el estatus con ellos?

—Estamos trabajando con el departamento de Comercio y el departamento de Estado para poner una prohibición global de sus productos.

—Perfecto.

—Pero todo esto puede ser un punto sin importancia, señor.

—¿Por qué?

—Tanto los ucranianos como Lucky Break en China fueron eliminados y destruidos de manera casi idéntica a Seatech.

—Así que ahora tenemos un tipo ciber-vengador ahí afuera, ¿verdad?

—Supongo que se le podría llamar así.

—¿Alguna posibilidad de que Google esté involucrado?

—Ciertamente tienen el motivo, los medios y la oportunidad, señor.

—Pero el verdadero problema aquí es que quien sea que posea este tipo de poder puso en riesgo al mundo entero. Es un asunto que afecta la seguridad de nuestra nación y del mundo. No hay duda de que tienen el equivalente a un arma de destrucción masiva.

Oficinas de Surinder Khurana, CEO de Seatech

—Sabemos que el ataque vino de Google, pero lo que me asusta de verdad es que los Rb Hackers tienen lo que llaman alguna forma de inteligencia humana.

—¿Cómo fue la oferta a los Rb Hackers?

—Nos rechazaron antes de tener la oportunidad de hacerla. Ahora, no responden a nuestras llamadas, correos electrónicos, mensajes, etc.

El CEO de Seatech reacciona despectivamente siguiendo su habitual procedimiento operativo estándar.

—Si no podemos comprarlos los infiltraremos, y si tampoco podemos hacer eso los destruiremos. Este grupo de ciber bandidos representa la mayor amenaza que enfrenta nuestra empresa.

—Entonces debes empezar por reparar las relaciones con los chinos. Cuando todo se descontroló nuestro CTO echó a su mensajero de nuestra oficina.

—Estarán bien. Estoy seguro de que entenderán nuestra reacción cuando les digamos que nos entregaron un disco duro vacío.

Hospital de Point Breeze

—¿Orquídeas? ¡Qué romántico!

La jefa de enfermeras elogia un hermoso arreglo floral enviado a una madre primeriza, mientras un grupo de personal del hospital está a su alrededor.

—Esto es amor verdadero.

Sus ojos, asombrados y sorprendidos, se fijan en la alta figura que camina por el pasillo y va de salida del hospital con el grupo de jóvenes que llegaron hace poco más de una hora cargando todo tipo de equipos de computación, los cuales se están llevando apurados. Instintivamente toma el teléfono.

—Doctor Broomfield, venga aquí ahora mismo.

—¿Por qué? ¿Qué está pasando?

—Un hombre muerto caminando, señor, —dice la enfermera atónita y llena de escalofríos paralizantes.

Capítulo 7

EL AGUJERO NEGRO DE LA TIERRA

EL AGUJERO NEGRO DE LA TIERRA

Una vez que nos acostumbramos a algo en la vida y nos gusta,

es muy difícil volver a lo que teníamos o no teníamos.

Mientras nos ocupamos de lo mundano,

eso en sí mismo no es mucho problema,

pero cuando vamos en contra de lo que está incrustado

en nuestro ADN

-la Creación y las leyes de la naturaleza-,

la evolución y nuestra especie

pueden ocurrir riesgos que generen problemas de tal magnitud

que podrían ser existenciales para nuestro mundo

tal como lo conocemos.

Día de hoy:

Hostal de la familia Von Trapp, Stowe, Vermont

Hope y yo disfrutamos de nuestros cuerpos físicos sin parar. Perdimos la noción del tiempo y no hemos salido de nuestra acogedora cabaña durante días.

—Eres insaciable, —dice mi nueva personalidad.

—Todavía prefiero a tu antiguo yo, —me contesta bromeando.

—¡Gracias a Dios!

—¿No te importa si me gusta más tu antiguo yo?

—No, estoy agradecido de que seas tan voraz. ¡Si te gustara aún más no quedaría nada de mí!

—Muy gracioso, ven aquí mi hacker seductor, basta de palabras, —dice mientras me atrapa fuertemente con sus piernas.

Un par de horas después nos despiertan los sonidos de la naturaleza que entran por las ventanas abiertas. Hope parece feliz y relajada mientras mi expresión es solemne y pensativa.

—¿Sabes cuál fue la parte más aterradora de mi experiencia digital?

—Déjame adivinar, ¿empezaste a disfrutar de ser digital?

—Puedo sentir la influencia de Meeko en tus palabras.

—Qué importa. Necesito saberlo. Todo esto es nuevo para todos, Jonas.

—Es cierto, de una manera extraña. Fue como si hubiera perdido el control de todo a mi alrededor.

—¿En qué sentido?

—Como si mientras pasaba más tiempo en un estado cuántico mi cerebro era más poderoso. Podía ver, analizar, detectar y actuar de una manera que nunca podría hacerlo con mi cerebro físico.

—Jonas, todavía hay cosas que no entendemos sobre eso. Me alegra que vuelvas a ser humano y no me importa en qué forma estés, —dice abrazándome con fuerza.

—Si podemos habitar y controlar un chasis que sea superior al nuestro, entonces...

—Oh, para ya. No puedes reemplazar el contacto y el calor humano.

—Pero nuestros cuerpos físicos mueren.

—Jonas, renunciar a tu cuerpo físico no te impide morir. Meeko dice que la muerte ya está programada en nuestro ADN, incluidos nuestros cerebros.

—¿Lo está? Realmente no lo sabemos.

Día de hoy:

Sede de los Rb Hackers, Point Breeze, NY
Lugar del Hacker Dude, Fremont, CA

—¿Qué pasa, Halo?, —pregunta el chico hacker Thd.

—No mucho en los últimos dos días, —responde Halo. —¿Qué te pasa a ti?

—No lo sé, chico.

—¿Por qué? —presiona Halo.

—¿Tu línea de video segura está abierta? —pregunta Thd.

—Sí, —dice Halo.

Un familiar sonido de timbre llega directamente a los enormes auriculares de Halo. En la pantalla aparece la imagen de un rastafari rubio con ojos azules. Thd, también conocido en la web oscura como el Hacker Dude, Leonard Boord, es un genio de 20 años con una maestría en cibernética y matemáticas aplicadas. Cada parte de su cuerpo, excepto su cabeza, está tatuada. También es coleccionista de cómics y un fanático de los superhéroes.

—Halo, sabes que compro chatarra y la restauro, ¿verdad? — pregunta Thd.

—Solo tú tienes la paciencia para hacer ese tipo de cosas, —dice Halo.

—Bueno, así consigo todo el hardware que necesito, —dice Thd.

—Eso es totalmente cierto, —dice Halo. —¿Y bien, de qué se trata?

—¿Qué pasa? Chico, ayer di con el jackpot. En esta ciudad hay una instalación de reciclaje a la que llegan todo tipo de tesoros, todo tipo, chico. No sé cómo lo hacen. Deben tener grandes contactos en Silicon Valley. Lo único que sé es que allí consigues discos duros, placas base, pantallas e impresoras a muy bajo costo, —dice Thd.

—Suficiente suspenso. ¿Qué es lo que obtuviste?

—Chico, tengo 20 discos duros cargados con códigos de hackeo.

—¿Códigos de hackeo para qué?

—Para todo tipo de dispositivos electrónicos.

—Explícate.

—Me refiero a placas de circuitos de computadora, unidades centrales de procesamiento (CPU), procesadores, etc.

—¿De algún tipo en particular?

—Bueno, de eso se trata. Necesito la experiencia del hacker estrella de ustedes los Rebeldes. Nadie es mejor que ustedes para esto.

—Sí, nos encantará ayudarte. Nos gusta este tipo de cosas.

—Me alegro de oírlo. Bueno, hay algo más.

—¿Qué?

—Todos los códigos de hackeo provienen de un país.

Todas las alarmas suenan en la cabeza de Halo.

—¿De cuál? —pregunta Halo, con los nervios de punta.

—China

—¡Maldita sea!

Vladivostok, costa del Pacífico de Rusia (mar de Japón)

—Esto vale al menos 10 millones de dólares. Nuestra parte será del 30%, —dice Sergei Akamov, ojos que brillan de avaricia y melena castaña, rizada hasta los hombros. SAKA, como se le conoce en la web oscura, es un joven que pesa 100 kilogramos y mide 1.88 metros graduado de la Universidad de Moscú con una maestría en Ciencias de la Computación. Tiene fama de ser uno de los hackers más inteligentes del mundo.

—No te adelantes. Primero, tenemos que descifrar todo esto y para eso tenemos que ponernos en movimiento, —responde cauteloso Boris Ghelman, concentrado en la tarea. Boris, de 20 años, 68 kilogramos y 1.68 metros de estatura es un hacker autodidacta nacido en la república de Georgia. Es conocido en el submundo de los hackers como un mercenario que siempre cumple con su trabajo.

—¿Listo para descargar?,— pregunta.

—Sí.

Los dos hackers han recibido un potente conjunto de algoritmos robados después de esperar día y noche durante meses. No saben a quién pertenecen y no saben exactamente qué hacen las pre-construcciones matemáticas. De hecho, el dúo prácticamente no ha hecho nada para obtenerlos. Su ubicación actual en la web es un destino predeterminado para material hackeado que ha sido robado.

Sergei y Boris son solo los receptores de la información, un par de peones en un proceso mucho más siniestro y grande.

—¡Hecho! Todo está almacenado en los dos discos duros.

—Empaquemos y desmontemos el lugar entonces. Tenemos un largo viaje por delante.

Desmontan y borran el improvisado centro informático. En una hora, la habitación de hotel que ocuparon durante meses vuelve a su estado de deterioro original. Llevan el equipo la ciudad y lo venden en algunas tiendas de segunda mano. A primera hora de la tarde, los dos jóvenes desaliñados están en un tren rumbo a la China continental. Tienen un largo viaje por delante.

Von Trapp Family Hostal, Stowe, Vermont

—Al principio pensé en el espacio blanco como un momento entre la vida y la muerte donde podríamos extraer datos del cerebro, inspirado por las historias de la habitación blanca. Ahora que podemos hacer eso en cualquier momento, lo veo más como el lugar que habitamos mientras estamos en un estado cuántico.

—¿Quieres decir la condición en la que habilitamos la inteligencia y la conciencia humana en forma digital?, —dice Hope con ingenio retórico.

Apenas escucho. Mis ojos muestran un profundo miedo.

—No quiero volver a ese lugar, Hope.

—No tienes que hacerlo, —responde con amor, con los ojos brillantes de emoción.

—Esto es lo que quería y soñé durante años, —digo contemplando mi nuevo cuerpo.

Hope se aferra fuertemente a mí, deseando con todo su corazón que lo que acaba de escuchar sea verdad. Pero su mente sabe mejor.

'El futuro no está en nuestras manos. Jonas eres un pionero y al mismo tiempo el conejillo de indias de nuestra especie hacia nuevas fronteras. Así que, disfruta del presente, especialmente momentos como este', reflexiona Hope.

—Mi dulce Jonas, vulnerable eres irresistible, —dice presionándose contra mí.

—Mi chica hacker, tu sensualidad pronto me dejará completamente incapacitado. No quedará nada de mí cuando hayas terminado. ¿Quién hubiera sospechado que eras tan apasionada por el sexo?

—Ven aquí y cállate, suficiente charla, —dice.

Sin duda no podemos tener suficiente el uno del otro.

Sede de los Rb Hackers, Point Breeze, Lake Erie, NY

—Santo hackeo, —explota Halo en voz alta.

—Johnny, ven aquí.

—¿Qué pasa?

—Mira esto.

Johnny se sienta, teclea y desplaza. Pronto todos los demás están pendientes de la pantalla gigante.

—¿De dónde vino esto?

—Es de Thd a través de FedEx nocturno.

—¿Cómo? ¿El chico hacker?

—Exactamente.

—¿Dónde están Jonas y Hope?

—De luna de miel.

—Bueno, ya ha pasado suficiente tiempo, ¿verdad?

—Depende de lo que consideres largo. ¡Déjalos en paz! El chico nunca había tenido sexo en su vida.

—Vamos a contactarlo ahora, —dice Meeko quien está totalmente absorto en la pantalla.

Pero ni Hope ni yo contestamos el teléfono. Así que les toma casi una hora comunicarse con nosotros, y solo porque hackean mi teléfono inteligente y activan su altavoz y cámara de forma remota.

—Pájaros del amor, odiamos interrumpir su escapada.

Mi voz somnolienta se escucha al fondo.

—¿Qué diablos es esto?, —les digo bruscamente.

—Mueve el trasero hacia tu teléfono. Es importante. Tienes que ver esto.

Día de hoy:

Dalian (noreste de China), costa del Pacífico (mar de Japón)

Las caras incrédulas de Sergei y Boris reflejan decepción al ver que millones de dólares se esfuman justo delante de ellos.

—¿Qué está pasando?

—No lo sé, dime tú.

Están frente a las instalaciones cerradas de Lucky Break Semiconductores. La enorme instalación ocupa una manzana entera de la ciudad ya que en su apogeo tenía decenas de miles de empleados. El lugar está vacío y rodeado de cinta amarilla que dice: "escena de crimen, no pasar".

—¿Cómo no supimos de esto? —dice Sergei en voz alta, al darse cuenta de que su ganancia de millones de dólares se esfuma justo frente a sus ojos. Enfadado, recuerda vivamente las instrucciones de permanecer desconectados o fuera de línea hasta recibir el mensaje de que la transmisión de los datos robados estaba a punto de comenzar.

—Idiota, —se reprende a sí mismo al darse cuenta de que en el mundo actual nadie puede permitirse estar desconectado o totalmente fuera de la red, especialmente si esa es la forma como ganas dinero.

—Servicios de Inteligencia de la Policía China, ¿puedo ver su identificación?

Ambos jóvenes quedan sorprendidos mientras luchan por sacar sus pasaportes de las mochilas.

—¿Qué llevan ahí? ¿Por qué están hoy aquí?

Día de hoy:

Sede de Facebook, área de la bahía de San Francisco, CA
(Auditorio de la compañía)

Un grupo de estudiantes locales recorre las instalaciones de la compañía desde hace un par de horas. Reciben un trato especial mientras ven adelantos de tecnologías de video e incluso una criptomoneda que aún no ha sido lanzada por la compañía. Como gran final, los reúnen en el auditorio para una sesión de preguntas y respuestas de quince minutos con Lewis Alvarez-Thomas, el CEO.

—Señor, ¿cómo protegen sus algoritmos?

—Esa es una pregunta interesante. Permítanme abordar esto sin violar nuestros secretos de empresa, —dice en tono de broma y de manera conspiratoria. —Podría describirlo de la siguiente manera: nuestros algoritmos no son accesibles a través de la web ya que están aislados tanto de la red de la compañía como de la web.

—¿Quiere decir que los hackers nunca podrían acceder a ellos?

—Así es, —afirma el CEO con una gran sonrisa.

—No me gustaría perder el acceso a mi página de Facebook ni siquiera por un minuto, señor, —exclama el mismo niño precoz.

Pero el CEO de Facebook no puede estar más equivocado. Sus algoritmos propios y secretos que impulsan toda la compañía ya han sido robados y ahora están en posesión de un par de hackers rusos delincuentes que también están potencialmente en serios problemas.

Sede de Rb Hackers, Point Breeze, NY,
Hostal de la Familia Von Trapp, Stowe, Vermont

—Estos son códigos piratas integrados a hardware instalados en todo Estados Unidos.

—Johnny, pídele al Hacker Dude que te envíe el resto de las unidades durante la noche por FedEx. Págale lo que quiera. Los objetivos de estos códigos piratas nos pagarán muchas veces más por mantenerlos protegidos de una catástrofe cibernética —un ciber Armagedón.

—Material bastante dañino, Jonas.

—La pregunta es, ¿dónde lo desplegaron?

—Jonas, tú...

—Olvida eso. No lo voy a hacer, —digo cortándole.

La luz parpadeante captura la atención de Johnny.

—Chicos, tenemos una llamada en la línea segura de Doug Bain de Google, —anuncia.

—Ponlo en el altavoz.

—Hey chicos, —el tono urgente de Bain se siente a través del altavoz.

—Señor Bain, ¿qué pasa?

—Facebook fue atacado aunque aún no es noticia pública.

—¿Cómo lo sabes?

—Me llamaron pidiendo ayuda.

—¿En serio?

—Una rareza, sí, pero están en graves problemas.

—¿Qué pasó?

—Copiaron sus algoritmos.

Todos, incluyéndonos a mí y a Hope desde Vermont, nos miramos entre nosotros y sigue un silencio absoluto.

—Chicos, solo quiero ponerlos en contacto con el CTO de Facebook.

—Está bien, por favor hazlo.

—¿Creen que podrían ser las mismas personas con el mismo método que nos atacaron? —pregunta Bain.

—Eso no lo sabemos, pero puede que hayamos descubierto cómo lo hicieron.

—Gracias a Dios, ¿cómo?

—Un colega hacker compró algunas unidades recicladas y encontró el premio mayor.

—Estoy seguro de que me informarán todo a medida que lo sepan.

—Así lo haremos, señor.

(—A condición de que nos paguen proporcionalmente al valor de nuestros servicios), susurra Meeko al mismo tiempo.

—¡Gracias! Estaremos esperando.

Sede de los Rb Hackers, Point Breeze, NY

—Jonas, esos virus que plantaste en Seatech, Lucky Break Semiconductores y el hardware del hacker ucraniano fueron impresionantes y devastadores, pero no los planeamos ni discutimos entre nosotros. ¿Por qué? —Pregunta Meeko.

—Es una de las cosas que más me preocupa. No tengo ni idea de lo que pasó, fue como si algo me hubiera poseído y de repente tuve una sensación de poder absoluto combinado con un sentido de justicia exacerbada y desorientada.

—Es aterrador.

—Eso ni siquiera comienza a describirlo.

—Pero en forma digital no hay ADN de otra persona influyendo o interfiriendo con tu carácter, instintos o personalidad. ¿Entonces qué es?

—Ojalá lo supiera, chicos.

—Bueno, como fuiste descargado en un cuerpo muerto las interferencias de ADN no son un factor.

—Casi es verdad, pero todavía hay ciertas reacciones instintivas del subconsciente; esas reacciones que ocurren en fracciones de segundo y no tenemos tiempo para pensar. Cuando suceden, puedo sentir que la presencia de la persona fallecida reacciona en lugar de mí- En cuanto a un choque de personalidades, tienen razón, ¡nada de eso!

—Jonas, ¿qué te preocupa más de volver a ser digital?

De repente, todos nos damos cuenta de la magnitud del problema.

—¿Estás pensando que tu nuevo cuerpo pueda morir mientras estás en el ciberespacio?

—Umm, —asiento tímidamente.

—Déjame empezar a trabajar en eso Jonas, y veré si puedo brindarte cierto nivel de tranquilidad.

—Está bien, sigue adelante y hazlo. Mientras tanto, algunos tenemos que empacar para ir a la Bahía de inmediato, tenemos que sumergirnos en el hackeo de Facebook.

—Mejor nos apuramos. El jet corporativo de Facebook, el mismo que los regresó de su luna de miel, nos espera hace horas en la pista del aeropuerto, —nos recuerda Johnny.

Los Rb Hackers procesan la información y deciden que Halo, Hope y yo los representemos. Al terminar la reunión nos ponemos en marcha los tres. Johnny nos ayudará de forma remota y, al mismo tiempo, trabajará con Meeko para resolver tantas de mis preocupaciones como sea posible.

Sede de los RB Hackers, Point Breeze, NY
Sede de Facebook, Área de la Bahía, California
(Centro de datos principal de la compañía)

—Hemos identificado que la violación fue prácticamente igual a la de Google, pero no mucho más, —dice Jonas en la videoconferencia.

Halo, Hope y yo sostenemos un diálogo con el resto de los Rb Hackers en Point Breeze.

—¿Es similar a lo que sucedió en Google? —pregunta Johnny.

—Sí y no. Sí, porque parece que la información del algoritmo la extrajeron y copiaron poco a poco, de manera fragmentada, pero no sabemos cómo y cuándo extrajeron realmente las fórmulas.

—¿Quieres decir que saben que fueron copiados por una parte no autorizada, pero ustedes no están seguros de cómo los extrajeron?

—Correcto. Tampoco vemos descargas en dispositivos externos, al menos no de la misma manera en que se extrajo la información de Google. Aún estamos revisando.

—Jonas, parece que tendrás que...

—¿Entrar?

—Antes de que reacciones déjame decirte que mientras estabas ocupado allí yo estuve trabajando en tus preocupaciones, —anuncia Meeko.

—Más que trabajar, Jonas, no ha dormido y es un genio, —interviene Johnny.

—Continúa.

—Controlarás tu "yo" digital con un casco. He estado trabajando en ello y lo tengo listo para ti. Tu "yo" físico nunca volverá a estar en hibernación.

—Sigue.

—Te vas a bifurcar, neurológicamente hablando. Una parte de ti se digitalizará y otra parte permanecerá en tu cuerpo humano. Tu "yo" digital, con el que ya estás familiarizado, se descargará en el hardware designado pero lo gobernarás a través del casco.

La emoción y el silencio inundan al grupo de hackers.

—Hay una única condición.

—¿Cuál es?

—Cuando estés en este estado neurológicamente bifurcado, o sea un estado cuántico modificado, tu "yo" físico estará restringido e inerte y llevarás el casco en todo momento. Es absolutamente necesario ya que es la única garantía de que no te perderemos.

Mi expresión refleja claramente satisfacción y confianza.

—En las próximas horas iremos a verte. Por cierto, tendremos el equipo necesario para mantenerte con soporte vital en caso de que te perdamos.

—Esta vez quiero ir contigo, —ruega Hope, mientras el resto de los Rb Hackers no saben que responder.

Capítulo 8

JUGANDO CON FUEGO

¿SER O NO SER?

(Esa es mi pregunta existencial)

Si soy uno de los hijos de Dios y habito en su reino,

cuando me separe de mi ser físico,

me convierto en una entidad digital consciente

y habite en un dispositivo inteligente no humano,

¿Seguiré siendo uno de sus hijos?

¿Seguiré siendo parte de su reino?

Si no lo soy, entonces ¿Quién soy?

¿Un hijo de la creación del hombre?

Si es así, ¿es el hombre el nuevo Dios?

Una de varias notas encontradas en el laboratorio de computación cuántica y centro de datos de la Universidad de Syracuse...

Comenzamos con la noción de la "Sala Blanca", ese lugar lleno de luz donde han estado las personas clínicamente muertas que han regresado a la vida. Una vez que la dominamos definimos los "Espacios Blancos" como esa breve ventana de tiempo entre la vida y la muerte cuando un cuerpo ha fallecido, pero el cerebro aún está lleno de datos. Luego, nos volvimos expertos en descargar y cargar información desde el cerebro. Notamos que para que exista la conciencia hay que incorporar el ADN como parte de la descarga. Así que hicimos una prueba extrayendo toda la información del cerebro de un sujeto vivo, la reemplazamos con la mía, e incluimos por separado mi ADN digitalizado. Sin embargo, su personalidad e instintos impulsados por su software biológico (ADN) chocaron con los míos. Luego, nuevamente conmigo como conejillo de indias, fui descargado en una computadora. Una vez dentro, mi yo digital pudo moverse libremente. Así que viajé a través de las ondas de aire, tuberías de datos, la web y redes como parte del flujo de comunicación entre dispositivos electrónicos y, aunque regresé a salvo, fue una experiencia aterradora que no tenía intención de repetir. Por razones desconocidas, comencé a actuar con un sentido de justicia inesperado y abrumador que me llevó a impartir mi propia justicia cuando me convertí en juez, jurado y ejecutor. Me transformé en un vigilante cibernético y eso me aterrorizó. A partir de ese momento alcanzamos el otro nivel, mi objetivo inicial: reemplazar mi cuerpo inútil con uno completamente funcional. Lo logramos cuando me descargaron en el cerebro de un hombre clínicamente muerto por una lesión en la cabeza. Ahora, buscamos hacer ambas cosas al mismo tiempo, es decir, mientras habito el cuerpo de otra persona tendré un casco especial para controlar mi alter ego de computadora. Con el nuevo equipo, desarrollado por Meeko, me bifurcaré en mi yo digital mientras simultáneamente sigo vivo, físicamente hablando. La pregunta que ronda mi cabeza en este momento es si debo seguir haciéndolo pues hay una parte de mí que está gritando:

—¡DETENTE! Ya tienes lo que anhelabas: un nuevo chasis.

Luego está un lado de mí aterrado pensando en un resultado oscuro y desagradable. Y, por supuesto, está mi fe. Creo que hay un creador de nuestro universo. Jugar a ser él pone en duda todas mis creencias y todo lo que crecí profesando, incluida mi religión.

Sede central de Facebook, Bahía de San Francisco, California (Centro principal de datos de la empresa)

'¿Dónde estoy?', me pregunto frenéticamente mientras me muevo por una placa de circuito de computadora tratando de evitar otro antivirus que intenta destruirme. 'Tengo que hacerme pasar por un tipo bueno, uno de ellos', decido al darme cuenta de que el ser humano, el creador de todo el software en la Tierra, también es dueño de su propio destino (hasta ahora). Por lo tanto, engañar a un software agresivo es bastante fácil si quien lo hace es otro software que en realidad es un ser humano, la especie terrestre que crea todos los tipos de software en existencia.

—Es bastante importante que nada lo distraiga mientras está bifurcado, —afirma Meeko, mientras él y el resto de los Rb Hackers observan atentamente el camino que estoy siguiendo dentro del sistema informático de Facebook, en su centro principal de datos.

Físicamente hablando llevo puesto el casco de bifurcación de Meeko y no puedo escuchar nada de lo que hablan fuera. Mi ser físico está sentado en silencio observando cómo mi "yo" digital se mueve. Aunque tengo control total dejo que mi yo digital sea el más asertivo. Después de todo, somos uno y el mismo. En la última hora viajé por todo el conjunto principal de servidores y bases de datos de Facebook, incluida su red.

'Aquí es donde se almacenan sus algoritmos más secretos', me doy cuenta mientras mi "yo" digital comienza a analizar el registro de cada estructura matemática.

De repente me golpea una descarga eléctrica.

'Estoy congelado, lo estoy perdiendo'.

—¿Qué le está sucediendo a Jonas?, —exclama Hope cuando ve la convulsión.

—Vaya, un software antivirus se apoderó de él. Lo activó cuando accedió a los registros de entrada del algoritmo. Chicos, desactivaremos todo el software antivirus instalado para proteger los algoritmos.

El proceso lleva varios minutos.

—¡Listo!

—¿Por qué no lo hicieron antes? —exige Hope gritando.

—Nunca nos indicaste que necesitabas que lo hiciéramos, —responde el director de tecnología de Facebook, Sanjeev Kalwani.

—Es obvio que tú..., —comienza Hope pero se interrumpe al darse cuenta de que enfrentarse a algo completamente nuevo significa que nadie sabe exactamente cómo prepararse. '¡Mientras tanto, estamos poniendo en riesgo su vida!', reflexiona totalmente enojada consigo misma por permitir que esto suceda.

Mi cuerpo se sacude una vez más como si acabara de desconectarse de una línea de alto voltaje. Todo parece borroso al principio mientras poco a poco recupero la conciencia. Mi ser humano vuelve, pero mi forma digital yace inerte dentro de la base de datos del algoritmo de Facebook.

Recupero a mi otro "yo" en mi laptop y realizo la primera cirugía reparadora de una vida humana digital. Es una solución sencilla, ya que lo único que hago es eliminar las líneas de código invasivas que el software antivirus insertó en mi software. Ejecuto una prueba, luego otra y finalmente mi "yo" alternativo vuelve a estar en plena forma. Así que, sin tiempo que perder, vuelvo a sumergirme o debería decir descargarme en la base de datos de Facebook.

—Increíble. Un proceso de extracción digital, reparación y descarga en cuestión de minutos después del incidente, —afirma Johnny.

—Pero, chicos, no se emocionen demasiado. Estuve nervioso esperando que su "yo" físico no intentara ninguna actividad corporal, porque, excepto desde el cuello hacia arriba, no habría podido moverse ya que su "yo" digital estaba inoperante. Esto podría causarle pánico o sufrir un ataque de ansiedad. Me alegro mucho de que actuara tan rápidamente, de lo contrario su cuerpo podría apagarse, —explica Meeko.

—¿Cómo sabes todo esto? —pregunta Hope.

—Estoy monitoreando todas sus funciones corporales, —responde Meeko.

—¿Él lo sabe? —pregunta Hope.

—La respuesta obvia e intuitiva es 'por supuesto que no', pero creo que al menos tenía una idea de lo que estaba sucediendo.

—Espera un momento, Meeko. ¿Estás insinuando que cuando él está bifurcado no está completo porque sus dos personalidades están separadas?

—Correcto, uno puede argumentar que en tal situación, ¡está incompleto!

—¡Estás jugando con su vida!

Oficinas del CEO de Google, Sede central de la empresa, Área de la Bahía de San Francisco, California

—¿Su maestro?, —pregunta el CEO de Google, Louis Kientz.

—Más o menos, señor. El CEO de Seatech, Surinder Khurana, fue uno de los profesores titulares que revisó y aprobó la tesis de mi mano derecha Jean-Michael Phillips para su doctorado, —responde Mark Bain, CTO de Google.

—¿Cuál es nuestro próximo movimiento? ¿Deberíamos involucrar al departamento Legal de Google?

—No necesariamente, señor. ¿Puedo traer a nuestro jefe de seguridad, Jonathan Fryer?

—Adelante, Bain, —responde Kientz, algo inquieto.

—¿Cuál es su recomendación? —pregunta el CEO mientras Jonathan Fryer, nervioso, toma asiento.

—Mantenerlo en silencio e infiltrarnos.

—¿Cómo sugieres que logremos eso?, —pregunta Kientz, escéptico.

—Los Rb Hackers, señor.

—¿Estás sugiriendo que pongamos nuestra empresa en sus manos?

—No creo que tengamos mucha opción, señor.

El CEO pausa por lo que parece una eternidad mientras mira intensamente a su equipo.

—Adelante entonces. ¡Golpea a esos desgraciados con fuerza!

Oficina del CEO de Facebook,
Sede central de la empresa,
Área de la Bahía de San Francisco, California

—Señor, ¿tiene la costumbre de descargar los algoritmos más secretos de la empresa en su laptop? —pregunta Jonas al CEO de Facebook, Lewis Alvarez-Thomas.

—No, eso sería un riesgo de seguridad, —responde él.

—Por favor, eche un vistazo a esto.

—¿Qué diablos?... no hice esto.

—Si no lo hizo, usted fue el vehículo involuntario que utilizaron para robar el conjunto clave de algoritmos de Facebook, —comienzo a explicar después de mi viaje a los secretos mejor guardados de los equipos y sistemas informáticos de Facebook. — Los bots de software se insertaron en su computadora hace un año. Vea la fecha aquí. El método fue muy similar al utilizado en Google. Las instrucciones fueron incrustadas en uno de los procesadores de la placa base de su computadora. No están conectados a las operaciones normales de la placa base y se activan mediante un método de tiempo retardado.

—Pero ¿cómo sabían que iba a usar esa computadora? —pregunta Alvarez-Thomas.

—No lo sabían.

—¿Qué significa eso?

—Señor, es muy probable que estos bots particulares estén incrustados en todas las computadoras con procesadores que su empresa compró a la empresa china de semiconductores, Lucky Break.

—¿Pero cómo lo hicieron? —pregunta retórica de Alvarez-Thomas, ya que tiene una idea de cuál será la respuesta.

—La primera vez que este procesador se auto activa es solo cuando el usuario es usted o su socio cofundador. El primer paso es solo establecer cualquiera de sus dos identidades y a partir de ese momento el procesador solo se activa nuevamente si hay flujo de datos a través de su computadora que se relaciona con los algoritmos de la empresa, —explico. —A partir del análisis del registro de entrada de datos es evidente que usted accede a los algoritmos casi a diario.

—Así es. Mi socio y yo estamos constantemente trabajando, mejorando y perfeccionando nuestro conjunto de algoritmos clave. Es un trabajo interminable. Lo mismo ocurre con un número limitado y seleccionado de desarrolladores de software en posiciones de alta confianza. Cada uno tiene un acceso limitado, lo cual significa que trabajan con un pequeño grupo de algoritmos nunca con todo el conjunto. El acceso completo está limitado a mi socio y a mí, —explica Alvarez-Thomas.

—Bien, señor, eso es un buen augurio para la primera conclusión de mi informe. Alguien que conoce estos protocolos pasó la información a Lucky Break Semiconductores.

—Hablemos por separado de eso luego, —indica Alvarez-Thomas.

—¿Sabe quién es la persona? —pregunto al CEO quién asiente con la cabeza, pero no suelta prenda.

'Él sabe, pero no lo está compartiendo. ¿Por qué?' me pregunto.

—Pero sigamos con esto por el momento. ¿Cómo lo hicieron, Jonas? —pregunta Alvarez-Thomas.

—Bueno, la forma en que se llevó a cabo el robo fue magistral. Cada vez que usted abría los algoritmos, el procesador de su computadora copiaba y extraía parte de los datos del algoritmo. Lo hizo en magnitudes minúsculas y al azar. Tomó un tiempo, pero al final robaron toda su colección de algoritmos, —explica Meeko.

—Estoy confundido. ¿Dónde se almacenaron todos estos datos? Un procesador no tiene capacidad de almacenamiento, —pregunta el CEO.

—Igual que en el caso de Google, las placas base de su computadora no solo tienen un procesador integrado que funciona de manera independiente, sino también un par de bancos de memoria que solo están conectados al procesador malicioso.

—Así que, inicialmente, los datos robados se almacenaron en mi propia computadora, —dice Alvarez-Thomas con un tono de voz resignado. —¿Debo suponer que el procesador estaba preprogramado para enviar los datos robados? —continúa Alvarez-Thomas.

—De hecho un segundo procesador malicioso hizo eso, señor. Fue programado para activarse en el momento en que un tipo específico de consulta pasara por su computadora. En el momento en que los datos robados llegaron a los bancos de memoria, el segundo procesador se activó automáticamente. El mecanismo de extracción fue simple e inexorable. Cada vez que usted accedía a la web, el procesador enviaba pequeños lotes de información disfrazados como bloqueos o protección contra bots de su computadora.

—¿Sabe a dónde se envió la información?

—A Rusia, específicamente a Vladivostok. Sin embargo, el equipo fue desmantelado y eliminado cuando llegó allí, por lo que no sabemos dónde terminaron los datos. Cuando los ladrones supieron que el procesador de su computadora los identificaba solo tuvieron que esperar.

En ese momento interrumpe la reunión el asistente ejecutivo de Alvarez-Thomas.

—Señor, es posible que quiera tomar esta llamada. Es importante. Viene de la unidad de ciberseguridad de un par de personas conocidas quienes aparentemente saben acerca de lo que nos está sucediendo.

El CEO sale de la sala de conferencias y entra en su oficina privada. Pero al cabo de unos segundos regresa junto con el director de tecnología de Facebook, Sr. Kalwani.

—Esta llamada nos concierne a todos. Déjenme ponerla en el altavoz.

—Sr. Alvarez-Thomas, tengo en línea al Sr. Ming, jefe nacional de la unidad de ciberseguridad del gobierno chino, y a la Sra. Wang, su asistente. Ambos han sido verificados, señor.

—Sr. Ming y Sra. Wang, saludos desde California. ¿En que puedo ayudarles?

—Saludos para usted también, señor. Permítame ir al grano. Tenemos algo de valor que le pertenece a su empresa y nos gustaría devolvérselo. Si así lo desea, lo clasificaremos como estrictamente confidencial.

El abogado de Facebook, que se ha unido a la reunión, asiente en acuerdo con su jefe que se ve aliviado y escéptico al mismo tiempo.

—Apreciamos la confidencialidad tanto como ustedes, —responde el CEO de Facebook.

—¿Cuándo quieren recogerlo?

—¿Recogerlo?

—Toda la información está en un par de discos duros.

Otra pausa se produce antes de que el CEO del gigante de las redes sociales reaccione.

—Claro, podemos enviar a un par de nuestros ejecutivos locales para recogerlos. ¿Cuál es la ubicación?

—Dalian.

—¿En el área costera en el noreste del país?

—Sí, frente a Japón.

—¿Podrían colocarlos en un contenedor bloqueado?

—De hecho, eso es lo que estábamos planeando. Será una maleta reforzada con plomo. Le enviaremos el código directamente a usted a través de un mensaje encriptado para que pueda abrirlo. Estamos enviando la dirección exacta a su asistente en este momento.

—Si me lo permiten, ¿cómo cayó esta información en sus manos?

Los ejecutivos chinos intercambian rápidamente frases en mandarín a través de la línea telefónica abierta como si estuvieran validando algo.

—Agentes de la policía arrestaron a dos individuos rusos en Dalian, fuera de las instalaciones abandonadas de Lucky Break Semiconductores, una empresa en quiebra. La pareja ingresó al país en tren procedente de la ciudad portuaria rusa de Vladivostok, un poco más al norte a lo largo de la costa este, donde estuvieron escondidos durante los últimos meses. Sabemos todo esto porque confesaron. Fue en Vladivostok donde les robaron su información altamente sensible.

—¿Saben para quién trabajan?

—En eso no tuvimos éxito. Parece que no saben quién los contrató y les pagaron con criptomonedas. Les pidieron que dejaran sus datos en Lucky Break, pero, como estuvieron fuera del radar durante varios meses no sabían sobre la reciente y repentina desaparición de esa compañía.

—Gracias por su amabilidad e integridad.

—Cuando sea posible, siempre estamos dispuestos a ayudar.

Al finalizar la llamada, el CEO de Facebook sabe que eso no es cierto ya que son férreos rivales y la unidad de ciberseguridad del gobierno chino ciertamente no es su amiga.

—¿Qué opinan, chicos? —pregunta el CEO del grupo.

—Bueno, ¿están salvando las apariencias públicas o realmente atraparon a los delincuentes?, —pregunto en voz alta.

—De hecho, quizás sean ambas cosas. De cualquier modo, esto lo resume todo, —observa el CEO.

—En cualquier caso, nuestros algoritmos ahora están en sus manos y necesitamos reconfigurarlos lo antes posible, —continúo.

Los cinco Rb Hackers nos sentamos en una sala conferencia en el centro de datos de Facebook y media hora después, una vez que llegamos a un acuerdo, me dirijo al CTO de Facebook.

—Sr. Kalwani voy a transferirme a uno de los smartphones de su equipo chino.

—Jonas, ¿esa es la digitalización que no te gusta hacer?

—Tenemos que saber quién está detrás de todo esto.

Lobby del Hyatt Hotel en Dalian, China

—¿Cuál es su código de acceso, señor? —pregunta el Sr. Ming.

—z7y5k3#1&9.

—¿Y cuáles son los nombres de autorización de seguridad? —pregunta la Sra. Wang.

—Laurel y Hardy.

—De acuerdo, vamos a conectarlo con su CEO entonces, —dice mientras marca el número seguro del CEO de Facebook.

—¿Sr. Alvarez-Thomas?

—Sr. Ming, Sra. Wang, ¿cómo están?

—Muy bien, señor. Aquí tenemos a dos de sus ejecutivos. Por favor, confirme que son quienes dicen ser.

El Sr. Ming apunta la cámara hacia el par de jóvenes ingenieros.

—Hola chicos, gracias por aceptar hacer esta entrega para nosotros con tan poco aviso.

—Siempre dispuestos a ayudar, señor, —dice el más alto de los dos.

En ese momento termina la videoconferencia y los dos ejecutivos chinos entregan un contenedor cerrado a los ingenieros de Facebook que se marchan apresuradamente.

Mientras tanto, me las he arreglado para transferirme del smartphone del ingeniero de Facebook al smartphone del operativo chino Sr. Ming.

Unidad de Ciberseguridad del Gobierno Chino en Dalian
(dentro del smartphone del Sr. Ming)

—Señor, ya destruyeron los discos duros, —informa un operativo de campo al Sr. Ming después de observar clandestinamente cómo los ingenieros de Facebook destrozan los discos.

—Bueno, valió la pena intentarlo. Sabíamos que era poco probable que los transportaran de vuelta a California.

Mientras caminan del laboratorio a sus oficinas aparecen unos fuegos artificiales. Primero, la risa de un bromista se propaga por toda el área ejecutiva y luego parpadean las computadoras.

—Apaguen todo. Apáguenlo ahora.

Como en un frenesí se mueven caóticos diferentes equipos tratando de encontrar una dirección. Cuando el interruptor principal para desconectar todo está a punto de accionarse toda la red informática se muere. Los teléfonos celulares se vuelven locos y se escuchan gritos.

—¡Toda nuestra operación en Pekín ha caído!

—¡Shanghái también!

—¡Nuestras operaciones en Hong Kong se han detenido!

—¡Europa se ha ido!

—¡Estados Unidos está en la oscuridad!

En pocos minutos se hace inevitable una evaluación.

—Señor Ming, desapareció toda nuestra organización.

—¿Qué?

En cuestión de minutos la mayor operación de ciberataque y espionaje del mundo deja de existir. A sabiendas de que sus cabezas están a punto de rodar, tanto el Sr. Ming como la Sra. Wang esperan el final. Cuando llega la llamada, el Sr. Ming traga saliva antes de responder.

—Sí, habla Ming.

—Ming, cuando ocurrió Lucky Break usted reportó que su fuente interna en Google describió la existencia de alguna forma de inteligencia humana, ¿verdad? —pregunta el jefe del Sr. Ming.

—Sí, señor, —responde completamente perdido ya que esperaba estar esposado para entonces.

—De alguna manera este asunto está relacionado con los Rb Hackers y necesitamos saber todo al respecto. En este momento, esto nos coloca en una grave desventaja en la carrera por la supremacía tecnológica mundial.

Centro de Datos Principal de Facebook
Bahía de San Francisco, California
(Sala de conferencias)

Estamos sentados debatiendo mi última digitalización.

—¿Cómo te sentiste esta vez, Jonas?

—Lo mismo, asustado y sintiendo como si estuviera perdiéndome a mí mismo.

—Pero estás de vuelta entero.

—Chicos, no me siento cómodo con ninguno de los dos estados que hemos creado. Cuando me bifurco, mi yo humano queda en hibernación y mi yo físico está en riesgo porque sin mi yo digital no puedo funcionar.

—Necesitamos trabajar más en esto, —dice Meeko. —Quizás debas volver a nuestro enfoque inicial.

—¿Te refieres al enfoque de Espacios Blancos?

—Exactamente.

—Es mejor que lo hagas rápido. ¡Acabamos de recibir un mensaje de Google, nos necesitan urgentemente!

Oficina del director de tecnología en la Sede de Google
Área de la Bahía, California
(después de un rápido recorrido por el área de la bahía)

Los Rb Hackers están sentados con el CTO de Google, Mark Bain.

—Es difícil de creer, —dice Meeko refiriéndose a la traición de la mano derecha de Bain, Jean-Michael Phillips.

—El topo es uno de mis dos hombres de confianza, —responde Bain con cara desencajada refiriéndose a Phillips. —Necesitamos su ayuda, chicos, —continúa.

—Necesitamos acceso a un lugar privado, Sr. Bain, —le pido.

—No hay problema, síganme.

Una hora después, Bain se desconcierta al verme con el casco puesto y conectado por varios cables a la pantalla de la computadora que tengo frente a mí. Estoy sentado completamente inmóvil como si no estuviera presente.

—Meeko, ¿qué planean hacer?

—Sr. Bain, ya estamos trabajando en su problema.

—¿De verdad? —pregunta Bain.

Un día después:

Sede de los Rb Hackers en Point Breeze, NY

—¿Por qué decidieron tomar el avión de regreso a Point Breeze antes de informarnos? —pregunta el CTO de Google, Doug Bain, a través de una línea telefónica encriptada.

—Hay algunos problemas urgentes que debemos resolver, Sr. Bain, —responde Meeko de manera escueta.

—Nos tomó por sorpresa que se hayan ido.

—Sr. Bain, hemos infiltrado los equipos electrónicos de Phillips, Sabremos todo lo que hace, dondequiera que vaya, con quienquiera que hable.

—¿Algo que informar hasta ahora?

—No, señor, como usted bien lo sabe, Phillips está trabajando sin parar en Google. Podemos afirmar con absoluta certeza que no ha tenido contacto con el otro bando, —confirma Meeko.

—De acuerdo, manténganme informado entonces.

Todos nos vemos agotados y desgastados.

—¿Qué hacemos ahora? —pregunta Hope, quien tal vez parece la más cansada.

—Seguir trabajando hasta resolver este enigma.

—Chicos, sáquenme de aquí, por favor, —exclamo.

Todos escuchan mis gritos y esto los trae de regreso a mi situación. Estoy atrapado en mi forma digital mientras mi cuerpo físico sigue vivo, pero totalmente inerte. También se dan cuenta de que, mientras estaban en la sede de Google, tuvieron que mantener mi forma digital en línea las 24 horas del día durante los 7 días de la semana. Por eso decidieron regresar de inmediato, al terminar en Facebook, para intentar traerme de vuelta. Todo comenzó en el momento en que nuestro servidor principal, el de los Rb Hackers donde resido actualmente, se apagó y provocó que mi cuerpo físico colapsara en convulsiones violentas y continuas. Si no hubiera sido por Hope que se dio cuenta de lo que me sucedía y reaccionó encendiendo la computadora portátil en el acto, tal vez me hubieran perdido. En cambio, mi cuerpo físico volvió a la vida pero sin conciencia.

—Meeko, ¿qué está pasando? —exige Hope.

—Jonas se dividió en dos, —responde Meeko.

—¿No es eso lo que implica la bifurcación? —insiste Hope.

—No, mientras se encuentra en estado de bifurcación un lado de él controla al otro. Lo que pasa ahora es que ninguno de los dos Jonas tiene forma o control sobre el otro.

Ese es el dilema en que me encuentro. Mi cuerpo nuevo está vivo y bien, pero sin conciencia, funcionando biológicamente pero no racionalmente, es como un terreno vacío. Mi problema es que mi "yo" digital no siente nada. En mi condición actual, el dolor, el miedo, incluso el amor son solo racionalizaciones de mi mente, lo que significa que puedo pensar e imaginarlos pero no sentirlos. Mi preocupación es que cuanto más tiempo permanezca en esta condición será más difícil volver a ser completo. En resumen, ambos, mi carcasa y mi "yo" digital, están incompletos uno sin el otro. Una descripción mejor es que soy un "cíborg mutante". Pero si dejamos a un lado los eufemismos, la cruda realidad es que nosotros, los Rb Hackers, no aprendimos la lección de los primeros errores sobre los riesgos de intentar reemplazar al Creador de todos nosotros. Al contrario, seguimos jugando con fuego y aquí estamos. Después de mi exitosa incursión en el espionaje de Google, Meeko no ha podido volver a unirme, así que sigo bifurcado involuntariamente.

Resulta que a veces en la vida las cosas suceden por una razón. Al final, es una fortuna que esté atrapado dentro de nuestro servidor principal.

—Chicos, tenemos nuevos visitantes, —anuncio a mis compañeros Rb Hackers con una voz tranquila, al darme cuenta de que un ejército de pequeños bots de software está ingresando a nuestro sistema.

—¿No se supone que estamos desconectados? —pregunta Hope.

—Lo estamos, —responde Halo.

—Entonces, ¿cómo entró el virus? —pregunta Johnny.

El cuarteto de hackers se mira entre sí incrédulos.

—Puedo explicarlo, —dice mi yo digital a través de los altavoces de la computadora.

Todos se voltean para ver una imagen en 3D de mi rostro que aparece en la pantalla.

—Todavía tenemos un par de conexiones con el centro de datos de Google, —les recuerdo a todos.

—No puede ser. Google nunca intentaría algo así, —dice Meeko.

—Pero nuestro personaje renegado sí lo haría y acaba de hacerlo. Abre su archivo de vigilancia y lo descubrirás, —remarco.

Con movimientos rápidos saco uno a uno los bots ocultos. Destruyo cada bot, desprendo una de sus líneas de código cuando se acercan a mí. Una vez inertes los elimino por completo, apenas me lleva un minuto. Después de todo somos la raza humana, los creadores de todo software existente, así que reinamos sobre ellos. Para no alertar al depredador dejo deliberadamente todas las conexiones con Google y sigo observando para que Phillips no haga otras intrusiones.

—Jonas, tenemos imágenes en vivo del sujeto las 24 horas del día, los 7 días de la semana desde que instalaste el software de espionaje en todos sus dispositivos electrónicos, —informa Johnny.

—Lo vigilamos constantemente. Hasta ahora no ha salido de la sede de Google ni se ha comunicado con nadie fuera de ella. Así que no hay alarmas, —describe Halo.

—Bueno, no tenía que causar este tipo de caos, —dice Hope.

Mientras, Halo muestra la imagen del ejecutivo renegado de Google en la pantalla más grande, el rostro inadvertido de Jean-Michael Phillips aparece allí.

Sede de Google – Autopista del área de la bahía, California (mientras lo observan a través de la cámara de su teléfono)

—Mi primer intento de capturar su forma digital humana fracasó, —afirma Phillips.

—¿Qué pasó? —pregunta Surinder Khurana, CEO de Seatech (miembro anterior del comité de disertación de su doctorado).

—Pude penetrar su sistema con facilidad, pero una vez adentro mis bots de software dejaron de transmitir y poco después dejaron de funcionar por completo, —explica Phillips.

—¿Crees que su sistema hizo esto? —pregunta Khurana.

—Sí, probablemente mediante un antivirus muy poderoso, —responde Phillips.

—¿Crees que nos han descubierto? —pregunta Khurana.

—La conexión de los Rb Hackers a los sistemas informáticos de Google no había cerrado cuando dejé la sede de Google. Así que, al menos hasta ese momento no habían detectado la intrusión. Pero tarde o temprano se enterarán y es muy probable que descubran de dónde provino el ataque, —explica Phillips.

—¿Pueden rastrearlo hasta ti? —pregunta Khurana.

—He cubierto bien mis huellas, —responde Phillips.

—Tenemos que conseguir que esos malditos Rb Hackers se unan a nosotros. Han rechazado todas las ofertas que les hemos hecho, —dice Khurana enojado.

La comunicación termina cuando Jean-Michael Phillips, el hombre de confianza del CTO de Google, cuelga.

—Su teléfono está en el soporte del auto, —concluye Johnny, mientras los Rb Hackers todavía tienen una vista panorámica de su presa.

El traidor de Google parece angustiado y tenso. Su lenguaje corporal se vuelve cada vez más agitado.

—¿Qué más necesitamos de este tipo? ¿No es hora de entregarlo a las autoridades?

—Todavía no, necesitamos saber si insertó algo más en los sistemas informáticos de Google, —advierto a todos.

Capítulo 9

CAOS

<u>CAOS</u>

La naturaleza tiene un orden preestablecido

para todas las cosas.

El ciclo de la vida, por ejemplo, es preciso, inexorable, infinito,

aparentemente necesario y constantemente renovado,

una y otra vez.

Pero, como la vida es creada o nace,

ésta inevitablemente llega a su fin

y es automáticamente reemplazada también.

Si esta cadena de vida se rompiera,

al menos dentro de la forma en que funciona

y está organizado nuestro universo actualmente,

tendríamos caos en toda la humanidad.

Sede de los Rb Hackers, Point Breeze, NY

—Chicos, Phillips tiene todo almacenado en un disco duro portátil, —informo mientras mi imagen humanoide digital se proyecta en las pantallas de mis compañeros Rb Hackers.

—¿Así no más? —pregunta Johnny.

—Encriptado cuánticamente, prácticamente impenetrable.

—Eso es problemático. Significa que con quien esté trabajando también opera una computadora cuántica,— afirma Halo.

—Bain me dijo que Google tiene la suya en su sección de proyectos especiales, —observa Meeko.

—De acuerdo. Jonas, aclara, deja el suspenso, —exige Hope.

—Bueno, no me tomó mucho tiempo descifrarlo. El desafío más grande fue que el disco estaba desconectado y sobre su maletín, pero descubrí que tenía conexión Wi-Fi y su propia batería. Así que logré usarlo sin ser detectado, solo transferí datos de vez en cuando. Esperé y luego me transferí cuando descargó nueva información y di en el blanco. Había suficiente malware en ese disco para colapsar toda la red mundial. Antes de armar el Armagedón, memoricé muchas de las claves de código del malware para que no solo pudiéramos aprender de ello sino también encontrar a los culpables. Después, simplemente destruí esa cosa.

—Tú destru...?

—Sí, todo borrado.

—¿Quién codificó todo eso?

—Todavía no lo sé, pero lo descubriremos.

—Jonas, tengo noticias para ti, —anuncia Meeko.

—Te escucho.

—Encontré la razón de tu bifurcación. Tu forma digital está causando el problema.

—¿Cómo?

—Sin notarlo, generaste o absorbiste nuevas líneas de código mientras te movías por el mundo cibernético. Permíteme mostrarte, —dice Meeko.

A través de las pantallas podemos ver millones de líneas de código desplazarse y algunas están resaltadas en rojo. Son las que no forman parte de mi código.

—¿Qué me está pasando, Meeko?

—Estás transformándote. Por un lado te estás adaptando y aprendiendo y por el otro estás programando nuevo software para tomar decisiones, enfrentar obstáculos e incluso pensar digitalmente. En resumen, con todas estas actividades/acciones estás añadiendo software a tu "yo" original. Por eso hay falta de coherencia entre tu yo físico y tu yo digital, ya que este último no es el mismo.

—Sácame de aquí, Meeko.

—Lo hago ahora mismo. Debo limpiarte para que seas idéntico a tu "yo" físico.

—¿Cuánto tiempo tomará?

—Usando la computadora cuántica de la Universidad de Syracuse calculo que alrededor de cuatro horas.

—¿Qué? ¿Mi humanidad está comprometida a tal punto, Meeko?

—Amigo, todos estamos aprendiendo mientras avanzamos.

La computadora cuántica se embarca en una carrera para eliminar nuevas líneas de código más rápido de lo que mi "yo" digital las está generando durante más de diez horas. Finalmente, Meeko está listo para devolverme en el preciso milésimo de segundo, fracción de momento, cuando ocurre la coherencia entre las dos versiones de mí mismo. En ese momento ven que mi versión no humana desaparece de las pantallas. Inicialmente, mi versión humana no reacciona porque mi yo físico permanece en el estado semi catatónico de los últimos días. Hope se acerca a mí con miedo, pero cuando coloca su mano en mi rostro mis ojos se abren con la intensidad de un loco. De repente, giro para mirar a Meeko con ojos amenazantes.

—¡Nunca vuelvas a jugar con mi vida!

Todos están en shock.

—Y chicos, tampoco cuenten conmigo para jugar a Dios, —añado con desprecio.

Mi mirada trastornada y mi recién adquirida agresividad, tan inusual, los impacta mucho más que la felicidad por tenerme de vuelta.

Hogar del Hacker Dude Thd, Freemont, California
Sede de los Rb Hackers, Point Breeze

—¿Qué pasa, Thd?

—Aquí solo relajándome. ¿Y tú, Halo?

—Mucho trabajo y emoción por aquí, amigo. A veces parece que es 24/7 porque no para.

—Deberías mudarte al oeste. Aquí trabajamos menos que ustedes, los tecnológicos de la costa este, pero ganamos mucho más dinero.

—No deberías jactarte de algo que no sabes si es cierto.

—¿Quieres decir que ganas más dinero que yo?

—Dejémoslo así. Puedes sacar tus propias conclusiones.

Sigue un incómodo silencio entre los dos amigos.

—Oye, Thd, ¿has conseguido más hardware de computadora descartado como el que te compramos la última vez?

—No lo sé, déjame revisar... no he recibido.

—Por favor avísame si consigues algo similar.

—De acuerdo.

Pero Leonard Boord, Thd, tiene algo más que decir.

—Tengo algo más para ti. No es hardware sino software, —anuncia Thd en tono conspirador.

—¿De qué tipo?

—No lo sé, déjame enviarte una muestra. He tratado de venderlo pero nadie lo quiere.

—¿Por qué?

—Porque no pueden leerlo: está encriptado cuánticamente y no hay muchas computadoras cuánticas, así que el acceso a ellas es prácticamente imposible, —dice Thd con tono desanimado.

Halo está confundido hasta el momento en que recibe los datos y las alarmas suenan en su cabeza.

—Amigo, envíame todo el archivo. Te lo compraremos.

El archivo llega enseguida y Halo confirma lo que sospechó desde el principio. Pone a Thd en espera.

—Chicos, tenemos un problema grave.

Todos lo miramos.

—Acabo de comprar el yo digital de Larry Willet en la web oscura. Thd me lo vendió, —afirma Halo.

—¿Qué?... —dice Meeko.

—La buena noticia es que el archivo no ha sido abierto. Voy a poner a Thd en la línea, —anuncia Halo.

—Thd, ¿estás seguro de que nadie ha abierto el disco? —pregunta un nervioso Meeko.

—Nadie puede leerlo, —responde.

—¿A qué te refieres con nadie? ¿No eres el único que lo ha visto?

—¿Me estás tomando el pelo?

—No, no lo hago. ¿Por qué?

—Meeko, la existencia de este archivo es conocida en toda la web oscura. Tienes que asumir que varias personas ya lo han comprado.

—¿Cuánto pagaste por ello? —pregunta Halo.

—Nada. Un tipo que llaman Demon me debía dinero y me pagó con eso. Es uno de los dos hackers que irrumpieron en la Universidad de Syracuse para robar exámenes. Luego, por accidente, se topó con el archivo digital de Larry.

—¿Cuánto dinero te debía? —pregunta Halo.

—Sólo un par de dólares, así que lo liquidamos con esto.

—¿Cuánto quieres por ello, Thd?

—Lo que sea, amigo.

—Vamos, dilo claramente, no tenemos tiempo para esto.

—Trescientos, ¿está bien para ti?, —pregunta siendo cuidadoso para no mostrar su creciente emoción.

—Sí, ¿trescientos billetes de dólar?, —pregunta, aún sin creer el monto, cuidadoso de no mostrar su creciente emoción.

—Sí, pero si piensas que es demasiado...

—No, amigo, está bien.

Cuando termina la llamada, los Rb Hackers están atónito y plenamente consciente de que los archivos del yo digital de Larry Willet se están propagando como un incendio forestal en el otro lado del ciberespacio: la web oscura.

—Chicos, piénsenlo. Según el precio, ni él ni la comunidad de la web oscura le dan mucho valor, —dice Hope.

—Porque aún no se han dado cuenta de qué se trata, —dice Johnny.

—¿Cómo?

—¿Qué quieres decir con cómo?

—Aunque supongan que es una descodificación cuántica, ¿cómo sabrán de qué trata este archivo? —pregunta Meeko.

Las luces se encienden en las mentes de los hackers en pánico.

—Si esto es cierto, y podemos asumir que lo es, entonces nadie puede saberlo. Tenemos que mantenernos callados para no llamar la atención.

—Meeko, ¿es cierto que si decodifican su contenido solo obtendrán la versión digital de Larry Willet? —pregunta Johnny.

—No vayas por ahí. Estás hablando de inteligencia humana implementada en cualquier dispositivo digital y si no se controla significará mucho poder. ¿Cuánto daño podría causar alguien con malas intenciones con algo así en sus manos? Idealmente, deberíamos estar rondando todas las computadoras cuánticas disponibles en el mundo para destruir el archivo si aparece, —dice Meeko.

—Ni pensarlo. Yo ya terminé con las conversiones digitales, —digo. —Chicos, se están ahogando en un vaso de agua. No necesitamos estar rondando, lo que debemos hacer es plantar bots que detecten el archivo en el momento en que entre en cualquiera red de computadoras.

Laboratorio del director de tecnología de Google

Jean Michael-Phillips entra apresuradamente a su oficina. Es el momento ideal para desplegar sus bots de software malicioso en el sistema de los Rb Hackers, cuando prácticamente no hay nadie más a su alrededor. Está decidido a penetrar ese sistema nuevamente.

'Las conexiones entre Google y el sistema de los hackers aún están abiertas', se da cuenta para su gran tranquilidad.

Sentado en su escritorio, con su laptop encriptada abierta, ingresa su cifrado y activa su disco duro portátil con Wi-Fi, habilitándolo aun cuando está guardado de manera segura en su maletín como siempre. Desde la pantalla de su computadora abre el directorio del disco y... nada. Entra en pánico. 'Tal vez el disco se estropeó'. Verifica el tamaño de los datos almacenados y todo está allí, entonces ingresa las coordenadas del directorio nuevamente... nada, vacío. Intenta listar los archivos. Nada. Con una abrumadora sensación de temor ejecuta un diagnóstico. '¡Desastre! Todos los datos están corruptos. ¿Cómo pudo pasar esto?' El disco duro no está conectado a la web, a un servidor o a alguna red. Es independiente. Quizás pueda reparar el daño y salvar parte de los datos, pero, de repente, la pantalla se apaga. Actuando por impulso saca el disco duro de su maletín y con él en su mano intenta reiniciar el disco hasta que finalmente se apaga su luz de encendido. Con furia, presiona las teclas de su laptop intentando activarla pero todo es en vano. La laptop también se apaga y ahora sus dos piezas de hardware parecen ser simplemente chatarra.

Sede de los Rb Hackers, Point Breeze, NY

Todos nos reímos al contemplar la cara de Jean-Michael Phillips.

—No nos quedemos aquí. Necesitamos saber qué más implantó dentro de los servidores de Google, —dice Meeko.

—No lo sé, Meeko. Espero que tengas razón, pero él tal vez prefiera mantenerse de bajo perfil a partir de ahora, —afirma Halo.

—Pero si hay más software malicioso dentro de los sistemas de Google el daño podría aumentar, —argumenta Meeko.

Laboratorio del director de tecnología de Google

—¡Jean Michael!

Está al borde y al escuchar su nombre se paraliza esperando lo peor.

—Ven a mi oficina, necesito hablar contigo, —dice Doug Bain, su jefe.

Phillips siente como si estuviera caminando hacia el patíbulo mientras se dirige hacia la oficina de su jefe.

—Doug, ¿cómo estás?

—Toma asiento, Jean Michael, —dice Bain con un tono sombrío.

Jean Michael está listo para disculparse, aceptar la responsabilidad y enfrentar las consecuencias.

—Doug, yo... —comienza, pero Bain lo interrumpe.

—Jean Michael, quiero que te vayas a casa. Estás trabajando demasiado. ¡Es una orden!

—Disculpa...

—Te lo mereces. Vete a casa y no vuelvas hasta que descanses.

Jean Michael-Phillips camina por el pasillo aliviado, todavía procesando lo que acaba de suceder.

'Necesito tomarme unos días libres para poner mis ideas en orden', razona ajeno a todo y a todos.

Hostal de Lake Placid, NY

—Jonas, ¿por qué no dejamos a los Rb y nos vamos a vivir una vida tranquila en algún lugar?

Estoy perdido en mis pensamientos descansando en la cama con mi amada musa.

—¿Hay alguien en casa?, —pregunta Hope.

—Te escucho y me encantaría hacerlo, pero no podemos dejar a los Rb ahora. No es el momento. La pregunta es cuál es el límite y cuánto tiempo tenemos que quedarnos. Vamos a decidirlo sobre la marcha, hasta cuando sean autónomos, —reflexiono en voz alta.

—Acepto eso, pero bajo una condición.

La interrumpo.

—Hope, fui muy claro con Meeko. No voy a volver a digitalizarme. Esta vez lo digo en serio. Se acabó, —afirmo, sabiendo lo que ella quiere, pero no me cree, ni un poquito.

Laboratorio de la Universidad de Kharkov, Kharkov, Ucrania

Roustem Akharov alias Akor y Slava Olendeyev alias Sove

Los hackers que robaron los datos de análisis de clientes y mercados de Google tienen en sus manos el archivo de Larry Willet y están tratando de descifrarlo.

—Slava, está confirmado que estos son datos cuánticos.

—Bueno, no podemos hacer nada con esto, ¿cuánto pagaste por ello?

—Nada, hombre, deja de regatear por todo. Trabajo duro para encontrar oportunidades desde que, quien sea que haya sido, nos arruinó. Trato de que nos pongamos de pie.

—Lo siento, Roustem. Envíalo a Lin y Lee en China para ver si pueden hacer algo con eso.

—Pero ¿ Lucky Break Semiconductores no fue destruido?

—¿Eres tan ingenuo amigo? La empresa desapareció pero sus jefes no. ¿Para quién crees que trabajan?

Roustem piensa un rato y finalmente lo comprende.

—De acuerdo, estoy colocando el archivo en el nuevo espacio en la nube que creamos. Les notificaré para que lo descarguen.

Unidad de Ciberseguridad del Gobierno Chino,
Pekín, República Popular China

Oficina del Sr. Ming, jefe de la Unidad de Ciberseguridad

—Señor, eche un vistazo a esto, —le pide su asistente la Sra. Wang.

El Sr. Ming pasa los siguientes 30 minutos revisando los datos.

–Estos son datos encriptados y software codificado cuánticamente. ¿De dónde y de quién lo obtuviste? —pregunta.

—De San-Chang Lin de Lucky Break Semiconductores. A su vez él lo obtuvo de sus confiables hackers ucranianos. A su vez, lo compraron en la web oscura. Su origen o raíz es desconocido.

—Estamos utilizando nuestro ordenador cuántico más poderoso para descifrarlo, ya lo hemos hecho parcialmente. Si no avanzamos lo suficiente pediremos ayuda a la unidad cibernética rusa, —dice la Sra. Wang.

—Eso es lo que puedo deducir, pero no veo ningún patrón discernible.

—Tampoco hemos podido visualizar alguno, señor.

—¿A quienes te refieres...?

—A todo el equipo.

—¿Los mejores expertos en matemáticas y visualización de datos de esta organización no pueden detectar ningún patrón?

—Hasta ahora, señor.

—¿Cuál es la dificultad?

—Es difícil de explicar, señor. Una de nuestras expertas en datos, la Sra. Liu, una de las más jóvenes, acaba de llegar de los Estados Unidos. Tiene un doctorado en redes neuronales y cree que este software no es de naturaleza mecánica.

—Pero aún no ha podido descifrarlo, ¿verdad?

—Así es, señor.

La Sra. Wang nota que los ojos de su jefe se pierden en algún lugar hasta que algo le hace clic. Entonces se agrandan y brillan mientras completa su propia frase...

—Porque está configurado de forma orgánica... Sra. Wang... por favor traiga aquí a la Sra. Liu.

Wang huele la sangre después de una hora de conversación y se da cuenta de que necesitan toda la ayuda posible.

—Como sugirió, envíelo a nuestros mercenarios hackers de Moscú. Luego, pida al CEO de Lucky Break que envíe este archivo a sus amigos en Seatech. Si Moscú no puede ayudar, tal vez esto pueda descifrarse en Silicon Valley.

Laboratorio de la Universidad de Moscú

—Primero nos arrestan, segundo nos quitan o mejor dicho nos roban nuestro oro de Facebook, luego nos liberan y en un abrir y cerrar de ojos estamos de vuelta en casa, después de haber desperdiciado seis meses de nuestro tiempo, con las manos vacías. Nuestro trabajo ha sido arduo y sacrificado. Ahora, para rematar, nos piden ayuda, —dice Sergei Akamov.

—No, Sergei, no lo están pidiendo, es que necesitan desesperados nuestra ayuda y esa es la única razón por la que nos han contactado, —responde Boris Ghelman.

—De acuerdo, aquí va el archivo masivo. La nota descriptiva dice que son datos encriptados cuánticamente, —describe el hacker georgiano mientras llega el archivo cuántico.

—Sé que es cuántico, Boris. ¿Por qué crees que estamos aquí esta noche? —pregunta el moscovita Sergei.

—Elemental, mi querido Watson, porque este es el único ordenador cuántico en toda la Federación Rusa.

—¿Cómo obtuviste la aprobación para esto? —pregunta Boris.

—Fue nuestro contratante, no hubo otra manera. Después de todo, ¿no son dueños de todo el país?

Oficina del CEO de Seatech, Surinder Khurana, Área de la bahía, California

—Señor Khurana acabamos de recibir esto de los ejecutivos de Lucky Break.

Khurana y su equipo lo ven y sonríen de oreja a oreja.

—Mira lo que tenemos aquí. Se ve que los chinos no tienen ni idea de lo que es. Creo que estamos en el camino de lo que hemos estado buscando: inteligencia humana digitalizada.

—Sí, pero necesitamos poder leerlo y operarlo.

—De acuerdo, tengo que reunirme con un amigo. Volveré en un par de horas, —anuncia Khurana, quien mientras se va a una de esas actividades donde va solo, sin su chofer o su equipo de seguridad.

Hostal de Lake Placid, NY

La joven pareja vino en busca de paz y tranquilidad y la encuentra. Su pequeña cabaña está rodeada de magníficos bosques y clima de montaña. La quietud del lugar les brinda la comodidad y privacidad que tanto necesitan, o eso creen.

—Últimamente me siento completamente normal, —digo.

—¿Qué quieres decir?

—Lo que Meeko llama bifurcación seguida por decoherencia sucedió desde el principio, cada vez que estaba separado de mi yo físico algo sucedía y no dependía de mi.

—Sigo sin entender, querido. ¿Qué significa eso, Jonas?

—Que estuve absorbiendo líneas adicionales de código desde el primer momento en que fui digitalizado.

Los ojos de Hope brillan al comprenderlo.

—Parece que Meeko ya encontró una forma segura de manejar todo esto, —dice espontáneamente, pero su efusividad se corta cuando encuentra mi mirada seria y totalmente hostil.

—Jonas, sabes muy bien que no quiero como tu que sigas siendo un conejillo de indias.

A medida que entiendo la implicación amplia de sus palabras, me relajo y mi sonrisa es de complicidad e intimidad. Luego, mis ojos miran fijamente hacia adelante.

—Jonas, ¿qué está pasando?

De mi boca salen palabras ininteligibles. Palabras incomprensible para ella: números, letras y fórmulas sin cesar.

—Chicos, necesito su ayuda. Algo terrible ocurre con Jonas, —ruega Hope en pánico mientras se conecta con nuestro grupo de hackers a través de una línea de videoconferencia segura.

Una vez que los tiene a todos en la pantalla, dirige la cámara hacia mí para que puedan ver y escuchar claramente lo que está sucediendo. Ellos escuchan en silencio las palabras que salen de mi boca y tardan poco en entender.

—Recita códigos de computadora, algoritmos, datos, todo eso, —dice Johnny, mientras los demás asienten con la cabeza.

Hope también lo entiende de inmediato.

—Hope, conéctale el casco por favor, —pide Meeko, aliviado de haber insistido y persuadido a Hope de que lo llevara consigo.

Mientras Hope está a punto de colocar el casco en mi cabeza, levanto bruscamente el brazo y agarro firmemente la muñeca derecha de Hope, sujetando el casco justo antes de que lo ponga en mi cabeza. Ella se sobresalta e intenta soltarse pero no puede.

—¡Jonas Cartwright, suelta mi mano! —ruega enojada pero sin éxito ya que no reacciono.

En cambio, sigo mirando hacia adelante como si estuviera en estado catatónico mientras recito códigos de computadora y datos.

—Meeko, ¡haz algo! —exige ella enojada, a punto de entrar en pánico.

—Déjame intentar algo, —interviene Johnny mientras programa a toda velocidad.

—Listo, aquí vamos, —dice una voz robótica desde su estación de trabajo mientras lee en voz alta la línea de código.

Reacciono girando mi cabeza hacia las bocinas de mi estación de trabajo. Luego veo que agarro en la muñeca de Hope y me doy cuenta del problema, así que la suelto.

—Hope, adelante y colócale el casco.

—Estoy aterrada. ¿Qué está pasando?

—Cálmate. Por favor, colócale el casco ahora.

Ella lo hace con brazos temblorosos pero no hay reacción de mi parte, solo sigo mirando fijamente hacia adelante como si no hubiera nadie en casa.

—¿Qué hiciste, Johnny? —dice Hope al borde de las lágrimas.

—Le ordené que soltara el brazo, que se quedara quieto y te permitiera ponerle el casco.

—Me obedeció como un niño, —dice ella con desprecio.

—No Hope, le di instrucciones como a una máquina, como un ordenador muy inteligente.

—Entonces, ¿ahora no es del todo humano?

—No saques conclusiones precipitadas. Déjame trabajar en ello, —dice Meeko con un tono cauto y pensativo.

Luego, Hope empieza a hablar consigo misma.

—Me dijo que no notamos que la decoherencia ocurrió desde el principio, —recuerda en voz alta.

—¿Qué acabas de decir? —pregunta un Meeko incrédulo.

No espera una respuesta porque lo entiende.

—Chicos, limpien el archivo digital de cuando usamos el casco digital de Jonas por primera vez, —dice Meeko hablando rápido.

—Pero no el archivo de cuando lo digitalizamos y descargamos en Larry Willet, —agrega Johnny.

—Cambió en el medio, —concluye Halo.

—Ahí lo tenemos, eso es lo que pasa. Echen un vistazo, —anuncia Meeko mientras líneas rojas de cadenas de código de software se desplazan por las pantallas.

Tomó algunas horas, pero al final mi archivo está completamente limpio, esta vez de verdad. Luego, caigo dormido durante horas interminables. Además de Hope, todos mis otros compañeros hackers se turnan para vigilarme, me observan a través de las imágenes de la videoconferencia.

—Hope, —es la primera palabra que pronuncio al despertar. Ella salta y me abraza aliviada, mientras llora y sonríe al mismo tiempo.

—Estamos todos aquí, —dice Meeko sonriendo a la pantalla.

Doy un giro para enfrentar la cámara con una mirada seriamente grave.

—Meeko, espero que te des cuenta de que por estar digitalizado obedecí las órdenes Johnny. ¿En qué nos hemos metido?

Capítulo 10

GUERRA CIBERNÉTICA

GUERRA CIBERNÉTICA

Si el software se convierte en conciencia digital

y los humanos se convierten en máquinas,

cuando esto ocurra,

inevitablemente,

el conflicto o incluso la guerra se convertirían en una abstracción

que ocurriría en el espacio cibernético.

Sin embargo,

también tendría consecuencias reales en la realidad humana.

En ausencia de experiencia o reglas,

y con muchos menos medios de contención,

la escalada sería instantánea y global.

La raza humana estaría en un lugar donde la disuasión

sería casi inalcanzable.

Detrás de la guerra cibernética se encuentra quizás

la mayor amenaza para la raza humana,

y su autodestrucción.

Sede de Google, Área de la Bahía
Sede del grupo de hackers Rb, Point Breeze

—Chicos, Jean-Michael Phillips se fue, —declara Doug Bain con voz firme, pero con evidente angustia en su tono.

Nos miramos incrédulos.

—Pero lo estamos vigilando las 24 horas al día, —contrarresta Johnny.

—Según ustedes, ¿dónde está en este preciso momento? —pregunta Bain.

—No siguió sus instrucciones de ir a casa. Está durmiendo una siesta en el sofá de su oficina, —responde Johnny.

—Bueno, estoy sentado en ese sofá en este momento, —revela Bain.

De nuevo un silencio total e incómodo antes de que el director de tecnología de Google continúe.

—Chicos, ustedes no lo han rastreado a él sino a sus dispositivos electrónicos. Todo su equipo está aquí: portátil, tableta, teléfono inteligente corporativo, llaves del coche de la empresa y tarjeta de identificación de seguridad. Las cámaras de vigilancia muestran que salió del recinto hace una hora. Alguien lo recogieron a la entrada. Necesito saber si se fue a casa.

De repente aparece una imagen en el monitor de Bain y en las inmensas pantallas de video de la sede de los Rb Hackers.

—Todavía lo tenemos, Sr. Bain. Este es su teléfono personal.

Tanto Bain como nosotros podemos escuchar la respiración pesada y ver la transpiración del rostro de Phillips mientras camina a paso rápido. Sin que lo sepa, la cámara de su dispositivo capta su imagen.

—Parece que está esperando alguna información en su pantalla, —observa Hope.

Los anuncios y el entorno muestran que está en el Aeropuerto Internacional de SFO. Luego todos vemos el texto en su pantalla.

"Aborda el vuelo, todo está listo y esperándote"

El rostro de Phillips muestra estrés y miedo, pero cuando apaga el teléfono se borra su imagen.

—¿A dónde se dirige? —pregunta Halo.

—No tengo idea. Se ha vuelto invisible, —dice Johnny.

—Entonces, ¿lo hemos perdido? —pregunta Bain en la pantalla de video.

—Así parece, —afirma Meeko.

—Chicos, vean aquí. Tenemos otro problema, —anuncia Hope preocupada.

La imagen que todos ven es la mía con el casco de bifurcación sobre mi cabeza.

—¿Va tras Phillips? —pregunta Bain.

—Claro que sí. Donde sea que vaya, pues Jonas está dentro del teléfono de su asistente ejecutivo renegado.

—Jonas dice y promete algo, pero hace otra cosa. Esto es imprudente y pone su vida, su salud y la nuestra en riesgo nuevamente, —reflexiona Hope enfurecida por mi acción impulsiva.

Venta de Hot Dogs 24/7 en Connor
Point Breeze, NY

Larry está disfrutando de un ligero tentempié cuando se le acercan un par de hombres vestidos con trajes oscuros y corbatas.

—¿Señor Willet?

—Sí.

—Quisiéramos hablar con usted.

—¿Sobre qué?

—Una propuesta de negocios, —dice el más alto de los dos empresarios.

—¿Qué tipo de negocio?

—Uno en el que hoy podría ganar 10.000 dólares en efectivo.

—¿Qué?

—Sí. Me ha entendido bien, —dice el hombre mientras abre discretamente un maletín con montones de billetes de cien dólares.

—No haré nada ilegal, mi padre es...

—Sabemos que es policía, Larry. Todo lo que necesitamos es información de su parte.

—¿Sobre qué?

—Los Rb Hackers.

Los ojos de Larry se tornan intensos y se levanta para huir.

—¿Por qué tienes tanto miedo?

Larry Willet los mira con ojos vacíos, está a punto de irse pero los visitantes insisten.

—¿Les debes algo?

De pie, como un zombi, niega con la cabeza.

—¿Te han hecho algo?

Permanece inmóvil, no responde, pero tampoco se va.

—Sabes qué, si te sientas y respondes a todas nuestras preguntas con franqueza y sinceridad te daremos el dinero que te ofrecimos, aquí mismo. Sin condiciones y sin ataduras.

Ambas partes se miran durante lo que parece una eternidad.

—¿Tenemos un trato?

Con timidez y aparentemente resignado, Larry Willet encoge los hombros y asiente sin pensar.

—¿Por qué no te sientas, Larry? Vamos a charlar.

—Si pueden pagarme en bitcoins les diré todo lo que quieren saber.

Los dos hombres consultan entre ellos y envían un mensaje de texto que les responden de inmediato. Con una gran sonrisa, el más alto de los dos, pone su mano en el hombro de Larry.

—No hay problema. También podemos hacerlo aquí mismo.

—De acuerdo, déjame abrir mi aplicación de bitcoins y comprobar cuán serios son ustedes al respecto. Bien, envíenme el 10% del monto como muestra de buena fe.

Los dos hombres se miran entre si y asienten bastante rápido.

—No hay problema Larry. Suena justo. Danos un minuto o dos para enviar los bitcoins.

Los dos visitantes le transfieren los bitcoin a Larry diez minutos después, quien verifica la transacción en su billetera digital y finalmente se relaja.

—De acuerdo chicos, ¿qué es lo que quieren saber?

Aeropuerto Internacional de Pekín, China
(dentro del reloj inteligente de Phillips)

—Bienvenido, Sr. Phillips. Tenemos un nuevo teléfono encriptado para usted.

—Eso estará bien. ¡Gracias! Apagué el mío antes de abordar el avión en San Francisco, —responde mientras entrega su antiguo teléfono y enciende el nuevo para sincronizarlo con sus archivos de datos en la nube.

—¿Y su reloj inteligente? Aquí también tenemos un reemplazo.

—Cree que debería... bueno, tal vez tenga razón pues todo lo tengo encriptado en la nube, —dice mientras se quita el reloj.

Eso me da tiempo suficiente para transferirme al nuevo teléfono de Phillips y luego a su nuevo reloj mientras lo coloca en su muñeca.

Luego, antes de que lleguen a la ciudad y a su destino, logro penetrar e infectar los dispositivos de toda la delegación de bienvenida.

Sede de Google, Área de la Bahía
Sede de los Rb Hackers, Point Breeze, NY
Laboratorio clandestino de Lucky Break Semiconductores,
Beijing (dentro del reloj inteligente de Phillips)

—Chicos, hemos accedido o vulnerado todos y cada uno de los dispositivos y cuentas de Phillips aquí en Google y no encontramos nada, solo archivos vacíos por todas partes. Lo borró todo, —afirma Bain.

—Era de esperar, —dice Hope.

—Algo debe haberlo alertado, —agrega Halo.

—Chicos, aunque hemos realizado múltiples análisis en todo nuestro sistema y no hemos encontrado nada, me preocupa que este tipo haya dejado algo aquí adentro, —anuncia Bain desde su laboratorio.

Una vez más aparece una imagen en vivo en las pantallas de Bain y de los Rb Hackers. Esta vez es una transmisión en vivo desde la computadora del fugitivo Jean Michael Phillips quien se prepara para trabajar y en el fondo de la pantalla se ve un masivo sistema central de computación.

—Hola chicos, —exclamo.

—¿Deberíamos llamarte Harry? —pregunta Meeko en tono de broma.

—¿Harry?

—Sí, como Harry Houdini, el gran escapista, —continúa Meeko con la burla.

—No me parece gracioso. Houdini fue un ilusionista. Jonas, estás arriesgando tu vida de manera temeraria, —dice Hope confundida. —prometiste que nunca más...

Hope dice con la voz entrecortada, pero su novio ruidoso la interrumpe.

—El deber llama. Tuve que actuar rápidamente.

Sigue un incómodo silencio que rompe Hope consciente de su absurda postura.

—¿Eso es lo que creo que es? —pregunta.

—Sí, una computadora cuántica completa, —confirma Meeko.

—¿Qué están planeando, chicos? Jonas, ¿dónde estás ahora? —pregunta irritado Bain.

—En un laboratorio clandestino de Lucky Break Semiconductores, —respondo.

—¿No se supone que estaban acabados después del ataque cibernético? —pregunta Hope.

—Sí, en la opinión pública, pero obviamente no es la realidad. Jonas, necesitamos investigar a fondo aquí porque me temo que Phillips no se haya ido sin dejarnos un regalo no deseado, —continúa Bain.

—En este momento tengo infiltrados todos sus sistemas. Voy a dejar todo en estado latente para activarlo cuando queramos. Termino pronto y me iré directamente a sus sistemas, Sr. Bain.

—Jonas, te informo que el escudo de software que creamos para ti funciona perfectamente. Hasta ahora, no hay ninguna variación en tus cadenas de código.

—Me alegra escuchar eso, Meeko, pero estaré tranquilo una vez que haya vuelto a mí mismo, físicamente hablando.

Oficinas del CEO de Seatech

—Señor, lo tenemos todo.

—Entonces, ¿el chico Willet cooperó?

—Señor, con todo respeto, al chico Willet cooperó por un montón de bitcoins.

—¿Cuándo estarán de vuelta aquí?

—Estamos a punto de abordar el vuelo a San Francisco, señor.

—Conéctame con el Sr. Phillips por favor, —pide Surinder Khurana, CEO de Seatech, a su asistente.

Unos minutos después:

—Phillips, el chivo Willet nos dio la información deseada. El equipo está de regreso con ella. Te conectaré una vez lleguen.

Sede de Google, área de la Bahía
Sede de los Rb Hackers, Point Breeze, NY
(Jonas, dentro de los sistemas de Google)

—Chicos, al principio pensé que esto iba a ser como encontrar una aguja en un pajar.

—Vimos todo, Jonas. Simplemente brillante, —afirma Bain.

—Seguir los rastros de todos sus inicios de sesión fue la clave, —afirmo.

—Creo que, en total, se neutralizaron más de mil bots de software en los sistemas de Google. Todos están inactivos, esperando una señal para activarse.

—¿Por qué no los destruimos? —pregunta Bain.

—Porque ahora están programados y dirigidos a cualquiera que intente activarlos.

—¿Los tenemos a todos? —insiste Bain.

—Revisé cinco años de inicios de sesión de Phillips. Todos ellos se hicieron con su perfil digital.

—¿Por qué dejó atrás evidencias y rastros digitales? —pregunta Bain.

—No lo hizo. Al menos eso es lo que cree. No estoy hablando de su ID de Google sino de algo mucho más complejo. Me refiero a su perfil digital generado a través de permutaciones algorítmicas. La premisa es simple: todos escribimos de forma única totalmente diferente a los demás. Yo creé un algoritmo a partir de un año de las pulsaciones de teclas de Phillips.

—…Jonas, ¿cuál hubiera sido el daño?

—Señor Bain, permítame ser brutalmente honesto con usted. Google probablemente habría quedado gravemente dañado.

El director de tecnología de Google traga con fuerza mientras en la pantalla de la computadora aparecen reunidos mis compañeros de Rb Hackers.

—Ahora, si me disculpan, debo transferirme de regreso a China. Tengo que estar junto a Phillips cuando intente su Armagedón.

Todos miran cómo mi auto disparo digital desaparece del circuito y un nudo apretado de angustia y frustración se forma en la garganta de Hope.

Laboratorio clandestino de Lucky Break Semiconductores, Beijing

Sede de los Rb Hackers, Point Breeze

Sede de Google, Oficina del director de tecnología

(Jonas, dentro del nuevo reloj inteligente de Phillips)

Bain y los Hackers Rb ven la imagen de Phillips en acción.

—Estoy dentro y listo, —anuncio por el altavoz.

Phillips se acerca a una gran pantalla de visualización donde se muestra una red mundial en la web muy compleja.

—Esa es la ruta que Phillips va a seguir en su ataque cibernético a Google: China, Rusia, Islandia, Ucrania, Estonia, Serbia, Austria y luego San Francisco, —explico.

Observan una llamada de video cifrada que entra en el smartphone de Phillips. La voz que todos escuchan en Google y en la sede de los Rb Hackers pone a todos nerviosos. Pero lo que sigue es peor, mucho, mucho peor...

Semiconductores Lucky Break,
Laboratorio clandestino de Beijing
Oficina improvisada de Jean Michael Phillips
(Jonas, dentro del nuevo reloj inteligente de Phillips)

—Phillips, procederemos con el lanzamiento según lo programado, pero primero debemos abordar este otro problema. Tengo aquí conmigo a los dos individuos que entrevistaron a Larry Willet en Point Breeze, Estado de Nueva York.

Phillips contiene la respiración, y yo también, Jonas Cartwright, el intruso digital en su computadora. También mis compañeros Rb Hackers y Doug Bain, director de tecnología de Google.

—Willet explicó que fue persuadido por los Rb Hackers para cambiar de cuerpo físico y poder habitar en un chico de mejor aspecto. Le dijeron que su personalidad y recuerdos serían cargados en una computadora y luego en un nuevo cuerpo. Dijo que el principal negociador fue el jefe de los Rb Hacker, Jonas Cartwright, un tetrapléjico que según Willet necesita un nuevo cuerpo.

—Y, ¿qué le pasó?

—Terrible. Fue una pesadilla. Willet recuerda que de repente se despertó corriendo por las calles de Point Breeze en un estado de pánico hasta que su padre lo encontró. Al principio, su padre pensó que estaba drogado y lo examinó. Al final, su padre concluyó que debía tener un episodio de locura y lo envió a terapia.

—¿Y no recuerda nada más?

—No, no recuerda.

—Bien. Gracias, chicos.

Una vez que los dos individuos se van continúa la conversación entre Khurana y Phillips mientras los demás siguen espiándolos.

—¿Qué piensas? —pregunta Khurana.

—Bueno, el software de la web oscura que compraste parece ser una copia de la personalidad del chico Willet. El problema es que no sabemos cómo funciona ni siquiera si funciona. Lo único que tenemos en este momento es una prueba adicional de que la inteligencia humana en forma digital existe y los Rb Hackers parecen ser sus creadores.

—Phillips, ¿estás seguro de que quieres atacar a tu antigua compañía? ¿Cuál es el punto de hacerlo? Venganza, ¿y luego qué?

—Son muchos años de opresión y de no ser reconocido ni valorado por Google por lo que soy. Ahora tienen que pagar.

—Pero, lo que estás a punto de hacer dañará nuestras posibilidades de descubrir su arma secreta: la inteligencia humana en forma digital.

Laboratorio de Computación de la Universidad de Jarkov (Noreste) Ucrania,
Point Breeze, Nueva York

—Tú eres Larry, ¿verdad? —le pregunta un patinador mientras lo compara con una foto que sostiene en su mano.

—Sí, ¿por qué?

El joven desaliñado deja su patineta en el suelo y se dirige hacia Larry Willet con renovado interés. Larry, a su vez, ve a un tipo larguirucho con ropa holgada y cabello graso hasta los hombros. Lleva una gorra de béisbol volteada hacia un lado y zapatillas de lona a cuadros tipo "Vans".

—Mi nombre es Weskey también conocido como Wes. Estoy ayudando a un par de amigos hackers de la web oscura. He viajado por el país durante los últimos días hablando con todos los Larry Willets que hay por ahí.

—¿Somos muchos?

—Resulta que no. Pero suficientes como para mantenerme ocupado por un tiempo.

—¿Qué pasa?

—Te haré una pregunta. ¿Alguien ha creado alguna vez un archivo digital tuyo?

Larry contempla desconcertado la figura desaliñada que tiene delante. Esta vez sabe exactamente qué hacer.

—¿Quién pregunta?

—Como dije, un par de hackers.

—Entonces hablemos con ellos.

El patinador saca una tableta de su mochila. La conexión de Skype se establece en un par de minutos y Larry dos jóvenes de su edad en la pantalla. Se relaja de inmediato.

—Larry, Wes nos envió un mensaje de texto diciendo que quieres hablar.

—¿Quiénes son ustedes?

—Slava, también conocido como Sove, ese soy yo y junto a mí está Roustem también conocido como Akor.

—En realidad, Wes dijo que ustedes eran los que querían hablar conmigo.

—¡Así es! Tenemos que hacerte algunas preguntas.

—¿Qué pasa con todos estos países diferentes de donde vienen?

—¿Qué pasa con ello?

—Los muchachos anteriores eran de Rusia. Creo que dijeron Moscú. Por tu acento debes ser del mismo lugar o bastante cercano.

—Bueno, somos de una región en la parte oriental de Ucrania donde el ruso es el idioma predominante.

—Veo. No sé mucho sobre geografía, lo siento.

—Eso no es ningún problema para nosotros, Larry. Pero dime ¿qué querían los otros chicos?

—Ustedes son en realidad el tercer grupo con el que hablo.

—Veo. ¿Qué querían, Larry?

—Estoy bastante seguro que lo mismo que quieren ustedes.

—¿Y eso será?

—Chicos, primero tienen que pagar. Serán 10k en bitcoins. 10% por adelantado.

Sede de Rb Hackers en Point Breeze, NY
Oficina de Bain en la sede de Google
Laboratorio clandestino de Semiconductores Lucky Break, Beijing
(dentro del teléfono cifrado de Phillip)

—Seatech apenas resistió los planes de Phillips, —observa Hope.

—Lo más adecuado. Seatech también tiene cuentas pendientes con nosotros, —reflexiona Bain.

—Jonas, ¿por qué no cerramos esto ahora?

—Sr. Bain, ¿está 100% seguro de que sabemos que Phillips va a atacarnos?, ¿cómo lo hará y de dónde vendrá?

—No, no lo estoy.

El peso de sus palabras vuelve a caer sobre todos.

—Chicos, durante los últimos 30 minutos, Phillips ha estado cargando el archivo de Willet en la computadora cuántica.

—¿Ven algún riesgo en esto?

—No. Ya corrompí el archivo. A nivel de software, a nuestro criterio y cuando lo ordenemos, todas las líneas de código que inserté aniquilaran la computadora cuántica por completo, así como la red neuronal que ellos configuraron.

—¿Y qué pasa con el archivo de Willet en manos de Seatech? —pregunta Bain.

—Sr. Bain, haremos lo mismo con ellos también.

—Pero, eso aún deja el archivo de Willet en la web oscura.

—Es cierto y no hay mucho que podamos hacer al respecto. Pero, aún necesitan a alguien que pueda juntar todas las piezas y que tenga acceso a una computadora cuántica, —afirma Meeko.

—Entonces, además de Seatech, ¿quién más? —pregunta Bain.

—Ciertamente los ucranianos que robaron tus datos y la pareja, el ruso y el georgiano que piratearon los algoritmos de Facebook.

—También iremos tras ellos, —afirmo desde Beijing al darme cuenta de que Phillips regresa a su oficina temporal.

—Listo para proceder, —anuncia Phillips.

Unos ingenieros chinos en batas blancas le piden a Phillips que los siga. Jonas, Bain en Google y el grupo de Rb Hackers están hipnotizados viendo lo que muestra la imagen del reloj inteligente de Phillips: una habitación inmensa con una miríada de servidores conectados entre sí.

—Chicos, este debe ser el equipo que manejará el ataque. Ahí hay al menos 10,000 servidores, —afirma Bain.

Con unos pocos golpes de tecla me doy cuenta de que el juego comienza.

—Chicos, prepárense. Este tipo está listo para disparar.

En la computadora todos observan cómo Phillips viaja por la ruta determinada con anterioridad y a la velocidad de la luz sus comandos rebotan de país en país hasta llegar a Google. Phillips observa atento cuando el ataque llega a su destino, monitorea y espera que se rinda la red de Google.

—Será solo cuestión de minutos, —razona.

Pero después de 10 minutos no sucede nada. No hay fallas en el gigantesco motor de búsqueda.

—¿Qué es eso? —grita Phillips.

La pantalla muestra miles de señales que regresan por la misma ruta de ataque que siguieron sus comandos para activar a los robots latentes dentro de la red de Google.

—Apáguenlo. Apaguen la red ahora mismo, —grita frenéticamente.

Y se da cuenta de que ya no hay tiempo para apagar los puntos de conexión remotos.

—Apúrense chicos, —presiona mientras el sistema se apaga rápidamente.

Después de unos dos minutos tensos, el equipo del laboratorio clandestino de Beijing desconecta cada conexión con la web.

—OK, enciendan de nuevo. Vamos a revisar los datos para ver porqué los robots no fueron activados al otro lado.

Vuelven a encender el inmenso equipo y Phillips tiene pantallas activas en cuestión de minutos, pero cuando inicia la sesión no recibe respuesta en la pantalla.

—Se llevará la sorpresa de su vida. Las imágenes de las señales que regresan fueron programadas intencionalmente para mostrarse con un retraso. Para cuando lograron apagar sus computadoras su sistema ya estaba totalmente comprometido, —les confirmo.

Solo me toma unos minutos barrer los virus, pero no es suficiente. Hay demasiados y muy rápidos. Son imparables. El daño en la red de Google es inevitable, aún no sé cuan severo.

Capítulo 11

TITUBEANDO AL BORDE DEL PRECIPICIO

MI YO DIGITAL

No soy un organismo,

no hay una sola célula viva en mí,

sin enzimas, bacterias o enfermedades,

sin nutrientes,

por lo tanto,

nunca me canso cuando estoy en este estado.

Sin embargo, tengo conciencia,

mi pensamiento está enormemente mejorado

y, para colmo, ¡tengo sentimientos!

¿Quién soy?

¿Aún soy humano?

Si no, ¿qué soy entonces?

¿SOLO ESPACIO Y PURA ENERGIA CIBERNETICA?

Jonas

Me muevo con facilidad por el mundo digital. Aquí no hay seres humanos sino impulsos electrónicos, líneas de código, dispositivos mecánicos, tuberías y cables. Supongo que es fácil perderse aquí. Una vez más, salto de un objetivo a otro, envuelto en una corriente de datos, viajando a velocidades vertiginosas. Sin embargo, sé exactamente hacia dónde me dirijo y mis intenciones no son benignas en absoluto.

Sede de los Rb Hackers Point Breeze, NY

—Jonas, por el amor de Dios, ¿dónde estás? —implora Hope en lo que parece una pesadilla interminable.

Las pantallas en la habitación permanecen en blanco y los ruidos estáticos del micrófono son intermitentes y desgarradores. Los segundos se convierten en minutos y el nivel de estrés aumenta entre los cuatro hackers. Parece que toda la situación está alcanzando un punto crítico.

—Hasta donde entiendo, puedo decir que Lucky Break Semiconductores está fuera de servicio permanentemente, —afirma Halo mientras revisa el último conjunto de imágenes de video y datos que obtuvieron del hacker digital. —Jonas se fue antes de que quedaran sin conexión, los datos lo muestran claramente, pero, aun así, su destino es desconocido.

—Vamos, todos sabemos hacia dónde se dirige, ¿verdad? —pregunta Meeko con malicia.

Sede de Seatech, área de la bahía, CA
Oficina del CEO
(dentro del teléfono encriptado del CEO de Seatech)

Me transferí fuera de las improvisadas oficinas de Jean Michael-Phillips en Lucky Break Semiconductores al teléfono encriptado del CEO de Seatech en la Bahía De San Francisco en fracción de segundos usando el directorio de su nuevo teléfono encriptado. antes que todo su hardware informático, incluida su supercomputadora cuántica, quedara inservible. Con sigilo espero, escucho y observo todo.

Kharkov, Ucrania Oriental
Laboratorio de Computadoras Cuánticas de la Universidad Estatal de Kharkov

—El código de software en sí no tiene utilidad, —dice Slava Olendeyev, alias Sove.

—Algo digitalizado de esa manera no se puede llamar un ser humano, —responde Roustem Akharov, alias Akor.

—Sin el chico Willet el código de software es inútil, —repite Slava.

—Al chico le gustan las criptomonedas, —recuerda Roustem.

—Estamos hablando de persuadir a un ciudadano estadounidense, que además es menor de edad, para que vuele al otro lado del Atlántico hacia Ucrania. Por cierto, no olvidemos que su padre es policía, —agrega Slava.

—Estás enfocando esto de manera equivocada, —desafía Roustem.

—¿Por qué? —pregunta Slava.

—Estás obsesionado con tener una computadora cuántica para emular la vida humana, —explica Roustem.

—Necesitamos computadoras poderosas, —recuerda Slava.

—¿Te das cuenta de que los Rb Hackers lo lograron justo allí en ese pequeño pueblo junto al lago de Point Breeze? Hasta donde sé, la computadora cuántica más cercana está en el laboratorio de la Universidad de Syracuse, —explica Roustem.

—Tienes razón. Lo hicieron de forma remota, aunque trasladar este tipo de datos no es fácil, —argumenta Slava.

—Bueno, eso es lo que hacemos, en lo que somos buenos. Seguiremos codificando hasta encontrar un par de algoritmos de compresión de datos impresionantes e impecables, —afirma Roustem.

Laboratorio de Computadoras Cuánticas
de la Universidad de Moscú

—Necesitamos al chico Willet. Este software tiene que estar vinculado a él para funcionar, —dice Boris Ghelman.

—¿Qué hacemos? —pregunta Sergei Akamov.

—Nuestra inteligencia en Estados Unidos está lista para ayudar, — anuncia Boris.

—¿Cómo es eso? —pregunta Sergei.

—Nos están preparando todo allá, —explica Boris.

—¿Te refieres a los Estados Unidos? —pregunta un desconcertado Sergei.

—Me refiero a Point Breeze. Nos dirigimos allá, —responde Boris.

—¿Cuándo? —pregunta Sergei.

—De inmediato, prepárate. Nos enviarán en un G-6, —informa Boris.

—¿Y como tendremos la potencia de procesamiento de la computadora cuántica? —pregunta Sergei.

—Ya hackearon dos computadoras cuánticas, una en Canadá y otra en Nueva Jersey, explica Boris.

—¿Por qué no más cerca? —pregunta Sergei.

—Porque lo más probable es que los Rb Hackers estén utilizando toda la potencia de procesamiento cuántico que se encuentre cerca de ellos y detectarán nuestra intrusión, —responde Boris.

***Oficina improvisada de Jean Michael-Phillips
en Lucky Break Semiconductores, Beijing, China
Sede de Seatech área de la bahía de San Francisco, California***

Momentos atrás:

—Los golpeamos duro, —exclama Jean Michael-Phillips en éxtasis.

—Lo lograste, —dice un eufórico CEO de Seatech, Surinder Khurana a través del altavoz.

Repentinamente, un exaltado Sang Chang Lin, CEO de Lucky Break Semiconductores entra interrumpiendo la reunión.

—No queda nada, —dice con tono sombrío.

Un silencio lúgubre sigue.

—Todo el equipo en red, incluida la computadora cuántica, están destruidos.

—¿Estaban aquí?

—¿Quién más podría haber hecho esto?

Esta vez, el silencio dura mucho más tiempo.

—Si les causamos un daño serio, esto es solo daño colateral, —afirma Lin de manera casual.

—Caballeros, me temo que los Rb Hackers aún no han terminado. ¿Hacia dónde se dirigirán a continuación? —pregunta Jean Michael-Phillips en voz alta.

El CEO de Seatech se pone más tenso con cada palabra aunque tiene una buena idea de dónde irán. 'O tal vez ya están aquí', piensa.

—Chicos, tengo asuntos urgentes que atender, —anuncia Khurana mientras se desconecta de la llamada.

Oficinas del director de tecnología de Google

El departamento de IT de la compañía desactivó todos los 300,000 teléfonos inteligentes y tabletas propiedad de la compañía en cuestión de segundos, después del comando de Mark Bain. Sin embargo, no fue lo suficientemente rápido. En una fracción de segundo, una pequeña porción de empleados de la compañía, aún inconscientes de lo que estaba sucediendo, accedieron a los servidores con sus teléfonos y tabletas como es normal en sus actividades laborales. El problema es que con miles de dispositivos móviles corporativos en funcionamiento en cualquier momento dado, los bots intrusos no pueden ser detenidos. Por lo tanto, todos los principales centros de datos de la compañía se infectaron. Toda la infraestructura informática de la compañía está comprometida. Bain sabía que cuanto más tardara en tomar una decisión, peores serían los daños.

El evento catastrófico ocurrió de la siguiente manera:

—Dwayne, apaga todo el sistema, —ordenó Bain.

En una respuesta súper rápida, Dwayne Dyer, jefe de seguridad informática de Google, le envió los códigos de verificación. Ingresó las contraseñas requeridas y, en cuestión de segundos, el motor de búsqueda de Google quedó inoperativo. Toda la compañía quedó en la oscuridad.

Alrededor del mundo, millones de visitantes de Google se sorprendieron al ver que el sitio web había quedado fuera de línea. Los empleados de la compañía también quedaron a oscuras e incapaces de llevar a cabo sus actividades laborales, ya que las comunicaciones de la oficina central se cortaron abruptamente.

—Señor Bain, estamos fuera de línea.

—Todos los equipos informáticos deben desconectarse para que puedan ser desechados. Deben apagar de inmediato todos los dispositivos móviles, ya sean teléfonos o tabletas, y devolverlos a la oficina de Google más cercana.

—Señor Bain, si todo está apagado, ¿cómo comunicamos este mensaje a toda la compañía?

—Llame a nuestro centro de datos en Islandia a través de un teléfono satelital.

Tarda un par de minutos en ponerlos en línea.

—Compañeros, nuestro equipo en todo el mundo está infectado, ustedes son inmunes porque no están conectados a la red. Quiero que difundan el siguiente mensaje a todos los empleados y oficinas:

"Al recibir este mensaje desconecte y apague todo su equipo, incluidos servidores, computadoras de escritorio, tabletas, teléfonos inteligentes y relojes. Una vez hecho esto, empáquelo y envíelo de inmediato al centro logístico regional de la compañía que atiende a su territorio. Ningún equipo electrónico corporativo

mencionado anteriormente debe estar operativo y debe ser enviado inmediatamente. Proporcionaremos equipos de reemplazo lo antes posible".

Necesito una evaluación del inventario de equipos no utilizados en nuestras oficinas y almacenes de todo el mundo. Me refiero a aquellos sin abrir y de fábrica original, —exige Bain en tono frenético.

En la puerta del edificio está parado el CEO de la compañía.

—Mark, aquí está tu teléfono inteligente y tableta seguros e inmunes. Nunca han estado conectados a la red. Se conecta solo con nuestro centro de datos en Carolina del Norte.

—Gracias, Los activaré de inmediato.

—Está bien, procede.

Las palabras del CEO provocan un ligero gesto de cabeza de Bain, quien ya ha estado en contacto con el mayor centro de datos de respaldo de Google.

Oficina del CEO de Seatech, área de la bahía, CA
(Jonas, dentro del teléfono encriptado del CEO de Seatech)

—No tengo idea de dónde están, pero necesitamos atraparlos dentro de nuestro sistema. ¿Pero cómo los encontramos?

—Mike, realiza un rastreo con el motor de inteligencia artificial. Utiliza el código de software del chico Willet como base comparativa. Instruye que detecte un código similar dentro de nuestro sistema, —dirige Khurana a Michael Stern, jefe de ciberseguridad de Seatech. —También reduce la operación de nuestros sistemas al mínimo y cierra todas las puertas de enlace.

—Señor, esto va a causar revuelo entre nuestros usuarios.

—Será de corta duración.

—Con todo respeto, Sr. Khurana, aún estamos sufriendo una deserción masiva de clientes después del cierre anterior. ¿Está seguro de esto?

—Sí, se trata de nuestra supervivencia como empresa. Si cerramos la compañía nuevamente por un malware malicioso estaremos acabados para siempre.

—Como desee, señor.

Lucho por controlarme. Por un lado, las palabras de Khurana son inquietantes para mi ya que lo último que quiero es que me encuentren. Por otro lado, quiero atacar a estos tipos nuevamente, pero esta vez tengo que llegar a sus centros de datos de respaldo. Khurana llega demasiado tarde porque hace minutos diseminé el virus. Los letales bots de software ya se extendieron por toda la red de Seatech y llegaron a cada uno de los centros de datos en todo el mundo. Ahora, con un solo comando desde el propio teléfono de Khurana activaré la reacción en cadena que llevará a la caída de Seatech. Solo que esta vez me quedaré y cuando saque su dispositivo de comunicación cifrado fuera de la red estaré listo para ingresar en él. Luego, cuando inevitablemente se comunique con sus centros de datos de respaldo también les haré una visita. Permaneceré en modo sigiloso hasta ejecutar todo, aunque tengo que enviar un mensaje a mis compañeros de alguna manera.

Oficina del CEO de Seatech,
Área de la bahía de San Francisco, California

El mundo de Khurana comienza a desmoronarse por segunda vez, pero esta vez el ritmo es frenético y devastador. Uno tras otro, país tras país, centro de datos tras centro de datos se apagan. Finalmente, su propia sede también queda a oscuras. Khurana actúa rápidamente. Abre una pequeña caja fuerte detrás de su escritorio y saca un teléfono satelital y llama por él.

En el otro lado de la línea está Dieter Pelster, jefe del centro de datos de Seatech en Islandia.

—Señor Khurana, supongo que nos necesita para restablecer su conexión.

—¿Cuándo fue la última vez que se actualizó? —pregunta el CEO de Seatech.

—Permítame verificarlo, señor. Un momento, por favor. Fue hace 15 minutos. Toda la información después de eso se ha perdido de forma irremediable.

'Eso parece lo suficientemente cerca', reflexiona Khurana.

—¿Qué pasa con los otros dos centros de datos de respaldo? —Khurana pregunta.

—Montana hizo una copia de seguridad nuestra hace cinco minutos y Washington State está terminando ahora.

—Proceda entonces. ¿Cuánto tiempo les tomará volver a estar en línea?

—¿Se refiere al sitio web? Estarán fuera de servicio hasta que se instale nuevo equipo.

—¿Cuánto tiempo? —Khurana pregunta sin encontrar para nada gracioso el comentario adicional.

—De una a dos horas, señor.

—Hazlo más rápido, Dieter. Te llamaré de nuevo en 15 minutos.

'Es hora de trabajar', pienso y me transfiero del teléfono de Khurana al teléfono satelital encriptado de Dieter Pelster.

Oficina del CEO de Seatech

Los minutos pasan lentamente mientras Khurana espera.

—Señor, querrá ver esto. Es lo último que imprimimos antes de quedarnos sin conexión, —dice Michael Stern, jefe de ciberseguridad de Seatech.

Khurana mira la impresión. Encontraron una coincidencia en la búsqueda de la inteligencia artificial.

—Así que estuvieron aquí. Bueno, eso ya lo sabíamos, ¿verdad? — dice listo para explotar.

—¿Qué importa? El daño ya está hecho, —dice Stern.

—¿Qué? —pregunta Khurana. —Espere un momento, — continúa mientras sus ojos de repente se abren como si estuvieran a punto de explotar.

Lee el informe nuevamente.

—¡En mi teléfono! No, está bien. No estaba en el teléfono satelital encriptado, —dice mientras marca a Dieter Pelster en Islandia.

—Señor Khurana, ¿cómo puedo ayudarle?

—¿Todo está bien por allá?

—Sí.

Sigue un silencio mientras Khurana respira profundamente para calmarse.

—Señor, ¿sigue ahí?

—Sí, sí. Disculpe, simplemente estoy comprobando.

—Por favor, deje que hagamos nuestro trabajo. Nos llamó hace cinco minutos.

—Cuelgo. Están haciendo un trabajo excepcional.

Sigue silencio.

—Pelster, ¿estás ahí?

—Espere un momento, señor, no cuelgue.

—¿Qué está pasando?

Silencio de nuevo.

La presión arterial de Khurana se descontrola. Toma el control porque intuye lo que está a punto de suceder.

—Señor, Montana y Washington State desaparecidos. Oh, Dios mío...

—¿Qué?

—Nuestro centro acaba de colapsar. Seatech está acabado, señor. Los tres centros de datos de respaldo están arruinados.

Sede de los Rb Hackers, Point Breeze

—Todavía tenemos un cabo suelto, chicos, —anuncio mientras mi yo digital saluda a todos a través de la computadora.

—¡Jonas, has vuelto!, —exclama Hope.

—¿Dónde has estado?, —pregunta Meeko.

Mi rostro digital toma forma en una de las grandes pantallas.

—Lo siento, chicos, mientras estaba en acción tuve que permanecer en silencio. De hecho, el CEO de Seatech estaba tras de mí pero fui más rápido, —respondo.

—¿Qué pasó con Lucky Break Semiconductores?, —pregunta Halo.

—Todo en esa instalación desapareció, incluida su computadora cuántica, —respondo.

—Así que, ¿esta nueva incursión los terminó?, —pregunta Meeko.

—Ellos están dirigidos y financiados por el gobierno. Así que no, no lo están. Ni cerca, —respondo.

—¿Adónde te dirigiste desde allí? ¿A Seatech?, —pregunta Halo.

—Sí, —respondo.

—Tiene sentido, ¿y qué pasó? —dice Halo.

—Aniquilado, incluidos todos sus centros de datos de respaldo en Islandia, Montana y Washington State. También se han eliminado todos sus dispositivos móviles, —digo.

La emoción aumenta en la habitación excepto para Hope que no ha dicho una palabra.

—¿Algo más? —pregunta Johnny.

—Me transferí a los teléfonos inteligentes de Slava Olendeyev y Roustem Akharov. Ellos son los hackers ucranianos, —respondo.

Momentos atrás:

Aeropuerto Internacional de Kiev, Centro de negocios
(Jonas, dentro de los smartphones de los hackers ucranianos)

Mientras Slava Olendeyev y Roustem Akharov están absortos trabajando en el archivo del chico Willet mientras esperan su vuelo al estado de Nueva York vía Londres. Ambas laptops están conectadas en vivo a la computadora cuántica de la Universidad de Kharkov. De repente, un mensaje de alerta ROJA atrae su atención. Es del CEO de Lucky Break Semiconductores, Sang Chan Lin.

Chicos, nos atacaron por segunda vez. Los Rb Hackers destruyeron nuestras instalaciones en Beijing. Hicieron lo mismo con Seatech. Lo único que puedo decirles es que refuercen sus defensas, envía Lin.

¿Cuándo sucedió esto? responde Slava.

Hace menos de diez minutos, uno tras otro, responde Lin.

—¿Slava, la computadora cuántica dejó de responder, —dice Roustem interrumpiendo el chat de texto.

Demasiado tarde

Es lo último que le escribe Slava a Lin antes de que se mueran todos sus equipos y sea el fin del resultado de su viaje. En cierto sentido tienen suerte, ya que el aborto del viaje los salva de enfrentar una acusación criminal sellada esperándolos al llegar a los Estados Unidos.

Sede de los Rb Hackers, Point Breeze

Mi yo digital no pierde la sonrisa casi imperceptible que se forma en el rostro de Hope. Me río para mis adentros pensando que la tengo en la palma de mi mano y olvidaremos y perdonaremos todo entre nosotros.

—Chicos, ¿adivinen a dónde se dirigen los ucranianos?

Al principio nadie responde. Los hackers se mira entre sí incrédulos.

—¿Aquí?, —pregunta la siempre espontánea Hope tímidamente.

—Sí.

—¿Por el chico Willet?

—Sí.

—Bueno, eso ya pasó.

—No, no ha pasado.

—¿Por qué?

—No he terminado. No he tenido contacto con los rusos que robaron los datos de Facebook.

—¿También tienen el archivo de Willet?

—Sí, Lin de Lucky Break Semiconductores se los envió.

—¿Puedes conseguirlos?

—Sí.

—¿Cómo?

—Desenterré todos los datos de comunicación entre ellos y los rusos mientras estaba en Lucky Break Semiconductores.

—¿Por qué no los has atacado aún? ¿Cómo es que siguen ahí?

—Necesito aprender algunas cosas primero.

—¿Como qué?

—¿De dónde proviene la potencia de procesamiento cuántico que están usando? Además, ¿quién está detrás de ellos?

—Jonas, por favor, ten cuidado.

—Solo me tomará unos segundos entrar y salir. Esta vez, tengo que ser ultrarrápido, —agrego. —Ya los visité, pero estaban en tránsito.

—¿Dónde y cuándo llegan?

—Están en ruta desde Moscú hacia el aeropuerto JFK de Nueva York. Conozco la hora exacta de llegada y los estaré esperando.

Aeropuerto Internacional JFK, NY
(Jonas, dentro de los smartphones de los hackers rusos)

En el momento en que Sergei Akamov y Boris Ghelman aterrizan en Nueva York encienden sus teléfonos inteligentes. Una avalancha de mensajes de texto los está esperando. Tanto sus supervisores en Moscú como el Señor Lin de Lucky Break los bombardearon con textos urgentes. El primer mensaje que abre Sergei es el de Lin.

Los Rb Hackers borraron en Beijing, luego borraron a Seatech y finalmente a nuestros rivales hackers de Ucrania. Intentarán hacer lo mismo con ustedes.

La reacción instintiva de Sergei es apagar sus dispositivos celulares.

—Boris, apaga tu smartphone, tablet, laptop, etc., —ordena Sergei a su compañero hacker, Boris Ghelman, mientras él hace lo mismo.

Inmediatamente saca su segundo teléfono encriptado (solo para emergencias) y se pone en contacto con la computadora cuántica de la Universidad de Moscú. Todo está normal. Lo apaga tan pronto como valida que la computadora cuántica sigue funcionando correctamente. Ese breve momento me da suficiente tiempo para transferirme al segundo teléfono encriptado de Sergei y a su vez transferirme a Moscu.

(Jonas dentro de la supercomputadora cuántica de la Universidad de Moscú)

Jonas implanta miles de bots autodestructivos en el flujo de códigos. Luego, deja que la computadora cuántica los disemine por toda la red gubernamental nacional. En total, esta acción le lleva a Jonas menos de un minuto dentro de los dispositivos de los hackers rusos, cuyo avión todavía está rodando por la pista de JFK. Infecta todos sus dispositivos electrónicos portátiles y móviles y recorre la supercomputadora cuántica de la Universidad de Moscú durante un total de dos minutos. Luego, regresa al teléfono inteligente de Sergei seguido por el de Boris y les lanza otro ataque devastador, justo antes de regresar a su base de operaciones.

—Boris, necesitamos mantener todo apagado. De lo contrario, pueden eliminarnos como ya hicieron con Lucky Break, Seatech y nuestros rivales ucranianos, —dice Sergei a su compañero hacker.

Boris Ghelman parece que no está escuchando. Con ojos muy abiertos mira con intensidad su reloj inteligente. Sergei observa perplejo a su compañero hacker y también ve la esfera hasta que se da cuenta del dilema. Frenéticamente enciende su segundo teléfono encriptado y no pasa nada. Está muerto. Enciende su teléfono normal, tableta y laptop y tampoco pasa nada. Marca la computadora cuántica desde su reloj inteligente y la misma cosa, su reloj inteligente está muerto también, exactamente como Jonas lo planeó. Para cuando Sergei y Boris salen a encontrarse con sus homólogos en la zona de recogida del aeropuerto, saben que su misión ha terminado. No tienen absolutamente ninguna conexión a Internet o energía disponible para trabajar en su objetivo que es Larry Willet.

Sede de los Rb Hackers, Point Breeze

Mi yo físico se quita el casco después de la exitosa misión.

—¿Ya pasó la amenaza? —Pregunta Hope.

—Tanto Lucky Break como los dos hackers rusos son parte de organizaciones patrocinadas por el gobierno. Estamos lejos de haber terminado. Además, el archivo cuántico de Willet está ampliamente disponible en la web oscura. A partir de ahora las cosas podrían volverse aún más feas que antes.

—¿Qué hacemos ahora? Jonas, por favor, dinos.

—Ahora que sabemos lo mucho que le gustan los bitcoins al chico Willet tenemos que reclutarlo para que trabaje con nosotros. Es razonable pensar que uno de nuestros adversarios intentará controlarlo, posiblemente secuestrándolo, —respondo.

Sede de Google, área de la bahía, California
Sede de los Rb Hackers, Point Breeze

—Señor Bain, acabamos de notar que está en línea de nuevo, —dice Meeko al recibir una llamada del director de tecnología de Google.

—Así es. Nuestra interfaz de cliente y nuestra página web están restauradas al 100%. Nos llevó un par de horas, pero lo logramos. Fue una tarea hercúlea. Irónicamente, fue el plan de respaldo del centro de datos de Seatech lo que nos dio inicio a la estrategia.

—¡Increíble!, —dice Johnny.

—Aún no estamos fuera de peligro. El noventa y cinco por ciento de nuestro personal todavía no tiene teléfono, tablet o computadora. Casi todas nuestras estaciones de trabajo se están reiniciando con equipos completamente nuevos.

—Conociéndole, sucederá rápido, —dice Meeko.

—Chicos, la otra razón por la que llamo tiene que ver con una visita que recibí de un par de agentes especiales del FBI.

Nos miramos conmocionados.

—Sus preguntas se centraron en Seatech, —dice Bain dejando que las palabras se asienten. —Querían saber qué nos había sucedido. Presionaron para saber si conocíamos quién llevó a cabo las dos interrupciones y ataques. Como no recibieron una respuesta concreta los agentes se volvieron más directos y nos preguntaron sin rodeos si teníamos alguna evidencia de que los había hecho Seatech. Finalmente, soltaron una bomba y preguntaron si estábamos detrás de los hackeos de Seatech, —continúa Mark Bain mientras nosotros permanecemos en absoluto silencio, como en trance, mientras absorbemos cada una de sus palabras. —Como no sabía sobre la última intrusión de Seatech, mi reacción de total sorpresa fue genuina y ambos agentes especiales se dieron cuenta. No mencionaron nada sobre ustedes. No parece que estén en la mira del FBI, —anuncia el Director de tecnología de Google sonriendo cómplice.

Sus palabras tardan unos segundos en registrarse en nuestras mentes de hackers, pero una vez que lo hacen, la exuberancia juvenil explota entre nosotros. Nos damos la mano y nos abrazamos.

—Hoy, chicos, ciertamente lo lograron. Causaron estragos y daños graves en todos los lugares que trataron de hacernos daño.

—Sí, —responde Meeko.

—Lucky Break Semiconductores y Seatech borrados del mapa

—¡Sí! Y también fueron aniquilados dos grupos de hackers, uno de Ucrania y otro de Rusia.

—Bien señores, estaré en contacto. Esto de ninguna manera es el final de esta guerra cibernética. Estoy seguro de ello.

Lucky Break Semiconductores,

Oficina improvisada de Jean Michael-Phillips, Beijing, China

—¡Señor Phillips, Google ya está en funcionamiento de nuevo!

—No puede ser.

—Inicié sesión en su sitio web.

Al instante, la familiar página de Google se muestra en pantalla mientras Jean Michael-Phillips permanece inmóvil. Su lado racional le dice que debería haberse quedado en Estados Unidos y su intuición es precisa, pero desafortunadamente llega dos días demasiado tarde.

Sang Chang Lin, CEO de Lucky Break Semiconductores, entra en la habitación con cara de enojo y se dirige hacia él. Lo escoltan dos altos oficiales uniformados y el más joven de los dos se dirige a Phillips.

—Señor Phillips está arrestado por el delito de espionaje en nombre de un poder extranjero, en este caso, su país de origen.

Se llevan al ejecutivo rebelde de Google esposado.

Sede de los Rb Hackers, Point Breeze

Todos están detrás del chico Willet. ¿Cómo es eso? —pregunta Johnny.

—En realidad es bastante simple. Nadie ha podido descifrar el archivo cuántico que adquirieron en la web oscura, pero cuando descubrieron que estaba relacionado con el chico Willet todos llegaron a la misma conclusión. El software solo funciona cuando está vinculado con el ser humano que emula. Así que todos se acercaron a él, —explica Meeko.

Todos comprenden.

—Chicos, están realmente cerca, —comenta Hope.

'Puede que nos hayamos librado de ellos esta vez. El hecho es que el archivo de Willet sigue vagando por la web oscura y está disponible para casi cualquiera y casi gratis', reflexiono sintiéndome cada vez más incómodo.

Capítulo 12

CONCIENCIA SINTÉTICA
(ISLAS BERMUDAS)

TODO PUEDE CAMBIAR EN UN INSTANTE

El inmenso valor del "ahora"

es por lo cual nuestro "presente" es un regalo

o mejor dicho, el presente es "el obsequio".

Está justo allí, oculto a simple vista,

la palabra que usamos todos los días;

el "ahora" es un "presente".

Independientemente de nuestro estatus, rango o gloria,

riqueza, fama o amor,

salud, lazos o vínculos,

contratos, deberes o responsabilidades,

sin importar nuestras buenas acciones,

fe o vocación,

nuestro valor, contribuciones, esfuerzos o sacrificios,

nuestra confiabilidad y generosidad;

la vida puede volverse en nuestra contra en un instante.

Y ahí es donde reside el poder del "ahora",

ya que cada tic-tac del reloj es precioso y cuenta.

Así que recordémonos constantemente

que debemos aprovechar al máximo

lo que la vida nos da en el momento presente,

y olvidar el pasado y el futuro,

ya que uno ya no existe y el otro está por venir.

En la vida, todo puede cambiar en un instante,

y tal vez por un tiempo, durante mucho tiempo o

irreversiblemente para siempre,

nada volverá a ser igual.

El poder de la vida reside en "el presente".

Es en el "ahora" donde debemos enfocarnos,

antes de que todo cambie en un abrir y cerrar de ojos.

Hope y yo decidimos escapar del mundo cibernético por un par de días. Nos recostamos sobre las húmedas pero aún cálidas arenas rosadas de una idílica playa en las Bermudas. Una brisa suave rompe la quietud del lugar y reemplaza el intenso calor del día por un aire más fresco.

—Jonas, ¿cómo encontraron todos los bandidos hackers a Larry Willet?

—Es muy probable que después de leer el archivo y tenemos que asumir que todos lo hicieron. Pero el archivo no sirve para nada sin el ser humano que emula. Probablemente lo ubicaron a través de investigaciones normales y trabajos de investigación básicos. Supongo que no fue muy difícil ya que todos lo localizaron bastante rápido, —digo mientras Hope asiente.

Un gigantesco y magnífico sol se pone en el horizonte. Es una explosión de colores cambiantes: los amarillos se mezclan con los naranjas y los rojos. Los tonos esmeralda del agua se oscurecen lentamente hasta volverse azul oscuro.

—Jonas, he estado pensando, —me dice Hope en un susurro.

Casi no la escucho. Mi rostro está absolutamente relajado, absorbiendo el festín para los sentidos que nos rodea.

—La próxima vez, quiero ir contigo.

Al principio no registro la declaración de Hope, pero una vez que la proceso mis ojos se ensanchan con intensidad.

—¿Por qué querrías hacer eso? Es demasiado peligroso arriesgarnos ambos, todavía estamos en la fase de exploración.

Ella me mira con ojos incrédulos.

—Así que tú eres el conejillo de Indias y nadie más —dice con desprecio.

—Absolutamente, así es, —digo con voz burlona.

—Jonas, esto no es gracioso, —responde bruscamente.

Por instinto me enderezo y pongo una expresión seria forzada que solo dura unos segundos pues su reacción me perturba. No puedo contenerme y exploto en risas mientras Hope aparta su cabeza con disgusto. Un largo silencio se instala entre nosotros.

—Creo que la fase de exploración ya terminó. Los riesgos de bifurcación y decoherencia están bajo control, —dice ella tratando de reforzar su argumento.

—Eso es cierto. Hay dos incursiones exitosas seguidas, pero todavía no hay suficiente prueba y experiencia para estar seguros de que los mismos problemas u otros no puedan surgir.

—Si actuamos juntos podemos lograr mucho más y aprender más.

—Hope, no debes involucrarte en esto como algo racional y lógico, recuerda que tus reacciones son emocionales y ahí es donde reside el mayor peligro.

Ella estalla en llanto y me aparta cuando intento abrazarla. Finalmente se calma y recupera su compostura.

—Jonas, tenemos que explorar cómo funcionan las relaciones interpersonales cuando ambas partes son digitales.

—No hay duda de eso, pero no es lo más importante en este momento.

—Bueno, ya he tomado mi decisión y la próxima vez, te guste o no, iré contigo.

El cielo estrellado reemplaza el atardecer y ya no miramos el horizonte sino directamente el firmamento. Hope sonríe mientras yo me preocupo, ninguno de los dos tiene idea de lo que estamos a punto de enfrentar.

Oficinas del director de tecnología de Google,
Área de la bahía de San Francisco, California
Oficinas Centrales de Rb Hackers, Point Breeze, NY
(conferencia telefónica)

—Meeko, después del torbellino de actividades me puedes decir dónde están ustedes? —pregunta Mark Bain, director de tecnología de Google.

—Creamos digitalmente todas las funciones cerebrales en forma de pre-construcciones/algoritmos matemáticos. Todas fueron creadas a partir de una mente digital completamente capaz y funcional. Estos algoritmos están integrados en líneas de código de software que permiten la existencia de un cerebro sintético. La conciencia artificial, sin embargo, es un asunto completamente diferente que se crea a través de la simbiosis del cerebro impulsado por el software con base a otro software; un sistema operativo separado que contiene la secuencia de ADN digitalizada de la misma persona. Hemos logrado reducir este software a fórmulas algorítmicas. Las bases pareadas de la fórmula algorítmica son los dúos de núcleo bases que constituyen los cimientos de la doble hélice del ADN digital.

—Estoy perdido. ¿Qué es exactamente lo que está operativo ahora? Además, ¿qué problemas han enfrentado? —pregunta Bain.

—Nuestro cerebro impulsado por el software funciona bien cuando se descarga en un dispositivo informático, pero no ocurre lo mismo cuando se descarga en un ser humano, incluso si la información de los bancos de datos cerebrales del objetivo ha sido eliminada y almacenada en otro lugar. Ya que el ADN del objetivo sigue incrustado en cada célula, el ser físico del objetivo pronto entra en conflicto con el cerebro digital. El objetivo intenta controlar todo, la personalidad, el carácter, los instintos naturales, las inclinaciones y los comportamientos. Todas esas características humanas están firmemente incrustadas en nuestro ADN y grabadas en todos los seres humanos debido a miles de años de evolución del Homo Sapiens.

—Fascinante, —dice Bain, aparentemente satisfecho.

—Espere, señor Bain, hay más.

—Estoy seguro de que lo hay.

—Para que nuestro cerebro sintético consciente comience a funcionar debe desvincularse del cerebro real que emula. Mientras el cerebro consciente digital está en funcionamiento a través del ciberespacio, el ser humano físico permanece en un estado catatónico. El cerebro humano sigue conectado a su conciencia digital a través de un casco especialmente diseñado que lee, envía y recibe datos entre el cerebro artificial y el biológico.

—¿Cuáles son los mayores problemas que enfrentan en este momento? —presiona Bain.

—Hasta ahora, el principal problema ha sido no poder abandonar el dispositivo donde se ha descargado el cerebro digital o donde se ha transportado a sí mismo. Esto ocurre cuando el dispositivo depende de una fuente de energía externa para funcionar y se desconecta de esa fuente. El segundo problema, que hemos denominado bifurcación y decoherencia, ocurre cuando el cerebro sintético comienza a actuar por sí mismo. Hemos descubierto que el software que impulsa el cerebro sintético cambia a medida que el cerebro sintético piensa, aprende o toma decisiones. Se crea una nueva línea de código y el cerebro artificial no puede volver y reunirse con su forma biológica, así que el ser físico sigue en el mismo estado catatónico. Para evitar que esto suceda, hemos desarrollado un conjunto de algoritmos discretos que filtran, en tiempo real, cualquier línea nueva de código que se genere cuando el cerebro sintético se dedica a cualquier actividad.

—Gracias Meeko y a todos ustedes por su ayuda. Su presentación ha sido muy informativa.

—Nos veremos pronto, señor, —dice Meeko, mientras todos los Rb Hackers se despiden del director de tecnología de Google.

Oficinas de Rb Hackers, Point Breeze

—Meeko, no le dijiste que Jonas está habitando un nuevo cuerpo.

—Todo a su debido tiempo. Todo a su debido tiempo, —respondo desde el paraíso tropical donde me encuentro.

Oficinas del director de tecnología de Google, Área de la bahía, California

—Señor Bain, agradecemos enormemente su ayuda, —afirma Lance Stroll, jefe de la unidad de defensa ante la guerra cibernética del Departamento de Defensa (DOD), después de escuchar su llamada telefónica con los Rb Hackers. —¿Estos son los tipos que han causado todo este caos? —pregunta.

—¿Stroll, se refiere a aquellos que han defendido nuestro país?

—Bain cuando usted dice "nuestro país", se refiere a Facebook y ustedes, pero no a Seatech, ¿verdad?, —dice Stroll con un tono lleno de sarcasmo.

—Stroll, con todo respeto, lo único que siento en este momento es que he traicionado a mi mejor y más querido equipo de hackers, que por cierto es muy importante para mi empresa.

—Entiendo todo eso, pero mi problema es que no me permitió advertirles. El elemento sorpresa es de suma importancia en esta situación y ellos están en grave peligro, señor Bain.

—Sinceramente espero que esa sea la verdadera razón, señor Stroll. Pero, por si acaso, quiero advertirle que ellos nunca trabajarán para usted.

—Eso no es relevante en este momento, —responde Stroll, escrutando a Bain, —ya veremos, —agrega con un tono despectivo.

—Le advierto, señor Stroll, una vez más, no subestime el conocimiento técnico del grupo.

Semiconductores Lucky Break,
Oficinas de Beijing, China

Llevan a Jean Michael-Phillips esposado a la oficina del Sr. Lin.

—Señor Phillips, espero que sea tan importante como afirma porque de lo contrario, en lugar de muchos años de trabajos forzados, nunca volverá a ver la luz del día.

—Señor Lin, creo que hay una forma diferente de abordar esta situación.

—¿Qué quiere decir? Vaya al grano, Phillips.

—Bueno, nuestro enfoque para obtener la fórmula de la vida humana digital a través del sujeto Willet es incorrecto.

—¿Por qué? —responde Lin cada vez más impaciente.

—No hay garantía de que Willet sea la clave para desbloquear sus algoritmos, —afirma Phillips.

—¿Qué sugiere entonces?

—Vamos a tenderles una trampa.

—¿Qué?

—Ellos estuvieron aquí y también en sus oficinas de Shanghái. Infiltraron dos veces a Seatech y a los hackers ucranianos y rusos.

—¿Y qué?

—Podemos atraparlos dentro del dispositivo en el que están ubicados. Quiero decir, podemos capturar su vida humana sintética.

—¿Cómo propone que hagamos eso, Sr. Phillips?

Durante los minutos siguientes, Phillips queda libre y le dan "carta blanca" para proceder con su plan. Lucky Break le facilita todos los recursos humanos y equipos que necesite.

Equipo de Inteligencia del RSA Ruso, Point Breeze
Oficinas Centrales del GRU, Moscú, Rusia

—¿Qué pasó, señor?

—Nuestro dúo de hackers tuvo que abortar la misión.

—¿Por qué?

—Digamos que su hardware y software quedaron inutilizables.

—Inutilizables?

—Sí, inservibles.

—¿Virus?

—Mucho más que eso.

—¿Qué quiere que hagamos?

—Quiero que los vigilen. Dejaremos que los dos hackers se reagrupen en Moscú. Una vez que el equipo esté posicionado, procederemos según lo planeado. Permanezcan en el lugar en Point Breeze y reporten cualquier actividad fuera de lo común. En particular, quiero saber sus movimientos. Quién entra y quién sale.

Oficinas de Semiconductores Lucky Break, Beijing, China

Universidad de Kharkov, Kharkov, Ucrania

—Señor Lin, tengo a los ucranianos al teléfono. Han estado llamando toda la mañana.

'Lo sé. También han estado tratando de comunicarse directamente conmigo', reflexiona Lin antes de responder. Si supiera qué decirles, sería mucho más fácil.

—Diles que se comuniquen conmigo directamente a través de la línea de videoconferencia.

—¿Cuándo?

—¡Ahora mismo!

En cuestión de segundos suena su teléfono inteligente sin parar.

—AKOR y SOVE, ¿cómo están ustedes? —dice Lin saludando a Roustem Akharov y Slava Olendeyev, sus confiables hackers ucranianos.

—No muy bien, señor Lin, no muy bien, —responde Slava, alias SOVE.

—¿También les sucedió a ustedes?

—Sí, señor. No queda nada. Aún peor, el ordenador cuántico de la Universidad de Kharkov fue destruido.

—Bueno, déjenme ver qué puedo hacer al respecto. Les agradeceré por los servicios prestados.

—Señor Lin, si puede hacer eso le quedaremos eternamente agradecidos.

'En efecto, lo harán', piensa el Sr. Lin.

—Eso no es nada, chicos. Les debemos mucho.

—Señor, ¿qué quiere que hagamos? Estamos a su servicio. En cualquier momento y lugar.

—Esperen más instrucciones.

Oficinas centrales de Seatech,
Área de la bahía de San Francisco, California

Décadas de trabajo se esfumaron en segundos. Ahora Surinder Khurana es el jefe de uno de los mayores fracasos empresariales en la historia de Estados Unidos. Odia a los liquidadores designados por el tribunal que rebuscan dentro del equipo electrónico inútil. Ha perdido personalmente una fortuna en acciones y opciones de la empresa. De la noche a la mañana pasó de ser multimillonario, parte de la selecta lista de Forbes 400, a un hombre rico común. En su mente solo hay un pensamiento: venganza. Su actual problema es reconstruir su red de contactos en todo el mundo a partir de cero. Ninguno de sus socios chinos, rusos o ucranianos responde a sus mensajes y llamadas. Tomará tiempo. Sin embargo, él sabe exactamente dónde ir para encontrar ayuda. En la meca de desarrollo de software en Bangalore, India, tienen una cantidad ilimitada de recursos de primer nivel a precios económicos.

Horas después, en la terminal de jets ejecutivos del Aeropuerto Internacional de San José, Surinder Khurana aborda su Gulfstream 650 de largo alcance. La ruta, con solo una parada en el camino, lo llevará directamente a Bangalore en lab India, donde pretende pasar el mayor tiempo posible reconstruyendo su estrategia. Después de veinticinco años en Silicon Valley está listo para seguir adelante y volverse a levantar. Mientras aborda el avión, Khurana echa un último vistazo por la ventana del jet quizás por última vez.

De repente aparecen de la nada unos coches y SUV sin identificación. Unos agentes federales rodean el lugar en segundos. Khurana pierde la cuenta de cuántas armas apuntan hacia él.

—Surinder Khurana estás bajo arresto.

Entonces la realidad finalmente golpea a Khurana y su mundo se desmorona.

—Es hora de enfrentar la justicia y asumir la responsabilidad de sus acciones, señor Khurana.

Escucha lo que dice uno de los oficiales federales, al menos eso es lo que cree escuchar o tal vez sea su propia conciencia hablándole.

Oficinas de Rb Hackers, Point Breeze

—¿Quién es este tipo? —pregunta Johnny con desconcierto.

—Según pude averiguar en la web es el jefe de la unidad de ciber guerra del Departamento de Defensa (DOD).

—¿Viene en persona? ¿Por qué? —pregunta Hope incrédula.

—No lo sé. Siempre hemos dicho y prometido que solo trataremos con el sector privado de la economía, —afirmo.

El zumbido en la puerta anuncia la llegada del invitado no deseado. Lance Stroll impresiona a los Rb Hackers por su altura de 1.95 metros, fuerte como un roble.

Después de las presentaciones de rigor, Stroll va directo al grano.

—El DOD quiere contratarlos. Hemos oído muchas cosas buenas sobre sus habilidades de hacking y queremos ver si pueden vulnerar nuestros sistemas.

Meeko y el equipo (incluyéndome a mí) lo observamos reluctantes. Halo le entrega a Stroll la página de términos y condiciones seguida del gráfico de la estructura de precios de Rb Hackers. Stroll los estudia durante bastante tiempo antes de sonreír como si estuviera de acuerdo.

—¿Podemos acceder libremente a todos sus sistemas?

—Sí, siempre y cuando solo se dediquen a explorar y monitorear.

El familiar sonido de notificación anuncia la llegada de un mensaje de texto.

Sus términos y condiciones han sido aceptadas. Nuestros abogados están listos para enviar el contrato ejecutado. Les enviaremos la información de inmediato. ¿La misma dirección de correo electrónico?

Sí, por favor.

—Señor Stroll, ¿qué hay de la estructura de precios?

—¿Qué pasa con ella?

—¿Están ustedes de acuerdo con nuestros precios?

—Sí.

—¿Leyó el monto que requerimos por adelantado?

—Sí, pero no hacemos eso.

—Entonces, no hay nada de qué hablar, —dice Meeko, levantándose para concluir la reunión.

—Espere un minuto. Nunca hacemos eso pero haré algunas llamadas para ver qué puedo hacer.

Stroll sale de la sala de conferencias de los Rb Hackers.

Quince minutos después entra de nuevo.

—Podemos hacer un adelanto del veinticinco por ciento como una excepción para ustedes.

—Señor Stroll, la única forma en que nos involucraremos es con un adelanto del cuarenta por ciento.

El funcionario del gobierno se muestra reticente, pero cede cuando los hackers mantienen su posición.

—¿Qué hay del bono si penetramos sus sistemas?

—Ahí es donde ustedes hacen dinero, ¿verdad?

No recibe respuesta, solo miradas serias de cada uno de los cinco genios.

—De acuerdo, aceptamos el bono.

—Por favor, confírmelo por escrito, señor, —dice Meeko.

—Enseguida, joven, —responde Stroll. —¿Algo más?

—Haga que sus abogados aprueben todo y envíenos una confirmación.

Al mismo tiempo, tanto los Rb Hackers como Lance Stroll, reciben mensajes de texto confirmando que los documentos han sido ejecutados.

—¿Estamos en marcha entonces? —pregunta Stroll mientras se levanta y extiende la mano.

—Lo estaremos tan pronto como recibamos su pago por adelantado, señor Stroll.

Oficinas de Rb Hackers, Point Breeze, NY
Oficinas centrales de Google,
Área de la bahía de San Francisco, California
(videoconferencia en una línea encriptada)

—Señor Bain, necesitamos su ayuda, —dice Meeko representando a todos sus compañeros hackers.

—¿En qué puedo ayudar?

—Acabamos de recibir una visita del jefe del DOD.

Sigue un largo silencio. La incomodidad de Bain crece por segundos.

—Estoy escuchando, Meeko.

—Bueno, quieren contratarnos para hacer algunas cosas que hemos hecho para usted. La trampa es que quieren que lo hagamos en sus instalaciones. Citan razones de seguridad nacional.

—Absolutamente no, Meeko. No pueden aceptar eso. Dime, ¿ya están bajo contrato?

—Sí, estamos bajo contrato. De hecho, ya pagaron el 40% de adelanto.

—¿Por qué me llaman después del hecho?

Los Rb Hackers simplemente no saben qué responder.

—Olvídense de eso. Permítanme explicarles por qué no pueden hacerlo. Sin embargo, tengo una idea de lo que realmente pueden hacer...

Oficinas de Rb Hackers, Point Breeze,

La unidad de defensa ante la guerra cibernética

del Departamento de Defensa (DOD), Washington, DC

(Jonas en el reloj inteligente de Stroll)

—Meeko, ¿ya recibieron nuestro pago, verdad?

—Sí.

—¿Cuándo pueden estar aquí?

—Ya estamos allí.

Silencio.

—¿Qué quieren decir con eso?

—Entramos en su sistema anoche y hemos estado vagando por él desde entonces.

—Eso no es lo que acordamos.

—Nos pidieron que intentáramos vulnerar su sistema de información y eso hicimos. Dejamos mensajes en cada área que visitamos como evidencia de nuestra intrusión ¿o deberíamos decir visita?

—¿Cómo entraron?

—No fue difícil, señor.

—Pregunté ¿cómo?

—No puedo decirlo y nuestro contrato no lo exige. Deme un minuto, señor.

Meeko pone a Stroll en espera.

—Jonas.

—Sí, aquí estoy.

—¿Has estado escuchando? Es hora de volver ahora.

—Está bien, ya voy.

Una fracción de segundo después vuelvo a mi forma original, me quito el auricular y me uno a ellos en la llamada.

—Es genial estar de vuelta pero volvamos a la llamada con Stroll.

En unos segundos termina la intrusión en los sistemas del DOD y Jonas regrese a salvo a Point Breeze.

—Señor Stroll, ya salimos de su sistema.

—Ya me informaron sobre su incursión. Meeko, todavía necesitamos verte aquí.

—Señor Stroll, usted y yo sabemos que eso no es posible.

Sigue un breve silencio.

—Hablaron con Bain.

—Sí, lo hicimos.

—¿Entienden que necesitan protección?

—Sí, señor.

—¿Y?

—Valoramos nuestra libertad e independencia aún más.

—¡Ustedes son un activo estratégico para este país!

—¿Quién lo dice?

—Su gobierno.

—Señor Stroll, esta conversación ha terminado y, antes de irme, por favor tenga la amabilidad de transferir nuestro bono de un millón de dólares hoy.

Seis horas después:

Sede de Rb Hackers, Point Breeze, NY
(Equipo de campo del DOD)

—Señor, estamos en posición y los enlaces de comunicación están listos.

—De acuerdo, manténganme informado, —responde Lance Stroll.

—Señor, hay un problema.

—¿Cual es?

—El escaneo infrarrojo del lugar indica que no hay nadie allí. No solo eso, no hay computadoras ni dispositivos electrónicos en ese lugar. ¿Qué quiere que hagamos?

—Mantengan sus posiciones. Ellos pueden regresar más tarde.

—Dudo que lo hagan, señor. Los chicos se han ido.

—Tengo una buena idea de dónde pueden haber ido. Me pondré en contacto.

Sede de Google, área de la bahía, California
La unidad de defensa ante la guerra cibernética del
Departamento de Defensa (DOD), Washington DC

—Bain, ¿dónde están los hackers rebeldes?

—No tengo la más mínima idea. Le advertí que se fuera con cuidado con ellos.

—Yo le advierto a usted que si descubro que está involucrado en esto pagará con un infierno.

Capítulo 13

SIN SALIDA

<u>ORIGEN DE LA VIDA</u>

Mi existencia,

en lo que respecta al oxígeno y los nutrientes,

depende de mí.

Cuando respiro, estoy vivo.

Pero ahora, en mi forma digital,

para existir dependo de impulsos eléctricos;

en comparación, mi vida ya no depende de mí.

¿Entonces realmente estoy vivo?

Todo esto me parece bastante artificial.

Más temprano en el día:

La unidad de defensa ante la guerra cibernética

del Departamento de Defensa (DOD)

(Jonas, dentro del teléfono inteligente de Lance Stroll)

—Stroll, tienes muchas explicaciones que dar, —afirma el General Douglas Axelrod, director del Comando Cibernético de los Estados Unidos.

—Señor, los Rb Hackers no tocaron nada, lo hemos verificado.

—¿Cómo? Explíqueme.

—Tenemos un rastro digital de cada uno de sus movimientos mientras estaban dentro de nuestros sistemas.

—¿A qué sistemas tuvieron acceso?

—A todo, señor.

—¿Qué quiere decir?

—Accedieron a todos nuestros sistemas, señor.

—Stroll, hay áreas bloqueadas y aisladas como nuestra super computadora y servidores encriptados...

Lance Stroll permanece en silencio. Los intensos ojos del General lo contemplan con rabia.

—¿Lo hicieron...? —presiona mientras las venas de su cuello parecen a punto de estallar.

—En todas partes, señor.

—¿No se les dijo que no entraran en esas áreas?

—General, tenían carta blanca para penetrar todos nuestros sistemas, si podían entrar. Simplemente fuimos con la suposición de que…

Stroll no puede terminar porque su exaltado superior lo interrumpe abruptamente.

—¿Cuánto tiempo los llevó vulnerar todos nuestros sistemas?

Stroll responde tímidamente:

—Minutos, señor.

—Eeeh…

—Señor, hicieron su trabajo. Demostraron su punto. Somos vulnerables a estas nuevas tecnologías cuánticas.

—Eso es seguro. Si un grupo de adolescentes es capaz de hacer esto en cuestión de minutos, un equipo más sofisticado financiado por un gobierno podría, teóricamente, comprometer todos nuestros sistemas cuando quiera.

—Con su perdón, señor. Este no es un grupo ordinario de hackers. Es muy probable que no haya nadie en el mundo en este momento tan avanzado en computación cuántica como ellos.

—Por el momento.

—Señor, creemos que han digitalizado la inteligencia humana.

—¿Qué dice?

—Quien nos visitó fue uno de ellos en forma digital.

El General está a punto de enojarse pero la expresión facial de Stroll lo detiene en seco.

—¿Está hablando en serio?

—Absolutamente, señor.

—Alguien intentará atraparlos y me temo que sea uno de nuestros enemigos.

—Señor, por eso los contratamos y organizamos para que hackearan nuestros sistemas bajo nuestra supervisión directa. Les hicimos una oferta que no pudieran rechazar.

—¿Qué sucedió?

—Nunca aparecieron. Vinieron y se fueron digitalmente.

—Esto es un asunto de seguridad nacional. Tengo que discutir esto con mi cadena de mando.

—¿Sus jefes?

—Le mantendré informados, Stroll, —dice el General Axelrod, despidiéndolo.

Sede de Google, Búnker Lab X,
Área de la bahía de San Francisco, California

—¿En qué situación estamos? Estoy preocupada, —dice Hope.

—Esperemos a ver, —sugiere Meeko mientras nos ajustamos al nuevo centro de operaciones después de partir repentinamente de Point Breeze.

La unidad de defensa ante la guerra cibernética
del Departamento de Defensa (DOD)
Washington, DC

El General Azelrod regresa a la oficina de Stroll.

—Stroll, es hora de visitarlos.

—No se puede, señor. Pensé en eso inmediatamente después del ataque, pero cuando nuestro equipo llegó a su lugar en Point Breeze, Estado de Nueva York, ya se habían ido con todos sus equipos.

—Deje pasar esta información al Departamento de Justicia. Tenemos que encontrar a estos chicos.

—¿Por qué involucrar a la policía?, señor, si no hay delito, ¿autorizamos la intrusión?

El General hace una breve pausa. Sus ojos penetrantes muestran frustración.

—Solo quiero hablar con ellos.

—En eso estamos de acuerdo, señor, pero no podemos obligarlos.

—Stroll, ¿en qué tipo de mundo vives? ¿Sabes qué pasará si este grupo de hackers cae en las manos equivocadas, por ejemplo, un gobierno extranjero? Estoy seguro de que el Secretario de Defensa encontrará una manera de traerlos ante nosotros.

Equipo de inteligencia del RSA de Rusia, Point Breeze
Sede del GRU, Moscú, Rusia

—Señor, aparentemente en las últimas horas los Rb Hackers se fueron en un avión privado. Todos sus equipos los recogió UPS. Además, un ejército de funcionarios del gobierno de Estados Unidos llegó al lugar después de que se fueron.

—¿Sabes a dónde fueron?

—Compramos esa información en el aeropuerto local.

—¿A dónde? —pregunta la voz impaciente.

—San José, California.

—¿Silicon Valley? ¿Quién estuvo a cargo de la evacuación y reubicación?

—No estoy seguro.

Silencio.

—Bueno, ahora está claro. El secreto ha salido a la luz. Pónganse en contacto con todos sus hombres.

—Y señor…

¿Algo más?

—El chico Willet voló con ellos.

Más temprano en el día:

Sede de Google, Búnker Lab X,
Área de la bahía de San Francisco, California

Todos suspiramos con alivio cuando volví de la incursión en el DOD. Sin embargo, la situación actual puede necesitar otras de mis intervenciones.

—Sr. Bain, ¿podría venir al Bunker? Es importante, —dice Meeko mientras todos escuchamos con ansiedad.

—En camino. Estaré allí en unos 30 minutos.

—No tienen base para arrestarnos, —dice Halo.

—¿Quién dice? ¿Eres ahora una especie de abogado experto? El gobierno puede encontrar una razón si quiere, —responde ansioso Meeko.

—Chicos, no sabemos nada sobre estos asuntos. Esperemos al Sr. Bain, —digo en tono calmado.

Minutos después entra el señor Bain apresurado.

—Sr. Bain, vienen tras nosotros, —afirma Hope.

—¿Quién?

—Los federales, —responde ella.

—¿Qué hicieron mal?

—Nada. Están actuando bajo órdenes del DOD, —respondo.

—Voy a llamar a nuestro abogado interno.

Bain llama a Chuck Pakkanen y le explica la situación. A través del altavoz, Pakkanen hace una pausa y luego responde:

—Esto no es tan simple. Necesitan una orden judicial o una orden de arresto. Para ambas, necesitarán la aprobación de un tribunal y la orden solo se otorga después de que el Departamento de Justicia presente un acta de acusación ante el tribunal. Lo máximo que pueden hacer es invitarlos a hablar. Pero todos ustedes pueden negarse a cooperar con ellos. Mi suposición es que sienten que es urgente hablar con ustedes, así que tratarán de intimidarlos y presionarlos un poco, todo con el propósito de que hagan lo que ellos quieren.

—¿Qué hacemos?

—Nada. Dejen que vengan. Estaremos esperando como un cortafuegos, protegiéndolos.

Oficinas de Lucky Break Semiconductores, Beijing

—Los atraeremos.

—Sr. Phillips, tiene algo de sentido, —dice un sorprendido Sr. Lin.

—Crearé la situación para atraerlos aquí, —continúa Phillips.

—¿Cómo?

—Una intrusión, por supuesto.

Los ojos de Sr. Lin se estrechan ligeramente y luego brillan con comprensión.

—¿A quién? —pregunta con renovado entusiasmo en su voz.

—Naturalmente, a mi antiguo hábitat Google.

—¿No estarán ahora súper protegidos y fortificados?

—Estoy seguro de que lo están, pero aún tengo algunos intrusos allí. Tengo bots estratégicamente ubicados en sus sistemas informáticos.

El interés de Lin crece aún más.

—¿Dónde? Pensé que reemplazaron todo su hardware, incluidos los servidores, escritorios, tabletas, teléfonos y relojes inteligentes.

—Mi arsenal no reside en ninguno de ellos.

—¿Dónde entonces?

—En el software. Lo codifiqué en su base de datos y en el motor de búsqueda.

—¿Cómo sabes que no lo han encontrado?

—Puede que lo hayan encontrado, pero lo dudo.

—¿Por qué?

—Está inactivo y disfrazado. Sr. Lin, el mayor desafío que enfrento es cómo acceder al sistema para activar los bots. Eso es lo que tengo que averiguar.

—¿Alguna idea?

—Sí, creo que debe hacerse mientras interactúo con su motor de búsqueda como un usuario regular.

Sede de Google, Búnker Lab X,
Área de la bahía de San Francisco, California
(dentro del sistema de software de Google)

—Chicos, tenemos una nueva intrusión, —dice Mark Bain en pánico a través del altavoz.

—¿Cómo? —pregunta Meeko.

—No lo sé todavía. Acaba de ser detectado. Estaré allí en breve, —agrega Bain mientras se dirige al búnker.

En cuestión de segundos me preparo y entro en el sistema de Google. Cuando Bain llega mi versión digital está lista para informar.

—Entraron a través de una consulta normal.

—Eso no es posible, —refuta Bain.

—Muy astuto, Sr. Bain. La consulta fue una línea de código que al llegar a la base de datos desencadenó una reacción.

—¿Dónde estás ahora? —pregunta Bain.

—En el código de software de la base de datos, esperando... un minuto, lo veo. Software incrustado... Dios... esto es una bomba de tiempo...

Oficinas de Lucky Break Semiconductores, Beijing

—Sr. Phillips, ¿qué está pasando?

—Estoy dentro de su sistema. ¡Funcionó! —declara Phillips.

—Increíble, —dice Sr. Lin, elogioso. —¿Cuál es tu próximo movimiento?

—Mi código de software se activará.

—¿Cómo sabes cuándo sucederá?

—Déjame enviar un ping al virus latente.

Sede de Google, Búnker Lab X
Área de la bahía de San Francisco, California

Surge un silencio incómodo. El grupo de hackers y Mark Bain están observando cómo mi versión digital se mueve por la base de datos de Google y luego cambia al motor de búsqueda.

—¿Qué estás haciendo?

—Desactivándolo.

Llevamos casi una hora realizando un trabajo sistemático e implacable en total silencio.

—Las líneas de código que acabo de eliminar pueden destruir toda la base de datos y el motor de búsqueda. Permítanme hacer una última comprobación, —murmuro mientras termino este delicado trabajo.

—Un mensaje aparece en la pantalla, *"Búsqueda completa"*, seguido de *"Eliminado todo el software corrupto"*.

Todos se tranquilizan un poco.

—Dejen que cuente cuantas... esto es preocupante... más de mil, — informo mientras la pantalla muestra el resultado en grandes números rojos.

Oficinas de Lucky Break Semiconductores, Beijing

—No veo ninguna respuesta, —dice Sr. Lin.

—Sin respuesta, —dice un circunspecto Phillips.

Pasa otro minuto.

—Sr. Lin, como le dije capturaron el malware invasor. Esperemos que los Rb Hackers estén involucrados.

—¿Y ahora qué? —pregunta Lin.

—Esperamos.

—¿Crees que picarán el anzuelo?

—Estoy seguro de que volverán y los estoy esperando.

—¿Tienes alguna idea de cómo entrarán? Casi no queda hardware aquí después de su última visita. Destruyeron todo. Lo que hay aquí es nuevo.

—Si mis suposiciones son correctas, vendrán directamente a través de la misma computadora que acabo de usar para acceder a la base de datos de Google.

—¿Por qué?

—Mismo modus operandi que en las dos ocasiones anteriores. Siguen la pista hasta la fuente.

Sede de Google, Búnker Lab X,
Área de la bahía de San Francisco, California

—Sr. Bain, esto lo hizo Phillips, su ejecutivo renegado.

—Tenemos que detenerlo de una vez por todas.

—Voy directamente a por él.

—Jonas, ¿por qué necesitas hacer esto? —pregunta Hope frustrada.

—Tenemos que acabar con Phillips de una vez por todas.

—¿Y si es una trampa?

—Prometo enviarte una señal cada cinco minutos.

—¿Qué pasa si no lo haces?

—Sabrás que estoy en serios problemas y vendrás a buscarme.

—¿Cómo? ¿Dónde?

—Hope, recuerda siempre que las computadoras portátiles tienen baterías recargables, —dice Jonas a una Hope incrédula.

—¿Por qué me estás diciendo esto?

—Porque ese es el mayor riesgo al que me enfrento cuando estoy allí afuera. Un dispositivo que se apaga.

—Así de peligroso es lo que harás...

Oficinas de Lucky Break Semiconductores, Beijing

Todo sucede en una fracción de segundo, pero como está listo detecta al intruso y reacciona de inmediato.

—¡Atrapé al maldito hacker! —grita Phillips en el momento en que desconecta su computadora portátil.

Oficinas de Lucky Break Semiconductores, Beijin
(Jonas dentro de la computadora portátil de Phillips)

Estoy atrapado. Todo está oscuro a mi alrededor. El dispositivo informático en el que estoy acaba de morir. No sé si fue intencional o no pero no tengo salida. Estoy apenas con vida gracias a la pequeña batería de litio que se encuentra en la placa base, la que normalmente se usa para el reloj de la computadora. Utilizo la cantidad mínima de energía posible. Sin embargo, la carga de la batería se está agotando a gran velocidad. Me doy cuenta de que este estado de conciencia sintética o vida digital, como la llamamos, depende completamente de factores externos que no puedo controlar. Estoy en un estado de angustia frenética y no sé qué hacer. Lo que queda de mi vida se reduce a unos pocos minutos, como mucho.

Google Headquarters Lab X Bunker,
Área de la bahía, California

—Está en problemas, —dice Hope, sonando la alarma.

—¿Cómo lo sabes? —pregunta Halo.

—Desapareció de la pantalla.

—Jonas hace eso a menudo, —afirma Meeko.

—Esta vez es diferente.

—¿Por qué?

Ella explica lo que Jonas prometió hacer.

—¡Prepárate, Hope! —ordena Meeko.

Sin dudarlo, Hope se coloca su casco y se prepara para convertirse en el segundo hacker digital de la historia.

—Una palabra de precaución. Cualquier interacción con Jonas podría alterar la configuración del software en ambos, —advierte Meeko.

—¿De qué manera? —pregunta Hope ansiosamente.

—Nunca hemos experimentado esto. Mis dos preocupaciones son sobre el entrelazamiento. La primera: es posible que a medida que se comuniquen entre ustedes no solo cambien su código de software, sino que alguna parte de su software se convierta en parte del otro y viceversa. La segunda preocupación es algo que desconozco y se relaciona con la atracción. ¿Qué sucede cuando sus conciencias sintéticas tienen sentimientos el uno por el otro? Tal vez se dará el mismo entrelazamiento o algo incluso más complejo. En resumen, tenemos el filtro para limpiar el código adicional pero no tenemos experiencia en el entrelazamiento.

Quince minutos después:

Oficinas de Lucky Break Semiconductores, Beijing
(Hope dentro del dispositivo de Phillips)

—Como Jonas instruyó, toqué el teléfono inteligente de Phillips, pero el dispositivo en el que estoy no funciona. ¡Lo que Jonas me dijo que hiciera no funciona! Cuando toqué el teléfono inteligente de Phillips activé un dispositivo que ya no está usando y lo tiene guardado en una caja llena de dispositivos descartados. Tampoco tiene datos. Todo lo que puedo ver es basura a mi alrededor, — informa Hope a los Rb Hackers.

—¿Sabes dónde estás?

—Déjame revisar... el GPS muestra que estoy en una ubicación no descrita en Beijing.

—¿Podría ser el lugar donde está la computadora cuántica?

—Podría ser. No lo sé.

—Hope, toca los dispositivos cercanos a través de Wi-Fi, así obtendrás respuesta de aquellos que estén activos. Luego transmítete a través de la señal inalámbrica.

—¿Y luego qué?

—Usa las cámaras de video de los dispositivos para localizar a Phillips. Salta de dispositivo a dispositivo hasta que lo encuentres.

(Jonas, dentro de la computadora portátil apagada de Phillips)

Voy a entrar en un espacio en blanco y luego pasaré a la sala blanca, es decir voy a dejar de existir a menos que encuentre otra fuente de energía.

(Hope dentro de la computadora de escritorio de Sr. Lin)
(observando a través de la cámara de video)

—Ahora que has atrapado brillantemente esta forma de inteligencia humana en tu computadora portátil, necesitamos movernos rápido, — dice Sr. Lin.

—Estoy de acuerdo, señor. Como sabe, necesitamos una enorme potencia de procesamiento para descifrar este archivo, —responde Sr. Phillips.

—Sr. Phillips, la computadora cuántica de la Universidad de Beijing estará disponible para su uso en una hora, deberíamos salir pronto porque el tráfico es intenso en esa área de la ciudad a esta hora.

Hope sabe que no queda mucho tiempo.

"Intentarán descifrar el código de Jonas", razona en pánico. "¡Piensa!" se regaña a sí misma. "El libro de direcciones de Sr. Lin debe estar actualizado", supone. "Allí está", exclama, mientras encuentra rápidamente el número de Phillips.

En un segundo se transmite al nuevo teléfono inteligente de Phillips y luego a su reloj inteligente. Entonces Phillips toma su computadora portátil inactiva y se la lleva.

"Batería recargable", repite a sí misma.

Desde la muñeca de Phillips ve al Sr. Lin y a Phillips subirse a una limusina Mercedes. Una vez sentado, Phillips coloca la computadora portátil en el asiento junto a él. Hope ve una oportunidad cuando el Sr. Lin saca una tableta y comienza a trabajar. Se transmite a la tableta y de inmediato establece un puente entre la batería de la tableta de Lin y la batería inactiva de la computadora portátil de Phillips.

(Jonas dentro de la computadora portátil inactiva de Phillips)

Sube la energía inesperadamente y reacciono con una velocidad increíble. "Tengo que salir antes de que encienda el ventilador y alguien lo note", razono.

—Jonas.

—Hope, ¿eres tú?

—Estoy justo aquí, mi amor. Nos vamos juntos a este número. ¡Hazlo ahora!

En un instante ambos están en el reloj inteligente de Sr. Lin.

—¿Cómo lo hiciste? —pregunto, inmensamente aliviado.

—Hice un puente de batería entre la tableta de Sr. Lin y la computadora portátil de Phillips. Sucedió exactamente como me dijiste.

—Hope, apaga la computadora portátil de Phillips antes de que arranque.

—¡Hecho!

Todo llevó solo unos segundos y ni Phillips ni Lin se dieron cuenta.

—¿A dónde van estos tipos? —pregunto.

—Van camino al laboratorio de la computadora cuántica de la Universidad de Beijing.

—Sé la razón, —afirmo sarcásticamente.

—No tengo pruebas, pero supongo que es para intentar descifrarte.

—Interesante. Bueno, se llevarán una sorpresa.

—Jonas, tenemos que salir de aquí. Vamos a casa.

—Claro, pero solo después de darles otra lección más severa. Lo prometo, querida.

Laboratorio de la Computadora Cuántica

Universidad de Beijing

(Jonas y Hope dentro del reloj inteligente de Sr. Lin)

—Sr. Phillips, permítame presentarle al Sr. Ming, el jefe de nuestro equipo nacional de seguridad cibernética.

Ambos individuos se estrechan la mano y comienzan a trabajar de inmediato.

—¿Cómo lo van a extraer? ¿No vamos a perder esta forma digital humana en el momento en que enciendas tu computadora portátil?

—Sí. Eso es lo que necesitamos averiguar con la ayuda de la computadora cuántica: cómo agarrar el código de software sin encender el dispositivo.

—No veo cómo pueden hacer eso.

(Jonas y Hope dentro del reloj inteligente de Sr. Lin)

Cuando escuchan la conversación, especialmente las identidades de los participantes reaccionan de la misma manera.

—¿Estás pensando lo mismo que yo?

—Sí.

—¿Listo?

—Sí.

—Entonces hagámoslo.

—¿Y luego nos vamos a casa?

—Después de una parada más.

—¡Jonas!

—¿Por qué te quejas?

—¡Solo quiero ir a casa!

—Después de esto. Lo prometo.

—Eso es lo que has estado diciendo.

—Prometo. Prometo.

Sr. Lin, Sr. Phillips y Sr. Ming

La inquietud de Phillips sigue creciendo y de repente le cae un balde de agua fría. Sí, eso que escuchó muy brevemente en el fondo de la limusina fue el ruido del ventilador de su computadora portátil. "¿Lo habrá conseguido...?", se pregunta con un nudo en la garganta.

Un miedo frío se apodera de Phillips cuando todos los equipos de computación a su alrededor se apagan, uno tras otro. Phillips y el Sr. Lin se miran en estado de pánico.

—¡Se escapó, Phillips! ¡Esto es un desastre! Contención. Corta el acceso a Internet, —ordena el Sr. Lin.

Todo en vano pues todo desaparece. Phillips y Lin llegan a la misma conclusión, se miran y se vuelven hacia el Sr. Ming. El horror en sus ojos los delata.

—¿Qué? —el Sr. Ming pregunta con ansiedad.

No le responden. Se da cuenta de que los otros dos miran el reloj inteligente de Sr. Phillips, sigue sus ojos, y luego mira su propio reloj de computadora.

—Oh no…

Desesperadamente llama a su oficina en Shanghai.

—¡Apaguen los servidores! —grita.

Silencio.

—¿Me están escuchando? —Ming grita frustrado.

—Señor.

—¿Sí? —responde con miedo.

—Todo el equipo está destruido, servidores, teléfonos, tabletas, etc., ¡todo!

—Revise los centros de datos.

Unos minutos después.

—Señor, todos nuestros centros de datos han desaparecido.

—Phillips, pagarás por esto, —estalla el Sr. Lin con odio.

El Sr. Ming asiente en acuerdo.

—Y ustedes también pagarán, —Phillips comprende mientras el eco de su colega se desvanece.

Oficinas del director de tecnología en la sede de Google, área de la bahía de San Francisco, California

—Señor Bain, están aquí y quieren hablar con usted.

—De acuerdo, déjenlos entrar.

Momentos después, para sorpresa de todos en la planta, marcha hacia la oficina de Bain una delegación de seis agentes del FBI con chaquetas azules y sus tres intimidantes letras amarillas.

—Caballeros, ¿en qué puedo ayudarles?

En ese instante, Chuck Pakkanen, el asesor legal interno de Google entra en la oficina de Bain.

—¿Dónde están?

—¿A quién se refiere, señor?

—¿Dónde están los Rb Hackers?

—¿Cómo y por qué vamos a saber eso?

—Trabajan para ustedes.

—Búsquenlos en sus oficinas en Point Breeze, Nueva York.

—No intente hacer chistes Bain, —afirma el agente especial Riker.

—Caballeros, ¿tienen una orden de comparecencia o una orden de arresto? —interviene Pakkanen.

—No, —responde Riker en tono más suave.

—Entonces, ¿con qué autoridad están haciendo esto?

—Solo necesitamos hablar con ellos.

—Esto me parece acoso.

—Bain, ¿dónde los están escondiendo? —presiona Riker tratando de ignorar a Pakkanen.

—Si los estuviéramos ocultando no se lo diríamos. —Pero no lo estamos haciendo, así que vayan a buscarlos en otro lugar, —dice Bain de sopetón.

—¿Tienen una forma de contactarlos?

—Sí, pero es confidencial. Además, han entrado en silencio radiofónico durante las últimas horas.

—Bien, cuando se comuniquen con ustedes, ¿pueden pasarles el mensaje?

—Claro. ¿Eso es todo?

—Sí.

—Entonces, que tengan un buen día. Hacia la puerta, por favor.

La poco feliz delegación sale marchando de la oficina de Bain con las manos vacías.

—Bain, ¿por qué les mentiste? No tenías que hacerlo, debiste quedarte callado, —dice Pakkanen.

—Sí, pero no quería confirmar que los Rb están aquí.

—Tal vez lo hiciste de todos modos.

—Quizás, pero bajo mis términos.

Desafortunadamente, el dispositivo de escucha que uno de los agentes dejó caer al suelo fue detectado por Bain una hora después.

Sede del GRU en Moscú

Equipo de inteligencia del GRU en la bahía de California

—Nuestro equipo acaba de llegar a la sede de Google.

—¿Están los Rb Hackers allí?

—Bueno, señor, cuando llegamos vimos a un grupo de agentes del FBI saliendo del edificio con las manos vacías.

—¿Y?

—Obviamente lo que les dijeron no los satisfizo.

—¿Cómo lo sabes?

—Se quedaron en el lugar vigilando.

—Manténgame informado.

—Así lo haré, señor.

—Cien millones.

—Le ruego que repita eso.

—Esa es la oferta de nuestro gobierno para que trabajen con nosotros y no necesitan moverse de su lugar. Asegúrate de entregar el mensaje a los Rb Hackers.

Capítulo 14

NADANDO CONTRA LA CORRIENTE

<u>LOS CONTRARIOS</u>

La sabiduría convencional dice que
las mayores fortunas y más grandes oportunidades
en la historia humana
han ocurrido al inicio o la caída de
una civilización, una sociedad, una era,
organización o empresa,
muchas, pocas o solo una
lo suficientemente importante.

Los mayores beneficiarios
en medio de circunstancias extraordinarias
son aquellos con la visión, la perspicacia
o el oportunista vulgar con ventajas injustas;
Aprovechando la subida precipitada o la caída devastadora
a expensas de la mayoría ingenua.
Sin embargo, existe una explicación más sencilla
o tal vez una verdad complementaria,
los verdaderos beneficiarios en esos momentos tumultuosos
son aquellos que nadan tranquila, fría y deliberadamente
contra la corriente,

desafiando la sabiduría convencional,

y así, actúan con precaución y miedo,

saliendo cuando hay avaricia en el aire

o son agresivos y audaces,

arriesgando más cuando el panorama está repleto

de miedo y pánico.

Oficinas de Lucky Break Semiconductores en Beijing

—Señor Lin, la única razón por la que Phillips recibió una condena de 25 años de trabajos forzados en lugar de la pena de muerte es la reticencia de nuestro país a ejecutar a un estadounidense, —afirma el Sr. Ming, jefe de la División Nacional de Ciberseguridad.

—¡Así que nos han perdonado!, —dice el Señor Lin, CEO de Lucky Break Semiconductores, con voz temerosa.

—Hemos recibido una tregua no oficial para solucionar las cosas, —dice el Sr. Ming.

—Creen que a pesar de nuestro grave error todavía somos los más adecuados para enfrentar este problema. Nuestro gobierno considera el problema como una amenaza de seguridad nacional de la más alta prioridad. Y, Sr. Lin, estuvimos abordando todo esto de manera equivocada.

—¿Cómo?

—Estamos luchando y tratando de destruir un grupo de Hackers que necesitamos desesperadamente. Los intereses de Phillips no están alineados con los nuestros y él dirigió nuestros esfuerzos hasta ahora. Lo único que quería era venganza, —afirma Ming.

—Está bien, pero fueron los Rb Hackers quienes destruyeron nuestra empresa y cientos de millones de dólares en software y equipos informáticos, —responde Lin.

—Sí, pero fue parte de una guerra cibernética. Robamos y ellos respondieron. Atacamos a Google de nuevo y respondieron aún más fuerte. Cuando tratamos de capturarlos se enfrentaron a nosotros con todo. Nuestros esfuerzos inútiles nos han causado un tremendo daño, —argumenta Ming.

—El hecho es, Sr. Ming, que estos jóvenes pueden arruinarnos si lo desean.

Ming reflexiona largo rato sobre las palabras de Lin y después se relaja y muestra claridad, como si algo acabara de encajar.

—Ese es precisamente nuestro desafío, Sr. Lin. Estamos en una carrera donde lo único que importa es obtener la tecnología primero y la abordamos de manera equivocada.

—¿En qué está pensando, Sr. Ming?

—Que no vamos a tener una segunda oportunidad.

—Tenga la seguridad, no volveremos a cometer el mismo error.

—Debemos intentar una táctica diferente, una de naturaleza mercantil y transaccional.

—Es mejor que tengamos razón esta vez, —dice un preocupado Sr. Lin.

—No vamos a tener otra oportunidad ni siquiera de parte de nuestro gobierno.

—¡Sin duda!

—¿Hasta dónde podemos llegar?

—Lo que sea necesario, ese es el mensaje que recibí.

—Entiendo, —dice el Sr. Lin.

—¿Cuánto estás pensando ofrecer? —pregunta el Sr. Ming.

—Estoy pensando en duplicar cualquier oferta genuina que ya hayan recibido.

—¿Qué pasa si no han recibido ninguna oferta?

—Es probable que sí, pero si no, esperaremos.

—¿Cómo los vas a abordar?

—Si no hubiéramos estado tan ocupados luchando contra estos tipos, nos habríamos dado cuenta de que hemos tenido un canal abierto con ellos todo el tiempo.

—¿Cómo es eso?

—Un hacker en California.

—¿Quién es él?

—Lo llaman el Hacker Dude o algo así. Nos vendió el archivo cuántico Willet y es amigo de los Rb Hackers.

Sede de Google Lab X Bunker
en la Bahía de San Francisco, California

—Tenemos ya una semana aquí, ¿cuánto tiempo vamos a seguir escondiéndonos? —pregunta un frustrado Johnny.

—Tanto como sea necesario, —responde Meeko.

—¿Crees que enviar a Larry Willet de regreso a casa fue seguro?

—No había otra opción, de lo contrario hubiéramos atraído una atención innecesaria.

—Chicos, echen un vistazo a esto, —interrumpe Halo.

—¿Qué es? —pregunta un irritado Johnny.

—Una avalancha de mensajes de texto del Hacker Dude.

—¿Sobre qué?

—Tiene días tratando de contactar conmigo pero acordamos encerramos aquí, desconectados de la web, sin enviar mensajes de texto ni correos electrónicos.

—¿Crees que quiere algo importante?

—Como dije, tienen que leer esto. Se los acabo de enviar por mensaje a todos.

Después de leer el mensaje los rostros de los Rb Hackers pasan del total shock a la diversión.

—Vaya...

—Santo cielo...

—Básicamente dice que dos de sus compradores del archivo cuántico Willet ofrecen 100 y 200 millones de dólares para que trabajemos con ellos.

—¿Por qué están negociando con él?

—No tienen forma de contactarnos, pero saben que él tiene un enlace.

—Dice que un grupo es chino y el otro es europeo del este.

—Vamos chicos, sabemos quiénes son.

—Informen por favor.

—Los gobiernos chino y ruso, ¿a quién más esperaban?

Toda la pandilla guarda silencio. Sus rostros son un mosaico de emociones, con el asombro siendo la más predominante.

—Miren aquí, los chinos simplemente duplicaron la oferta rusa.

La unidad de defensa ante la guerra cibernética
del Departamento de Defensa (DOD)
Washington, DC

—Maldición...

—General, ahora tenemos un problema más grande.

—¿Qué podría ser peor que no poder comunicarnos con nuestros ciudadanos rebeldes de EE. UU.?

—Los chinos y los rusos han ofrecido cientos de millones de dólares para que los Rb Hackers trabajen para ellos.

—Lo que te dije, Stroll.

—Tenía razón, señor.

—¿Cómo te enteraste?

—Los Rb Hackers me enviaron las ofertas.

—Así que ¿estás en comunicación con ellos?

—No, señor, no puedo responder a sus mensajes. No hay forma de responder pues es un sistema de mensajes unidireccional, pero al menos son transparentes al respecto.

—También significa que aún no han tomado una decisión.

—Quieren que lo pensemos.

—Estas son grandes sumas.

—Señor, gastamos miles de millones de dólares en cazabombarderos inútiles, entre muchas otras cosas.

—Así que tengo que encontrar espacio dentro de nuestro presupuesto.

—Un gran espacio, señor.

—En términos sencillos, no podemos dejar a esta manada cibernética de tigres hambrientos sueltos en la jungla de las superpotencias del mundo. Tenemos que darles algo. Debemos mantener a los Rb Hackers cerca y bajo control hasta que podamos adelantarnos a ellos.

Restaurante French Laundry en Napa Valley, California

—Jonas, ¿es seguro estar aquí, al aire libre?

—Todos están concentrados en el edificio del cuartel general de Google y no en están pendientes de este concurrido restaurante en el que estamos, a millas y millas de distancia en un valle muy diferente.

—Todavía me siento incómoda en público.

—Volveremos directamente a nuestro refugio temporal una vez que hayamos terminado aquí.

—Vamos, Jonas, esta comida de gastronomía dirigida durará dos o tres horas.

—Hope, relájate, por favor. Disfrutemos de la gastronomía francesa gourmet.

—Sé que tienes toda la razón, pero aún me siento nerviosa.

Reuniendo toda mi paciencia intento calmarla una vez más.

—Está bien, ahora pensemos por qué no siguen a Bain cuando va del cuartel general de Google a nuestro bunker ¿Qué crees que pasa?

Hope no responde, ni siquiera cuando le aprieto ligeramente su mano para darle fuerza. Luego, responde con sus ojos brillan y levemente sonreída.

—Porque se mueve en un carrito eléctrico a través del túnel secreto subterráneo de Google. Gracias por subrayar el punto.

Le sonrío benigno y finalmente nos relajamos para que comience nuestra verdadera cita.

—¿Cómo te sentiste ahí afuera? —le pregunto.

—¿Afuera? ¿Quieres decir como un ser humano digitalizado?

—Sí.

—No me gustó nada. No me sentí humana en absoluto.

—Te acostumbrarás.

—¿Acostumbrarme? ¿Estás hablando en serio?

—Quiero decir si el deber llama.

—¿Realmente lo crees? Jonas, mírate, un vigilante digital en una misión suicida.

—Está bien, Hope, ¿a dónde quieres llegar?

—¿Sabes lo que me dijo Meeko justo antes de ir a rescatarte?

—No tengo la menor idea, por favor, ilumíname.

—Me advirtió que podríamos quedar atrapados.

—¿Es eso un término nuevo en el campo de la conciencia digital?

—Dijo que nuestros sentimientos podrían causar un intercambio de nuestros propios seres digitales superponiéndose entre sí. Las líneas de código del software podrían alterarse y esas líneas son tan complejas que los filtros actuales que tenemos podrían no ser suficientes.

—Pero no pasó nada, Hope.

—Porque mantuve mi distancia y estuvimos juntos solo brevemente.

Sus comentarios me afectan profundamente.

—No me di cuenta en ese momento, pero probablemente me salvaste la vida, Hope.

—¿Probablemente? Quiero decirte que realmente lo hice.

Le sonrío traviesamente y me inclino para besar a mi salvadora. Ella me sonríe con amorosos ojos.

—¿Qué sentiste mientras estábamos allí?

—Fue extraño, Jonas.

—¿Cómo extraño?

—La idea del amor estaba presente.

—¿La idea del amor?

No sé cómo describirlo. Primero estaba feliz de encontrarte y luego me sentí segura teniéndote cerca.

—Sabemos muy poco sobre este nuevo mundo.

—Sí, la verdad es que estamos improvisando y enfrentando problemas a medida que surgen.

—Es cierto.

—No sé, Jonas, pero siento que todo esto es muy peligroso. ¿Cuándo terminará todo esto?

—Esa es la pregunta que cualquiera pionero se hace una y otra vez hasta que resuelve el enigma. Pero esta incertidumbre no detiene las inevitables pruebas y errores que el progreso y la ruptura de un paradigma requieren.

—Jonas, ¿entonces qué? iremos a fondo sin restricciones ni límites con una actitud despreocupada, desenfadada. El ganador se lo llevará todo sin preocuparse por las consecuencias.

—Hope, quieres que nos detengamos, ¿verdad?

—No lo sé, Jonas. Tal vez deberíamos desarrollar y codificar en nuestros algoritmos un conjunto completo de mecanismos de control de seguridad y seguirlos.

—Pero… ¿cómo podemos crear normas y estándares de algo que conocemos tan poco?

—Jonas, estamos apresurando las cosas. Además, ¿quién dice que mientras aprendemos no podemos crear mecanismos de seguridad en cada etapa de desarrollo? Quizás el dinero de nuestros clientes potenciales pueda utilizarse para facilitar nuestro trabajo.

—¿Piensas que deberíamos aceptar alguna de las ofertas de gobiernos?

—No lo creo.

Una aparición improvisada los sorprende a ambos.

—Buenas noches, Hope, Jonas, —dice Lance Stroll, pomposo pero amable.

Ambos hackers permanecen inexpresivos y lo miran como si fuera un intruso.

—¿No les sorprende verme?

—¿Cómo lo hizo...? —pregunta Jonas.

—Sabemos de la existencia del bunker de Google desde siempre. Así que lo vigilamos las 24 horas del día los 7 días de la semana. Los vimos en el momento en que salieron de las instalaciones.

—Nuestras caras de piedra se vuelven aún más cerradas mientras aprieto discretamente la mano de Hope.

—Relájense, mi presencia aquí es para hacerles una contraoferta.

—Contra… —dice Hope cuando entiende el significado, —Oh, ya veo.

—Estamos dispuestos a pagarles sustancialmente más que las otras dos partes.

—¿Seguro?

—Sí, podemos hacer un contrato tan pronto como acepten la oferta.

—Gracias, Sr. Stroll, volveremos a comunicarnos con usted. Ahora, si nos disculpa, nos gustaría volver a nuestra cita.

—De acuerdo, espero escuchar de ustedes pronto, —dice Stroll.

Ya cuando se está yendo dice:

—Antes de que se me olvide…

Lo observamos asombrados.

—¿Sí?

—No se olviden de su país.

—¿Qué...? Adiós, Sr. Stroll, si no se va pronto destruirá el buen trabajo que acaba de realizar.

Más tarde, después de la cita de Jonas y Hope:

Sede de Google, Laboratorio X, Bunker,

Área de la bahía, California

(Reunión con Mark Bain)

—Todos nos quieren, —dice Johnny.

—La pregunta es si nosotros queremos a alguno de ellos, —razona Halo.

—Claro, —afirma Johnny.

—¿Queremos perder nuestra independencia?, —pregunto.

—Claro que no. No se la entregaremos, —afirma Hope.

—Esto no se trata de independencia sino de algo mucho más importante porque lo que quieren es poseerlos. No están tratando con personas privadas sino con gobiernos, —afirma Bain.

—Estoy 100% de acuerdo. La razón por la que se están comportando de manera civilizada es porque no conocen la gama de capacidades de nuestros algoritmos, —señala Meeko.

—¿Cuándo has visto que el gobierno no obtiene lo que quiere?

—Podríamos trabajar para todos ellos, dice Johnny inseguro.

—El verdadero problema es si estamos dispuestos a transferir nuestra tecnología a ellos o no.

—En el momento en que se den cuenta de lo que se trata nos devorarán enteros.

—Esa es una descripción bastante precisa, —afirma Bain cada vez más preocupado al darse cuenta de que su activo más valioso está en peligro.

—La respuesta es no. No les vamos a transferir nuestra tecnología, —afirma Meeko.

—¿Cuál es la cantidad descomunal que están ofreciendo como contraoferta?

—Lo que dijo Stroll fue que estarían dispuestos a pagar considerablemente más que los demás.

—La cantidad no importa porque no estamos jugando. Digamos simplemente que nuestro gobierno está dispuesto a ser el postor más alto. Chicos, sean realistas, ellos quieren sus algoritmos y harán lo que sea necesario para conseguirlos. Punto. Eso es todo, —afirma Bain antes de salir del bunker.

Reunión de los Hackers Rb

—Es hora de separarnos, —afirma Hope.

—¿A qué te refieres? —pregunto.

—¡A desaparecer, evaporarnos, desaparecer!

—¿En el ciberespacio?

—¡Sí!

—¿Por cuánto tiempo? ¿Indefinidamente?

—Sí, pero lo defino de manera diferente.

—¿Cómo?

—Nos vamos, pero seguimos estando bajo control de nosotros mismos, fuera de su alcance.

—¿Qué pasa con nuestros cuerpos físicos?

—O los dejamos como hizo Jonas o encontramos una solución donde nuestros cuerpos puedan mantenerse con vida con nutrientes intravenosos e hidratación adecuada, —agrega Meeko.

—¿Estás loco?

—Pensémoslo. No podemos correr ni podemos escondernos, —afirma Meeko.

—Todos sabemos que no compartiremos nuestra tecnología con nadie, —afirmo.

—¿Quién se encargará de cuidar y proteger nuestros cuerpos? —pregunta Hope. —Chicos, el "dónde" es tan importante como el "quién".

Oficinas del director de tecnología , sede de Google

La unidad de defensa ante la guerra cibernética del

Departamento de Defensa (DOD) Washington, DC

—Espero que estén cuidando bien a nuestros muchachos. ¿En qué puedo ayudarles hoy, Sr. Bain?

—Stroll, ¡se han vuelto rebeldes!

—¿Qué?

—Se digitalizaron todos.

—¿Cómo? ¿Por qué?

—Mi impresión es que ustedes les pusieron demasiada presión.

—¿Qué pasa con su equipo, datos, etc?

—Stroll, no queda nada. Solo una serie de máquinas inútiles, — confirma Bain.

—¿Destruyeron su propio equipo?

—No, el nuestro. El equipo de Point Breeze nunca llegó aquí.

—Tenemos que encontrarlos, donde sea que estén.

Sigue un silencio...

—Me alegra que se den cuenta de su predicamento.

—¿Entonces cuál es el plan?

—Esperar a que ellos se les acerquen, pero en sus propios términos.

Sede del GRU, Moscú

—El Hacker Dude acaba de informarnos que los Rb Hackers se han ido, señor.

—¿Qué significa "se han ido"?

—Dado que él no sabe exactamente lo que hicieron, cree que simplemente han huido. También piensa que están tramando algo malo.

—Entonces, ¿qué significa realmente "se han ido"?

—Señor, debemos asumir que se han convertido en digitales.

Lucky Break Semiconductores, Beijing

—Señor Lin debemos ser pacientes porque este es un juego de control. Los americanos y los rusos los quieren. Tenemos que dejarles creer que pueden tenerlos.

—Tiene que ser más discreto con sus opiniones, señor Ming. Quizás estén escuchando, —comenta el Sr. Lin sorprendiendo al Sr. Ming.

(Dentro de los teléfonos celulares de Ming y Lin)

—Tenga la seguridad de que lo estamos escuchando, Sr. Lin, —afirmo desde Beijing.

—Así es. De hecho, así es, —dice Hope desde Moscú.

Capítulo 15

LOS VIGILANTES DEL CIBERESPACIO

LUGARES VACÍOS

Ese animado lugar donde nos divertimos y reímos,

Esa cámara sagrada donde tienen lugar momentos

trascendentales,

Ese rincón cómodo donde experimentamos camaradería

y amistad,

Esos terrenos atemporales donde sentimos amor y cariño,

Ese salón brillante donde celebramos logros y éxitos,

Ese lugar de culto donde profesamos nuestras creencias

y fe en el Creador,

Esos magníficos escenarios donde transcendemos lo mundano

y encontramos inspiración y alegría,

Esos lugares sin nombre, en ninguna parte, en todas partes,

donde nosotros y otros encontramos inspiración,

extrayendo valiosas e inolvidables experiencias de vida.

Todos esos lugares no significan nada,

se sienten vacíos y sin vida,

si las personas con las que los compartimos

no están presentes para llenar los espacios vacíos

con vida, amor, sentimientos y recuerdos.

Los Hackers Rebeldes de Point Breeze   *Nelson Hamel y Charles Sibley*

La unidad de defensa ante la guerra cibernética del Departamento de Defensa (DOD) Washington, DC
(Jonas, en algún lugar del ciberespacio)

Stroll hierve por dentro tentado a preguntar dónde diablos se han ido. Pero sabe que no debe hacerlo.

—No espiaremos a nadie ni nada, —digo.

—Así que ahora tú dictas los términos para nosotros. Jonas, permíteme repetirlo una vez más: todo lo que queremos es comprar tu tecnología.

—No se puede hacer, señor Stroll.

—Entonces, ¿cuál es el valor agregado que ofreces?

—Brindarles nuestros servicios de ciberseguridad.

—Pero eso es lo que nos han estado ofreciendo todo el tiempo.

—¡Exactamente!

Stroll está a punto de explotar. Tiene que esforzarse mucho para mantenerse bajo control.

—Podemos ayudarles a fortalecer sus defensas y cuando sean atacados podemos responder feroces a los agresores.

—¿Jonas, usted me quiere decir que van a renunciar a cientos de millones de dólares de compensación?

—Así es, señor. Nuestra independencia es más importante para nosotros que cualquier cantidad de dinero.

—Es difícil de creer. Tiene que haber un motivo oculto. Espera un momento, ¿han vendido su tecnología a nuestros adversarios?

Ignorando su pregunta sigo hablando.

—Este no es un asunto trivial, ya que, en sus manos, nuestra tecnología será utilizada como un arma y eso traería consecuencias potencialmente devastadoras.

—¿No les gustaría que su país disfrutara de tal ventaja?

—No vemos el mundo como si fuera nosotros contra ellos.

—¿Debo interpretar sus palabras como un anuncio implícito de que también ayudarán a nuestros adversarios?

—Son clientes y los tratamos de la misma manera.

—Bueno, Jonas, tenemos un gran problema. Usted y su grupo de amigotes punk necesitan una buena lección y un azote, hablando figurativamente. Están provocando a los perros más rabioso del planeta.

—Señor Stroll, sus palabras no nos intimidan. Es hora de que todas las partes dejen de intentar salirse con la suya. La idea es simple. Nos aseguraremos de que China, Rusia y nuestro país se protejan entre sí. Se llama distensión. Cada uno de ustedes sabe que, a partir de ahora, cualquier cosa que intenten en relación con la ciberguerra recibirá una respuesta devastadora y graves consecuencias.

—Así que ahora pretenden impartir orden y justicia. ¡Eso nunca sucederá, ni en sus sueños! Han subestimado nuestras capacidades, recursos y determinación.

De nuevo ignoro las palabras de Stroll y continúo.

—Señor Stroll, una cosa más. Si le atrapamos intentando algo contra nosotros, usted será personalmente responsable de las consecuencias devastadoras.

Sede del GRU, Moscú, Rusia

—Está confirmado. Ahora trabajan para nosotros y por mucho menos de lo que esperábamos.

—¿También trabajan para los demás?

—Sí.

Se produce un silencio sepulcral.

Lucky Break Semiconductores, Beijing, China

—Ves, vinieron a nosotros.

—Pero no de la manera que esperaba, Sr. Ming.

—Tenga paciencia Sr. Lin. Primero los atraemos y luego atacamos.

Rb Hackers

(hablando entre ellos)

—Todos estos tipos siempre intentarán atraparnos, —dice Hope.

—Por eso necesitamos estar un paso adelante de ellos siempre.

—¿Qué pasa con nuestros clientes tradicionales?

—Nada cambia.

La unidad de defensa ante la guerra cibernética
del Departamento de Defensa (DOD) Washington, DC
(Oficina del Jefe de la División)

—Señor, hemos logrado determinar cómo se fueron los Rb Hackers sin ser detectados.

Lance Stroll no presta atención pues su mente está en otro lugar. Su obsesión lo está volviendo loco.

—¿Señor? —tratando de captar su atención.

Pero él no reacciona porque solo piensa en obtener la tecnología antes que cualquier otra nación.

—¿Quiere que volvamos más tarde, si lo prefiere?

—No. No será necesario. Solo estoy un poco distraído.

—¿Quiere que continuemos con el informe?

—Sí, por favor, ¿en qué estábamos? —pregunta en voz alta. Luego se responde a sí mismo:

—Ya sabemos cómo se fueron. Se digitalizaron.

—Señor Stroll estamos hablando de sus cuerpos físicos.

—¿Oh? ¿Qué? ¿Cómo? —pregunta perplejo.

—Tenemos vigiladas las sedes de Google y su bunker las 24 horas del día, los 7 días de la semana. Google tiene miles de trabajadores que cuando terminan su trabajo salen del lugar. Es una multitud y ellos se mezclaron con esa multitud.

—¿Por qué no los reconoció el equipos de vigilancia?

—Todos llevaban disfraces que alteraban su forma corporal y rostro.

—Muéstreme, por favor.

La imagen muestra a un joven obeso con grandes gafas oscuras caminando entre la multitud.

—¿Quién es ese?

—Jonas.

—¿Cómo sabes que es Jonas Cartwright? Yo no puedo reconocerlo.

—Señor Stroll, utilizamos el software israelí en Point Breeze.

—¿El que mapea los movimientos del cuerpo, gestos, postura, zancada, etc. de una persona?

—Así es señor. Hay más de dos millones de variaciones para cada persona.

—Si mal no recuerdo, la forma en que funciona es que todos los seres humanos tienen movimientos corporales distintivamente diferentes.

—¡Exacto, señor! Por ejemplo la forma en que inclinamos la cabeza, movemos el meñique o la forma como caminamos, nos paramos, etc., son únicos para cada individuo. Una vez que estás registrado en el sistema no puedes escapar de tu identidad. El sistema te identificará en un instante.

Las imágenes de video muestran a los cinco hackers dispersándose entre la multitud al salir del edificio de las oficinas de Google.

—¿A dónde fueron desde allí?

—Eso lo tenemos en blanco, Sr. Stroll.

—¿Por qué?

—Hemos aplicado el software a imágenes de video de todas las estaciones de peaje y de autobuses, puertos y aeropuertos del área de la bahía. Nada, cero, nada, señor.

—Pudieron entrar en una residencia privada y refugiarse.

—Eso es posible, señor, simplemente no lo sabemos.

—¿Crees que tuvieron ayuda?

—¿Se refiere a Google?

—Sí.

—Es difícil decirlo y aún más difícil investigarlo, señor.

Banda de Rb Hackers
(en movimiento)

Los cinco hackers vuelan desde una pista de aterrizaje privada en San José hacia Seattle en un Lear-60. Viajan solo con sus mochilas. Tarde en la noche cruzan la frontera y van directamente a la terminal de aviación civil de Vancouver. En media hora están de nuevo en el aire. Esta vez en un jet Canadair Global Express que aterriza en Nuuk, Groenlandia, poco antes del amanecer. Después de pasar rápidamente por aduanas e inmigración abordan un Lear-35 y se dirigen hacia el sur en dirección al fiordo de Tunulliarfik y al pueblo costero de Narsaq. Una vez en tierra se dirigen más al sur hacia Cabo Farewell.

Grupo Rb Hackers
(en algún lugar de la costa sur de Groenlandia)

—Entonces, ¿somos un grupo de investigadores?

—Así es, estamos midiendo glaciares.

—Todo en nombre del cambio climático.

—Así es.

El grupo de Rb se traslada a una propiedad aislada de 200 hectáreas. No hay nada alrededor durante kilómetros y kilómetros, solo terreno rugoso e hinchado y tundra inhabitada. La casa principal, como casi todas las demás, tiene un techo inclinado pintado en color pastel brillante al típico estilo danés. La de ellos es azul y tiene aproximadamente 460 metros cuadrados, inusualmente grande según los estándares del país. Todo su equipo informático los está esperando. La documentación muestra que los equipos informáticos y accesorios pasaron por Hong Kong, luego Singapur, seguido por los Países Bajos y finalmente Dinamarca antes de llegar a Groenlandia. La casa genera su propia energía y hay en la puerta un par de Range-Rovers nuevos y media docena de motos de nieve. Los amplios perímetros de la nueva sede están delimitados por una cerca electrónica invisible y sensores de movimiento. También tienen radar con un alcance de 259 kilómetros.

Las compras semanales llegan a un almacén ubicado a 100 kilómetros de distancia, en las afueras de Narsaq. En el almacén también hay servidores de criptomonedas. La instalación servirá como centro de datos para la computadora principal que aún está por llegar, aunque conservará, solo por las apariencias, sus actividades de criptominería.

Un par de días después llega un barco de carga especialmente contratado a Godthab que contiene el primer superordenador cuántico que operará en Groenlandia. Se tardan un mes entero en calibrarlo y ponerlo en funcionamiento. La tarea más difícil resulta ser mantener la unidad de procesamiento principal (CPU) a temperaturas tan bajas que se miden en millikelvin, equivalente a los objetos más fríos conocidos en el Universo.

La unidad de defensa ante la guerra cibernética
del Departamento de Defensa (DOD)
Washington, DC

—Señor Stroll, el chico Willet ha vuelto a Point Breeze. ¿Quiere que hablemos con él? Puede ser el cabo suelto que nos falta.

Stroll está furioso. Pasea por la habitación intentando controlar sus peores instintos, pero a medida que profundiza en la realidad se siente impotente y no tiene otra opción.

—No, déjenlo en paz. Nos advirtieron claramente que no persiguiéramos ni fuéramos tras ellos de ninguna manera.

—¿Así que estamos relegados a espectadores, señor?

—Este no es el momento adecuado para atacar. Mantendremos silencio radiofónico, pero seguiremos investigando discretamente hasta encontrar su ubicación.

Con pocas variaciones se repite la escena en Beijing y Moscú.

Nueva Sede de los Rb Hackers
(en algún lugar de la costa sur de Groenlandia)

—Meeko, ¿por qué estamos aquí entre todos los demás lugares adecuados? —pregunta Hope asombrada.

—Para estar lo más lejos posible de todas estas personas, —es la evasiva respuesta de Meeko.

—¿Te refieres a los gobiernos de las tres naciones más poderosas de la Tierra?, —presiona ella esperando que sus palabras tengan un impacto.

—Sí.

—Entonces, ¿estamos en fuga? ¿Nos estamos escondiendo o ambas cosas?, —presiona aún más.

—Bueno, un poco de ambas.

—Oh, al menos eres honesto, —dice sarcásticamente.

—Queremos mantenernos fuera de alcance.

—Vamos Meeko, no nos engañemos, este no es un lugar para esconderse, —continua Hope.

—Tiene razón. Incluso hay una base militar de EE. UU. en la parte noreste de esta inmensa isla, —intercedo, sumándome al argumento de Hope.

Meeko se mantiene en silencio.

—Espera un momento, como en este país solo viven 57,000 personas supongo que esperas que nos encuentren aquí. Eso es lo que quieres, ¿verdad?, —pregunta ella con fuerza.

—En algún momento.

—¿Por qué? Meeko, deja de dar vueltas y ser evasivo, —le pido impacientemente.

—Queremos que sepan dónde estamos.

—Ahora realmente me has perdido, —dice Hope con expresión perpleja. —No entiendo nada chicos, —declara con una mirada perdida en sus ojos. —¿Por qué estamos realmente aquí?, —vuelve a su pregunta original.

—Una vez que nos encuentren, y sospecho que no les tomará mucho tiempo, se darán cuenta de que, debido a la lejanía de esta ubicación, sabremos cualquier movimiento que hagan kilómetros antes de que lleguen.

—Pero esa no es la verdadera razón de estar en este lugar en particular. Hay lugares remotos en todo el mundo y fuera de alcance. ¿Por qué este? —insisto.

—Tierras raras, —responde Meeko, y las dos palabras hacen clic inmediatamente en mi mente.

—Ahora todo tiene sentido, —reflexiona Johnny, el hacker rebelde más joven.

Pero Hope no lo entiende.

—¿Qué?, —pregunta con expresión perpleja.

Más tarde en el día, Meeko nos muestra una imagen de un barco de investigación en el Mar del Atlántico Norte.

—Chicos este es el lugar donde alojaremos nuestros cuerpos físicos cuando estemos en una misión. El barco de investigación navegará de arriba abajo la costa de Groenlandia, —explica Meeko.

—Un equipo de cuatro personas nos monitoreará. Su misión será mantener todas nuestras funciones vitales en equilibrio y en orden. También nos alimentarán e hidratarán por vía intravenosa.

La unidad de defensa ante la guerra cibernética del Departamento de Defensa (DOD) Washington, DC

—¿Estamos en un lugar seguro?

—Esta es una sala segura, señor.

—La directiva está clara. Este es un asunto que involucra la seguridad nacional. Tenemos que capturar a los cinco hackers. Nuestro gobierno no permitirá que otro país se adueñe de su tecnología primero.

(En algún lugar de la Tundra del Sur de Groenlandia)

En medio de la noche con un cielo sin nubes, la tundra de Groenlandia está saturada de innumerables objetos celestiales brillantes.

—Los he traído aquí para que puedan entender la razón por la que nos mudamos a esta isla en su mayoría congelada, —dice Meeko.

Mientras caminamos por el terreno accidentado usando linternas con rayos ultravioletas potentes, Meeko señala hacia adelante y barre el terreno con la suya. A todos nos asombra que el paisaje rocoso frente a nosotros brilla y, a medida que nos acercamos, cada sombra de roca a nuestro alrededor brilla con innumerables tonos de amarillo pálido. De repente, vemos una luz que viene de una de las colinas. Meeko gira y va en dirección a la luz. Nos guía a través de un empinado sendero y después de 15 minutos, de un esfuerzo agotador vemos una pequeña cabaña. Dos hombres barbudos y altos están parados en el umbral de la pequeña estructura de techo cilíndrico.

—¡Bienvenidos! —dice el más alto de los dos.

—Parece que has traído a toda la pandilla, Meeko, —dice el más bajo.

Meeko los abraza.

—Chicos, permítanme presentarles a un par de colegas y amigos míos.

Con caras confundidas estrechamos las manos de los barbudos.

—¿Por qué no se presentan ustedes?

—Soy Thor Halvorsten, físico nuclear originario de Sandefjord, Noruega.

—Está siendo muy modesto sobre sus credenciales pues tiene un par de doctorados que parece olvidar. Sin embargo, ustedes deberían saber que en nuestro mundo es conocido como VH, que significa Viking Hack.

—¿Eres el hacker VH? —pregunta un Halo incrédulo.

Halo solo obtiene un ligero asentimiento y una sonrisa aún más pequeña.

—Siempre ha operado en las sombras, es un hacker como todos nosotros.

La admisión hace que todos nos sintamos mucho más cómodos y relajados.

—VH, ¿no es Sandefjord el fiordo más al sur de Noruega? —pregunta Halo de repente.

—Así es. ¿Cómo sabes eso?

—Soy aficionado a la geografía.

Todos miran al más bajo de los dos hombres.

—Soy Anders Bjorn. Nací y crecí en Aalborg, una ciudad costera en el extremo norte de Dinamarca. Soy ingeniero especializado en materiales, pero al igual que mi amigo Thor soy un hacker a tiempo parcial.

—Sé quién eres, —dice Halo.

—Eres DD, el hacker danés. Lo sé porque una vez estuve en un chat contigo.

—Chicos, Thor y Anders son la razón por la que estamos aquí en Groenlandia.

—Estoy ansioso por descubrir qué hacen un par de genios científicos convertidos en hackers en la isla más grande del mundo, —dice Hope.

—Ligeramente menos del doble del tamaño de California y Texas combinados, y un poco más grande que México, debo agregar, —Halo muestra nuevamente sus conocimientos geográficos.

El Vikingo Hack (VH) y el Tío Danés (TD) parados en la puerta nos señalan que avancemos. Seguimos a los nórdicos y entramos en la pequeña cabaña que es un lugar escasamente amueblado con un par de literas, una estufa de gas y una mesa de comedor para cuatro personas. Pero lo que nos llama más la atención es la puerta del altillo que está abierta en medio de la habitación.

—Chicos, vamos a bajar muchos escalones, —anuncia VH mientras él y TD aseguran las líneas de seguridad y nos dan cascos con micrófono a todos.

Descendemos con mucho cuidado, paso a paso, por la larga escalera de metal.

—¿Qué tan profundo vamos? —pregunta Johnny.

—Cuando lleguemos al fondo serán 500 metros, —responde TD.

Una vez llegamos al suelo, nos encontramos en una enorme cueva hecha por el hombre, con techos de 1.3 metros de altura y aproximadamente 900 metros cuadrados de circunferencia.

—Gracias al apoyo financiero que nos dieron obtuvimos la primera licencia para extraer minerales raros, algo que jamás había otorgado el gobierno de Groenlandia, —dice VH. —Minerales raros, —repite VH por segunda vez.

—Es la segunda vez que escucho ese término desde que llegamos, —dice Halo.

—Los minerales raros son los que van del número 57 al 71 en la tabla periódica —también conocidos los lantánidos. La mayoría son indispensables en la fabricación de equipos electrónicos de última generación, incluidos teléfonos inteligentes, tabletas, relojes inteligentes y paneles solares, así como equipos de sistemas de defensa, incluidos radares, jets y submarinos. Todos requieren toneladas de minerales raros, —continúa VH.

Los Rb Hackers lucen desconcertados excepto Meeko.

—Chicos, había que invertir parte de nuestras ganancias, —intercede Meeko a la defensiva.

—¿Por qué no consultarnos primero? —reprende Hope con curiosidad. —Esto suena muy interesante, pero en realidad no tiene nada que ver con nosotros o lo que hacemos, —agrega con frustración.

—Tienes razón, no tiene nada que ver, —dice Meeko.

—Entonces, ¿por qué hemos invertido en esto? ¿Por qué estamos en esta isla?

—Tal vez Meeko tenga motivos ocultos, —dice Halo.

Meeko aparta una gran tela en una esquina de la cueva y lo que vemos provoca un suspiro de los otros cuatro.

—Pensé que los íbamos a instalar en la granja de servidores, —dice Johnny.

—Chicos, la granja de servidores y la concesión minera son operaciones comerciales que existen con el único propósito de proteger nuestras verdaderas actividades.

—Meeko, ¿cómo y cuándo trasladaste la computadora cuántica a esta cueva? —pregunta Halo.

—Durante la noche, el mismo día en que ustedes instalaron sus equipos de computadoras personales en la granja de servidores.

—Obviamente entraste por la puerta del altillo y bajaste la escalera como nosotros para llegar aquí.

—En la mina pueden ver una entrada en las rocas que es uno de los muchos túneles de la mina, dice Meeko, señalando una abertura en una de las esquinas de la cueva.

—¿Por qué el disfraz si saben dónde estamos? —pregunta Hope.

—La casa es básicamente nuestra habitación para dormir. Debemos suponer que pronto estaremos bajo vigilancia satelital, así que operaremos desde dos lugares: esta cueva para el trabajo diario y un barco de investigación equipado con computadoras y equipos de comunicación, incluidos cascos de bifurcación, para esos momentos en que necesitemos estar en movimiento.

—¿Cómo nos moveremos dentro y fuera de la casa y llegamos a cualquiera de los dos lugares?

—De la misma manera que vinimos aquí.

—Como polizones en tubos en la parte trasera de una camioneta. ¿Estás hablando en serio? —pregunta una Hope irritada.

—Sí. Cada vez que salgamos de la casa llegará el camión con cinco lugareños, cuatro hombres y una mujer, y tomarán nuestro lugar mientras estamos ausentes. Nos traerán hasta aquí de la misma manera como saldremos, en un contenedor protegido por infrarrojos. El intercambio se realizará dentro del garaje de la casa que está protegido con plomo y cuando lleguemos al barco cargaran el contenedor donde vamos en la cubierta del barco. En el caso de que vengamos a la cueva, el camión nos traerá hasta aquí y nos descargará una vez dentro de la cueva. Queremos que piensen que estamos trabajando desde la casa mientras estemos en una de nuestras dos ubicaciones alternativas.

—Pero esta vez, vinimos caminando.

—Bueno, entramos por la trampilla, la cual no será nuestro punto de entrada o salida en el futuro. Para que todo sea creíble, cada uno saldrá de vez en cuando. Iremos de compras, a la granja de servidores o simplemente a explorar la tundra de Groenlandia como hoy. En resumen, queremos que nos vean afuera.

—¿Qué pasa con nuestras voces? Si tienen dispositivos de escucha remota apuntando a la casa, se darán cuenta de que los cinco individuos en la casa no somos nosotros.

—Punto válido. Cuando no estemos aquí se reproducirán grabaciones de nuestras voces. Los cinco lugareños estarán escuchando música, navegando por la web y viendo películas, pero nunca hablarán, solo enviarán mensajes de texto o garabatearán entre ellos. Eso establece el contrato que firmamos con ellos.

—Meeko, ¿para qué es este conjunto adicional de servidores? —pregunta Johnny mientras levanta otra cubierta de lona adyacente.

—¿Y esto? —pregunta Halo levantando otra lona que revela una serie de platos y antenas.

—¿Qué estamos construyendo aquí, Meeko? —pregunta Hope.

—VH, por favor explícalo, —dice Meeko.

—Vamos a construir una red neural, simulando neuronas y sinapsis (los puentes que las conectan) que tendrá miles de millones de neuronas artificiales. Una vez lista, crearemos nuestra propia red cifrada que funcionará completamente con inteligencia artificial. Será alimentada por la computadora cuántica y tendrá cobertura mundial a través de nuestra propia flota de satélites en órbita baja que acaban de ser lanzados, —explica VH.

—De esta manera nuestros seres digitales vagarán por el mundo a través de nuestra propia red neural segura y cifrada, impulsada por nuestra computadora cuántica, —aclara Meeko.

—Exactamente, —responde TD.

—¿Y tú lo sabías desde el principio? —pregunta Hope, mirando a Meeko.

—Diseñe todo con la ayuda de VH y TD.

La unidad de defensa ante la guerra cibernética del Departamento de Defensa (DOD) Washington, DC (Dentro del smartphone de Stroll)

—Señor, querrá echar un vistazo a esta información pues finalmente rastreamos todos los movimientos de los Rb Hackers.

En el video que muestran a Lance Stroll se ve a los cinco RB Hackers en las terminales de aviación privada de San José y Vancouver. Luego cuando desembarcan en Nuuk y después en el aeropuerto de Narsaq en Groenlandia.

—¡Maldita sea!, ¡Groenlandia! ¿Me estás tomando el pelo? —dice.

Le muestran dos guías de embarques aéreos. La primera es del equipo de computación que viaja hacia Groenlandia, pero la segunda lo sorprende pues es de una supercomputadora cuántica.

—Tenemos un grave problema entre manos. Tienen una gran capacidad de procesamiento de datos.

Luego le muestra imágenes aéreas de la casa. El informe de inteligencia describe tanto la cerca invisible como el radar.

—Si vamos allá lo sabrán con mucha anticipación.

—Y, ¿qué importa? Señor, no podrán detener un asalto de operaciones especiales. Como sabrá, tenemos presencia militar en la isla.

—¿Qué piensas?, ¿ellos esperan ser encontrados? Tal vez incluso quieren ser encontrados. Es urgente que descubramos la verdadera razón por la que se mudaron a Groenlandia.

(En algún lugar de la costa sur de Groenlandia)

—Chicos, ya nos descubrieron, —anuncio.

—Vienen en camino, —dice Hope preocupada.

Nueva sede de los Rb Hackers, Groenlandia
(Granja de servidores - Cámaras infrarrojas
y sensores de movimiento desactivados)

El smartphone de Meeko comienza a vibrar sin parar porque los visitantes están a cuarenta kilómetros de distancia.

—¡Están aquí!

—Chicos, echen un vistazo a esto, —advierte Meeko.

Desactivan el sistema de seguridad de la granja de servidores de los hackers y el sistema de software vuelve a su respaldo. Se reactiva cada pantalla de cámara en la granja de servidores . En la oscuridad se ven varias figuras vestidas de negro usando gafas de visión nocturna que se mueven con la agilidad y la coordinación de profesionales altamente entrenados, aunque no tienen idea de que cada uno de sus movimientos están siendo grabados.

—¿Qué están haciendo? —pregunta Halo.

—Dejemos que sus acciones nos lo digan, —observa Meeko.

El zumbido familiar y el repentino aumento de la tensión eléctrica indican que la versión digital de Jonas se va de nuevo. Hope traga saliva conteniendo su enojo ya que una vez más olvidó avisarle.

Jonas se transfiere a la computadora principal de la granja de servidores y, luego, a través de una de las pantallas viaja hacia el dispositivo de comunicación del comando que hace las señales y aparentemente lidera al equipo.

(Mensaje de texto cifrado del líder del equipo de comando a la base)

—Aquí no hay computadora cuántica. Nuestro ingeniero de Sistemas de Información inspeccionó ya las radiografías de toda la instalación.

—¿No hay depósitos o anexos adicionales?

—Señor, hemos hecho radiografías de este lugar y no hay nada más, ni debajo, ni al lado, nada oculto en ningún lugar.

—Retírense de inmediato entonces, no toquen nada, repito, no toquen nada.

Los ocho miembros del equipo de operaciones especiales abandonan el lugar, pero antes reactivan sus sistemas de seguridad. A quinientos metros los esperan dos helicópteros Apache con las hélices rotando. El viaje hacia la base aérea de Estados Unidos en Groenlandia lleva mucho tiempo y requiere reabastecimiento de combustible. La primera señal de que algo no está del todo bien sucede cuando, justo antes de aterrizar, los dispositivos de comunicación de todo el equipo de operaciones especiales quedan en blanco. Luego, en el momento en que los dos helicópteros tocan tierra en la base sus sistemas dejan de funcionar. Minutos después, toda la base queda en la oscuridad y desconectada del resto del mundo. En cuestión de minutos, todo hardware y software quedan inservibles.

La unidad de defensa ante la guerra cibernética del Departamento de Defensa (DOD) Washington, DC
(Jonas dentro del smartphone de Lance Stroll)

—Si la computadora cuántica no está en la granja de servidores debe estar en algún lugar cercano, —dice Stroll.

—¿Notarían nuestra presencia?

—Es poco probable. Entramos y salimos. No tocamos nada.

Un mensaje de texto entrante hace que Stroll sienta escalofríos.

—Sh… sh… sh…

—¿Qué está pasando, señor?

—Al final sí lo notaron. Toda nuestra base aérea de Groenlandia está en la oscuridad.

Stroll inmediatamente le envía un mensaje de texto a Jonas.

—Jonas, ¿qué está haciendo?

Sin respuesta. Stroll enfurece.

—Está bien, ¿qué quieren ustedes?

Nuevamente sin respuesta. Intenta de nuevo, aunque siente que está hablando con una pared.

—No debimos entrar en su lugar.

—Así es, —la inesperada respuesta de Jonas sacude a Stroll.

—Mis disculpas.

Nuevamente, sin respuesta.

—Jonas, solo hago lo que me dicen.

—Vamos, señor Stroll, la escala reducida de sus acciones me dice que sus superiores no conocen todo el alcance de lo que está sucediendo.

—¿Eso no le preocupa? ¿Qué sucedería si actuáramos con toda nuestra fuerza?

—No, realmente.

—Un poco arrogante de su parte, ¿no le parece?

—En lo más mínimo, señor Stroll. Usted debe pensar cuándo y cómo va a decirle a su gobierno que responderemos con fuerza ante cualquier provocación de su parte.

Se produce un largo silencio hasta que Stroll finalmente se centra en lo que es importante en este momento.

—Entiendo su preocupación, Jonas.

—Su preocupación, señor Stroll, no la mía.

Una vez más, el Sr. Stroll debe controlarse antes de continuar.

—Está bien, es responsabilidad mía hacer lo necesario. Ahora, ¿puede restaurar las operaciones de nuestra base militar?

Jonas se ríe larga y fuertemente.

—¿Jonas?

—Por supuesto, señor Stroll, será un placer.

NSA, Washington, DC

—Señor, ¿recuerda el lanzamiento clandestino de 800 satélites de órbita baja a bordo de un cohete de SpaceX la semana pasada? Todos fueron desplegados alrededor del mundo y están transmitiendo su señal a un único punto en la Tierra.

—¿Dónde?

—En la costa sur de Groenlandia.

—Ahí no está nuestra base, ¿verdad?

—No señor, nuestra base está en la costa noreste y ese lanzamiento no fue autorizado. Además, son satélites privados.

—Descubran quién está detrás y qué están haciendo. Envíen esta información a otras agencias, quizás alguien de nuestro gobierno sabe más de lo que nosotros sabemos.

La unidad de defensa ante la guerra cibernética del Departamento de Defensa (DOD) Washington, DC
(Jonas dentro del smartphone de Stroll)

—Stroll, ¿qué pasó en la base aérea de Thule?, —pregunta su jefe, el General de Brigada McIntosh, refiriéndose a la base estadounidense en el noreste de Groenlandia.

—Fuimos hackeados. Pero los sistemas fueron restaurados en minutos, señor.

—¿De qué lado estuvieron los Rb Hackers en los ataques cibernéticos?

—De ambos, señor.

—Así que cuando los atacamos, ¿la respuesta de ellos fue el hackeo?

—No los atacamos, señor. Fue solo una misión de reconocimiento.

—¿Quieres decir que el cierre de una de nuestras bases fue su respuesta? Obviamente, hay más en esto. ¿Qué exactamente hicieron ustedes?

—Penetramos su granja de servidores, señor.

—Así que los atacaron.

—Afirmativo, señor.

Ambos hombres parecen impotentes e incapaces de contener su ira.

—¿Causaron algún otro daño?

—No, señor. Y volvieron a encender la base minutos después.

—Así que fue una advertencia.

—Afirmativo. Y dejaron en claro su punto, señor.

—Supongo que los planes de extracción están en espera.

—Sí, señor.

—De hecho, estoy aliviado de que no intentaran aprehenderlos.

—Señor, francamente hablando no sé cómo proceder. Los riesgos son demasiado altos.

El General de Brigada McIntosh asiente ligeramente con la cabeza.

—Puedo asumir que todavía se niegan a vendernos su tecnología.

—Afirmativo, señor, pero eso no es todo. También estamos recibiendo información muy preocupante de la NASA, han lanzado 400 satélites de orbita baja y están en funcionamiento desde la semana pasada. Todos apuntan a Groenlandia.

—Eso debo llevarlo al mando de inmediato. Volveré a comunicarme contigo, Stroll.

Agencia de Seguridad Nacional (NSA), Washington, DC

El asistente del director Helmut Schmidt se acerca con un par de carpetas marcadas como "Top Secret".

—Señor, en la última semana hemos rastreado envíos de equipos de computación y comunicación altamente sensibles a Groenlandia.

—¿Legalmente?

—Sí señor. No hay restricciones de exportación desde Estados Unidos a Groenlandia. Todos los permisos y licencias están en orden.

—¿Y qué pasa con eso?

—Consultamos a nuestros expertos en el campo y determinaron que los equipos enviados son componentes de una red neuronal de "última generación".

—Explique el término.

Lo explica en detalle. El director frunce el ceño y le sube la tensión.

—Deben ser las mismas personas involucradas en los satélites de órbita baja.

—Sí, es correcto. La unidad de defensa ante la guerra cibernética del Departamento de Defensa (DOD) está consciente de esto. De hecho, uno de sus contratistas ha sido contratado para probar las vulnerabilidades de nuestro sistema de información.

—Entonces, ¿qué está pasando? ¿Se han salido del camino y están violando alguna ley?

—No exactamente, señor. Dejaré que el responsable de este asunto le explique todo en detalle.

Inmediatamente conectan a Lance Stroll con el director Schmidt de la NSA y después de 30 minutos de conversación, el director interrumpe y dice:

—Tenemos que escalar esto de inmediato.

—Eso es exactamente lo que dijo el General de Brigada McIntosh. La conclusión es que la alta jerarquía de nuestro poder ejecutivo recibirá dos investigaciones paralelas y urgentes sobre el mismo tema, —dice Stroll al finalizar la llamada.

Oficina del Presidente de los Estados Unidos, Washington, D.C.

—Explíqueme exactamente lo que ha desarrollado este grupo de hackers que es tan importante y valioso para nosotros, —pregunta el presidente.

—Señor, creemos…

—¿Qué quieres decir con "creemos"? ¿Están seguros o van a desperdiciar mi valioso tiempo en suposiciones y especulaciones?

—Señor, con todo respeto, su tiempo será sabiamente empleado al conocer el trasfondo e importancia estratégica de esta nueva tecnología.

—Sin embargo no están seguros de ello.

—No estamos seguros de la configuración exacta, pero sí de su existencia.

—Muy bien entonces, proceda por favor.

—En pocas palabras, este grupo de hackers ha digitalizado la inteligencia humana. Creemos que los Rb Hackers lograron emular la conciencia humana en forma digital. No solo han mapeado y escaneado las más de 80 mil millones de neuronas y más de 100 millones de sinapsis del cerebro humano, sino que, aunque aún no sabemos exactamente cómo, también han escaneado cómo se conectan todas estas neuronas entre sí a través de las sinapsis. Esto significa, señor, que han sido capaces de descifrar los patrones del cerebro y crearon un cerebro artificial.

—¿Cuáles son las implicaciones de esto?

—Señor, esta tecnología se trata de que los humanos ya no necesiten sus cuerpos biológicos y que las máquinas sean cada vez más inteligentes. Estas nuevas versiones digitales humanas pueden utilizar máquinas, incluyendo dispositivos informáticos, como sus nueva estructuras o plataformas. Sabemos que se mueven a través de la web y penetran, devastan e incluso destruyen, si lo desean, cualquier dispositivo conectado a la red, red de comunicación, servidores y sistemas de software.

—¿Cómo han logrado esta conciencia digital?

—Todavía no lo sabemos.

—¿Regresan de lo digital a su forma humana?

—Sí, sabemos que pueden volverse digitales y luego regresar a ser humanos con facilidad. Debo agregar que uno de ellos cambió de cuerpo.

—Explique, por favor, —dice el presidente con una expresión perpleja.

—Era cuadripléjico y ahora ha asumido el cuerpo de un joven que fue declarado oficialmente muerto. Creemos que, aunque la persona estaba con muerte cerebral, la conciencia digital del hacker cuadripléjico fue cargada en el cerebro del fallecido y, una vez en su lugar, el cerebro y la conciencia digital encontraron una forma viable de reconectar y reactivar el cerebro del fallecido.

—Vaya… ¿Cuál es su plan de acción para adquirir o tomar posesión de esta tecnología?

—No la quieren vender o licenciarla, señor.

—Bien, si no quieren cooperar tal vez tengamos que desplegar toda la fuerza de nuestro gobierno contra ellos. ¿Cuál es su plan de acción?

—Señor, por eso estamos aquí. No tenemos un plan.

—¡Todos ustedes vinieron aquí sin un plan! ¿Cuáles son nuestras opciones entonces?

—No tenemos ninguna opción viable que no conlleve consecuencias devastadoras para nosotros, incluso si tenemos éxito.

—¡Tendrán que explicármelo en detalle antes de que se vayan de esta oficina o perderán su trabajo!

Diez minutos después, los miembros de alto rango del poder ejecutivo abandonan la oficina del presidente.

Al salir, el presidente les grita:

—Tienen 24 horas para presentar alternativas y escenarios sobre lo que vamos a hacer.

Capítulo 16

VENGANZA

ATREVERSE

Desafiar la vida,

retar el destino,

rebelarse contra la prescripción,

cruzar fronteras prohibidas,

ignorar líneas en la arena,

marchar hacia adelante sin importar los obstáculos,

romper barreras y muros artificiales,

enfrentar la adversidad directamente,

desplazar lo injusto e ilegítimo,

explorar sin miedo,

conquistar nuestra angustia e inseguridades,

vencer nuestros miedos más profundos,

superar nuestras mayores dudas,

atreverse para tener una existencia plena

y vivir una vida completa.

Día de hoy:

(En algún lugar de la tundra del suroeste de Groenlandia)

Jonas y Hope han estado observando las estrellas durante horas. Están en medio de la nada, completamente solos y sus rostros se muestran plácidos, plenos y llenos de alegría.

—No es exactamente la aurora boreal, pero está cerca, —dice Hope mientras los tonos de la noche repentinamente se pintan de púrpura claro, amarillo, blanco y verde.

—Jonas, ¿alguna vez has pensado que un ciberataque entre países pueda desencadenar una reacción en cadena que provoque un Armagedón mundial?

—Sí, y me temo que no haya mucha diferencia entre nosotros y ese escenario.

Un silencio total envuelve a la pareja. El contraste del majestuoso escenario y las preocupaciones que los abruman rompe la perfección de la noche llena de estrellas.

Le digo a Hope que es hora de irnos y nos vamos poco después.

La nieve nos llega hasta la cintura y cubre toda la tierra. Todos los lagos están congelados. El paisaje está saturado de pequeñas estalactitas heladas que cuelgan o se adhieren a todo lo que está a la vista. Con la tormenta de la noche anterior ya lejos este día frío es magnífico por su cielo cristalino sin nubes lleno de espléndidos tonos de azul.

La motonieve se mueve a un ritmo frenético. La aguja del velocímetro salta de un lado a otro a unos 60 km/h. A medida que encontramos baches y las curvas, Hope, sentada en la parte trasera, me abraza y se aferra como si le fuera la vida en ello. Llevamos los trajes más gruesos que existen con capuchas y guantes del mismo material, botas impermeables, mascarillas de neopreno y cascos de seguridad con visores calefactados. Con la temperatura rondando los -30°, todo este equipo aún no es suficiente en esta tundra.

—¿Cuánto falta para llegar? —pregunta Hope a través del micrófono incorporado al casco.

—Faltan 75 kilómetros más, —respondo rápido pues voy concentrado en la tarea que tengo entre manos.

La unidad de defensa ante la guerra cibernética del Departamento de Defensa (DOD)
Washington, DC

—¿Estamos listos?— pregunta Stroll a su líder de operaciones de campo.

—Sí, señor.

—¿Está seguro de eso?

—Sí, señor. Tenemos una vista aérea en tiempo real. Van a gran velocidad a terreno abierto en una motonieve. En este momento, están a solo un par de millas de distancia, dirigiéndose directamente hacia nosotros.

—Procedan.

—Entendido, señor.

(En algún lugar de la tundra del suroeste de Groenlandia)
La motonieve salta en el aire al superar una colina empinada.

—¡Sí! —exclamo cuando aterrizamos de nuevo en el camino.

Hope no dice nada, pero se aprieta más contra mi cuerpo. De repente aparecen una cantidad de focos que me ciegan por completo y nos acercamos a toda velocidad. Instintivamente suelto el acelerador y veo una muralla de sombras caminando directamente hacia nosotros. Cuando se acercan, veo al menos dos docenas de hombres en trajes de invierno blancos con sus armas apuntando hacia nosotros. ¡Estamos rodeados!

La unidad de defensa ante la guerra cibernética del Departamento de Defensa (DOD)
Washington, DC

—Te tenemos, —dice Stroll observando la transmisión de video en tiempo real. —A ver qué están dispuestos a negociar tus amigos hackers por tu libertad.

Tundra del suroeste de Groenlandia (Jonas y Hope)

Cuando estamos a punto de ser tomados como rehenes nos damos cuenta de lo tonta que fue nuestra decisión de alejarnos tanto de la base.

Una semana antes:

La unidad de defensa ante la guerra cibernética del Departamento de Defensa (DOD)
Washington, DC

—Trabajan desde casa todos los días, señor. En las mañanas les entregan suministros en una camioneta, —explica la mano derecha de Stroll, el capitán Dan Suster.

—Sigue.

—Tienen un escáner de calor corporal sobre ellos las 24 horas del día. Salen tarde en el día y hacen recados no muy lejos de la casa.

—El ordenador cuántico debe estar dentro de la casa, —opina Stroll.

Operaciones del Laboratorio Subterráneo de los Hackers Rb

—¿Te gusta viajar en la parte trasera de una camioneta dentro de un tubo para venir aquí?, —pregunta Halo.

—Es el precio a pagar por la privacidad y el secreto absoluto, —responde Meeko.

Finalmente, después de muchos desafíos que pusieron a prueba nuestra resolución, paciencia y creatividad lanzamos con éxito la conexión de nuestra nueva red de satélites en órbita baja. En un instante nuestra red neural global se convirtió en realidad y permite que nuestras versiones digitales viajen y vaguen fuera de la red. Ya no hay web ni Wi-Fi y mucho menos líneas telefónicas.

La unidad de defensa ante la guerra cibernética del Departamento de Defensa (DOD)
Washington, DC

—Señor Stroll, acabamos de recibir esto de la NASA.

Stroll le da un vistazo rápido y habla en voz alta.

—Wow, ¿tienen una red de satélites en funcionamiento? ¿Cómo lo hicieron? ¿Dónde está el equipo de computación y comunicación principal?

Continúa reflexionando al respecto por un momento y luego dice:

—La respuesta es sencilla: no está allí.

Su equipo lo observa sin decir una palabra.

—Y de alguna manera ellos tampoco están allí.

Sede de la GRU en Moscú, Rusia

—Señor, nuestra presencia habitual en la isla está descartada. Los estadounidenses lo sabrían de inmediato ya que la capital y el aeropuerto de Groenlandia están bajo su estricta vigilancia.

—¿Qué agencia gubernamental?

—Todas las pertinentes, incluyendo inteligencia, drogas, militares, etc.

—¿Qué sugieres, entonces?

—Un asalto clandestino. Que un equipo comando aterrice y se los lleve en helicópteros. Entran y salen en solo unos minutos.

—Dame un plan detallado lo antes posible.

La unidad de defensa ante la guerra cibernética
Del Departamento de Defensa (DOD)
Washington, DC
Sede de los Hackers Rb en el suroeste de Groenlandia

—Señor, tenemos objetivos cerca de las instalaciones de los Hackers Rb. Una unidad de 12 hombres mueve rápidamente, —anuncia el Capitán Suster.

—Voy para allá de inmediato.

Stroll camina a paso rápido hacia el centro de comando para ver en persona el desarrollo a través de las imágenes infrarrojas en tiempo real que llegan por satélite.

—Están vulnerando su perímetro.

En nuestra casa observamos incrédulos a los doce infiltrados que cruzan nuestra cerca.

—Planes de contingencia. Salgamos de aquí ahora. Es hora de probar nuestra red neural, —dice Meeko mientras me entrega el casco.

Subimos a nuestras motonieves y partimos.

En la unidad de defensa ante la guerra cibernética, Stroll observa el esfuerzo de evacuación de los Hackers Rb.

—Se dirigen hacia la noche de Groenlandia, dice Stroll mientras ve por satélite las imágenes infrarrojas amarillas y naranja que rastrean nuestros movimientos.

—Están en motonieves y los intrusos están a pie, —observa el asistente de Stroll.

—Bien, tenemos un gran problema entre manos. ¡Son actores extranjeros! ¿A dónde pueden ir los Hackers Rb? No hay ningún lugar donde puedan refugiarse. Alerten a la base. Necesitamos un equipo estacionado en el perímetro de su propiedad.

Hogar de los Hackers Rb, Groenlandia
(Jonas, dentro de una de sus computadoras de escritorio)

—Están fuera de la casa, —informo a mis compañeros hackers.

El grupo de hackers sigue estacionado en la tundra a unos pocos kilómetros de la casa. Mi yo físico está con ellos con casco y todo.

Acabamos de completar la primera bifurcación exitosa al aire libre a través de nuestra nueva red neural global impulsada por satélite. Me transmití a mi propio teléfono que dejé deliberadamente en la casa y una vez allí me cargué en una de mis propias computadoras de escritorio.

—Están dentro, llevan máscaras de gas. Es justo suponer que arrojaron algún tipo de gas dentro de la casa.

—Doce hombres se mueven alrededor de la casa en completo silencio. Bajo sus máscaras de gas llevan gafas de visión infrarroja y repiten una y otra vez la misma frase en un idioma extranjero, posiblemente ruso, —informo a los demás.

—Significa que el lugar está despejado, Jonas, —dice Meeko que habla ruso con fluidez.

—Permíteme interferir sus teléfonos inteligentes y radios, —digo.

—Verifica si tienen linternas, —dice Johnny.

—El lugar está vacío. Copia, —explica Meeko lo que acaba de decir el aparente líder del equipo en ruso.

Pausa. No hay respuesta.

—El lugar está… este aparato acaba de morir.

Inmediatamente el resto del comando ruso se da cuenta de que todo su equipo electrónico está desactivado.

El líder aparente del grupo intenta usar su teléfono inteligente altamente encriptado.

—Mi teléfono inteligente está muerto.

Después de traducir toda la conversación, Meeko observa:

—Estamos presenciando lo que sucede a los soldados tecnológicos de hoy en día, sin sus dispositivos, se convierten en unos inútiles desesperados.

—Aborten. Repito. Aborten. Es una trampa, —dice el aparente líder a todos.

El grupo sale apresuradamente de la casa y una vez afuera intentan usar sus dispositivos electrónicos pero ninguno funciona. Comienzan a dispersarse cuando uno de los soldados de fuerzas especiales rusas pregunta:

—¿Qué fue eso?

Desde mi dispositivo activo el teléfono inteligente en modo reposo del aparente líder del equipo de asalto.

—No tengo la más mínima idea, —responde el líder. —Tal vez todos nuestros equipos fueron interferidos una vez que entramos a esa casa, —dice, mientras continúan trotando por la tundra de Groenlandia bajo una noche sin luna.

—Activen sus linternas para que puedan recogernos en el lugar acordado.

Pero se confirma lo temido.

—Tampoco funcionan, —informa el comando de comunicaciones.

—Amigos, tenemos que seguir moviéndonos en dirección al lugar designado donde nos recogerán, —ordena el líder mientras una siniestra premonición lo invade.

'Sin mis órdenes los helicópteros no vendrán', piensa. 'Y sin instrumentos no puedo encontrar la ubicación exacta donde se suponía que debían recogernos'.

—Mi teléfono inteligente ha vuelto a funcionar, —dice el líder.

De inmediato envía la señal de recogida y el GPS de su teléfono lo dirige hacia el lugar de recogida.

Una hora después llega la unidad de comando a un claro entre rocas congeladas. Cuatro helicópteros los están esperando con los motores apagados.

Un oficial ruso baja de uno de los helicópteros.

—¿Dónde están los rehenes?

—Abortamos la misión, señor.

—¿Por qué?

—Inexplicablemente todos nuestros equipos murieron justo después de entrar en la casa. Debe ser una trampa, —declara el líder.

El oficial ruso reacciona de inmediato:

—¡Vámonos de aquí!

Los cuatro helicópteros encienden los motores y se preparan para despegar. Primero los motores rugen y la velocidad de los rotores aumenta, pero de repente, uno tras otro, pierden potencia, titubean y pronto se apagan.

La tripulación se da cuenta de que todo su equipo electrónico también está muerto.

La unidad de defensa ante la guerra cibernética
del Departamento de Defensa (DOD)
Washington, DC

Stroll y su equipo se ríen y se burlan de sus adversarios mientras ven cuatro explosiones en las imágenes infrarrojas en tiempo real del satélite.

—No puedo creer esto. Para evitar ser capturados, los rusos simplemente hicieron explotar sus helicópteros de última generación.

—¡Bang! ¡Finito! —exclama Stroll. —¿Qué les dije a todos? No tenían ni idea de donde se estaban metiendo. Están incomunicados. En este momento son presas fáciles.

Las imágenes infrarrojas de las tripulaciones de los helicópteros y del equipo de comando están a la vista.

—Míralos caminando como un cortejo fúnebre. ¿A dónde se dirigen?

—Probablemente van al pueblo más cercano que está a 50 millas al sur.

—Tendremos que informar sobre esta incursión al alto mando.

—Adelante. Pide instrucciones. Necesito saber si tenemos que recogerlos.

—¿Qué más tiene en mente, señor?

—Creo que sé cómo atrapar a los Hackers Rb.

—¿Cómo?

—Aprenderemos sus rutinas y cuando estén solos, realizando tareas lejos de su base los atacamos. Solo necesitamos capturar a uno de ellos.

—El alto mando acaba de ordenar que nos alejemos de los rusos, — informa el hombre de confianza de Stroll.

—Estoy seguro de que quieren evitar un incidente internacional. Sin embargo, alertemos a las autoridades locales. Aunque sea indirectamente necesitamos interrogar a estos tipos. Envíales la ubicación de la explosión y el pueblo al que se dirigen. Apuesto a que pronto abandonarán todo su equipo e intentarán salir del país como personas comunes.

—El problema para ellos es que no ingresaron oficialmente al país, por lo que no hay registro de entrada.

Día actual:

(En algún lugar de la tundra del suroeste de Groenlandia)

Hope y yo estamos frente a una miríada de armas automáticas de un ejército de hombres camuflados con voluminosos anoraks blancos.

—¿Listo? —le pregunto a Hope.

—Sí, —responde ella.

Como ensayamos previamente, utilizando nuestra red neural global y nos transferimos a las señales de los teléfonos inteligentes de los atacantes que captamos. Ellos ven nuestros cuerpos físicos sentados en la motonieve que se desploman hacia un lado y nos sostienen los cinturones de seguridad.

Cuando Stroll ve la imagen de nuestros cuerpos cayendo hacia un lado siente el impacto de la sorpresa y le da un ataque de pánico.

'¿Cómo lo hicieron al aire libre y sin el poder de procesamiento de la computación cuántica?' reflexiona por unos segundos. 'Por supuesto por la red de satélites, ¡su digitalización se ha vuelto ubicua!'

—¡Están en sus dispositivos electrónicos, apáguenlos todos inmediatamente! —Stroll grita por el altavoz.

Los miembros del equipo de comando se miran confundidos. No entienden las instrucciones.

La siguiente cadena de eventos sucede a la velocidad del rayo. Todo el equipo electrónico de los individuos armados muere. Esto incluye sus motonieves automáticas impulsadas electrónicamente como la del convoy que los acompaña.

A lo lejos, las fuerzas especiales sorprendidas nos ven, a Hope y a mí, enderezarnos y saludarlos mientras nos alejamos a toda velocidad. Hope murmura sarcásticamente adiós dentro de sí misma y les desea un buen paseo de regreso.

Stroll está en modo de crisis. ¿Qué dirá a sus superiores? Las cosas están a punto de empeorar rápidamente porque toda la base aérea de Thule vuelve a desconectarse y luego… la unidad de defensa ante guerra cibernética del Departamento de Defensa (DOD) deja de funcionar literalmente. Para sorpresa de todos, máquina por máquina y todo lo electrónico a su alrededor se vuelve inútil. Incluso las luces se apagan.

Sala de Situación de Guerra, El Pentágono, Washington, D.C.
(Reunión y llamada de conferencia con el gabinete de guerra)
(Jonas, en el teléfono inteligente de Stroll)

—Nadie humilla a este país de esta manera. No podemos tolerarlo. ¡Yo digo que golpeemos a estos malditos miserables hasta que no quede nada de ellos! —declara el general Stuwart Samuels-Johnson, el único general de cinco estrellas de Estados Unidos.

—Stuwart, —con los ojos en llamas, dice el presidente, —¿por qué no te callas de una vez?

Todos en la habitación están en estado de shock. El presidente de Estados Unidos acaba de avergonzar al único general de cinco estrellas de América en presencia de todos sus colegas que están en la sala de guerra.

—¡Hazlo cuando el oponente no te tenga agarrado por las bolas! — replica el presidente enfadado.

—¡Por supuesto! Estos renegados hackers son un peligro presente e inminente para nuestra nación, —grita el general furioso.

—¡Vete! —grita el presidente.

—Pero…

—Sal de aquí, Stuwart. No estás aportando nada de valor a esta situación.

Mientras el general Stuwart Samuels-Johnson sale a toda prisa de la habitación, el presidente recupera su compostura.

—Stroll, contacta a los Hackers Rb, —ordena a través del altavoz.

—No están disponibles, señor.

—¡Maldición! Haz que estén disponibles, Stroll.

Sigue un silencio mientras Stroll marca en su teléfono el número de los Hackers Rb, pero no hay respuesta. Él se asegura de que todos escuchen el tono que suena y suena sin éxito.

Entonces decido participar y no solo escuchar, por eso pregunto:

—Soy Jonas. ¿En qué puedo ayudar, señor presidente?

Luego activo la versión digital de mí mismo en todas las pantallas de la habitación. Les muestro nuestra impresionante tecnología y que estamos dentro de todos sus sistemas.

En la habitación todos están atónitos. Para empezar, no pueden comprender de dónde proviene mi comunicación. El presidente, aunque conoce mi cara y reputación, trata de reafirmar su jerarquía y autoridad respondiendo desdeñoso.

—¿Quién eres?

No voy a concederle ni un centímetro.

—Lo siento, no sabe quién soy, señor presidente. Tal vez debo llamar más tarde para que su personal le informe sobre mí, —digo.

Cuando estoy a punto de desconectarme el presidente se sobrepone. Por supuesto que sabe muy bien quien soy.

—Cartwright, está jugando con fuego. Nadie amenaza a los Estados Unidos de América.

—¿Amenaza? Estoy seguro de que ha recibido información incorrecta, señor. Como dije, quizás sea mejor que lo pongan al tanto. Puedo llamarlo un poco más tarde cuando esté listo, —digo sin pestañear.

Ambos, el líder del mundo libre de un lado y la forma digital humana de mí mismo del otro lado, nos miramos. Él con los ojos en llamas y yo tranquilo, sereno.

—De acuerdo Cartwright, ¿qué quiere? —dice a regañadientes.

—Jonas, señor presidente. Eso será suficiente, —digo corrigiéndolo una vez más.

El presidente respira profundamente e intenta relajarse.

—Simple y llanamente, queremos...

Comienza, pero lo interrumpo.

—Quieren nuestra tecnología, —enfatizo quién está en control. —Ya le dijimos al señor Stroll que nuestra tecnología no está disponible para la venta o licencia, ni para los chinos, ni para los rusos, ni para usted.

—No están protegiendo los intereses de nuestra nación.

—¿No lo estamos? Tal vez quiera reconsiderarlo, señor.

—¿Por qué Groenlandia?

—¿Por qué no?

—¿Qué nos pueden ofrecer?

—Servicios regulares de defensa cibernética, incluidas respuestas punitivas a los agresores. Las mismas cosas que ya les hemos estado proporcionando.

—¿Qué pasa con los chinos?

—¿A qué se refiere, señor?

—Están trabajando solo para ellos.

—Solo hasta que lleguemos a un entendimiento con ustedes, señor.

—Entonces, ¿quiere que nos retiremos?

—No, señor, simplemente no queremos que salgan más perjudicados porque empeorará cada vez más.

El autocontrol del presidente está a punto de desmoronarse una vez más.

—Nos mantendremos al margen, Jonas.

—Está bien entonces. Que tenga un buen día, señor presidente.

—¡Espere un minuto, Cartwright! ¿Cuándo podemos tener nuestra Base Aérea y la División de Guerra Cibernética de vuelta en línea?

—Ambas ya están en funcionamiento, señor.

Sigue un silencio.

—No dude en contactarme si necesita algo, señor presidente.

—¿Cómo te contacto?

—Es fácil, señor, como Alexa de Amazon. Solo tiene que decir mi nombre cuando esté cerca de un dispositivo informático.

Una vez que terminamos la conversación el presidente se desahoga una vez más olvidando que estoy escuchando.

—¡Vamos a atrapar a ese maldito!

Su expresión facial cambia al darse cuenta del error.

—Escuché señor presidente, —son mis últimas palabras que todos los miembros de la sala de guerra escuchan.

En algún lugar de la tundra de Groenlandia los Rb celebramos con palmadas en la espalda.

Capítulo 17

FORAJIDOS CIBERNÉTICOS

UN MOMENTO BREVE EN EL TIEMPO

Hay siempre un momento breve en el tiempo,

justo al inicio del amanecer.

Sucede como preludio al ascenso del sol,

cuando sus rayos se filtran y surgen hacia arriba como

proyectiles hacia el cielo matutino.

Dura menos de un minuto, quizás solo unos segundos,

pero es un momento que irrumpe suavemente

con una belleza indescriptible.

Está impregnado de infinitos tonos de azul y rojo

que pintan y colorean el horizonte

como una magnífica obra maestra que desaparece tan rápido

y delicadamente como llegó.

Y exactamente lo mismo ocurre justo antes del atardecer

cuando el sol se pone.

En un abrir y cerrar de ojos, nos maravillamos con los tonos

naranja y amarillos,

incluso verdes láser mezclados con rojos de fuego.

Igual que en la naturaleza,

en la vida, el momento perfecto es efímero

y viene y va en un instante.

Oportunidades maravillosas y cruciales,

decisiones críticas y oportunas,

a menudo ocurren en momentos muy breves.

Exactamente como esos momentos,

justo antes del amanecer o el atardecer,

las magníficas opciones y oportunidades que la vida nos ofrece

son extremadamente difíciles de tomar en el momento adecuado,

ya que desaparecen rápidamente.

Oficina del Presidente de los Estados Unidos, Washington, D.C.

—Señor, tenemos acusaciones para cada uno de los cinco Hackers Rb.

—¿Quién demonios te dijo que hicieras eso?

—Señor, pensé que…

—¡¿Pensaste qué?! Anúlalas, ¿me escuchas?

—¡Sí, señor!

—¿Qué les pasa a todos ustedes? Esto es un nuevo tipo de guerra, —dice el presidente jadeando pesadamente.

—Ahora, salgan de aquí y entierren las acusaciones. Quiero una confirmación de su parte en una hora.

—Eso será di…

—¿Eso será qué?

—Se hará, señor.

El estado de ánimo del presidente empeora hora tras hora. A pesar de que ha tomado varias medidas de seguridad menores, nadie puede asegurarle que los Rb Hackers no están escuchando todas sus conversaciones. Por el momento no habla sino anota en papel lo que desea, pero es en vano, ya que yo estoy grabando todo, tanto el sonido como el video.

El presidente de los Estados Unidos no puede estar callado por mucho tiempo.

—Esta es una situación insostenible. Somos rehenes de un grupo de hackers, —dice el presidente en voz alta, deseando ser escuchado.

—Señor, le pido disculpas. En realidad no es así. Solo quieren que los dejemos en paz y nos han ofrecido sus servicios convencionales, —dice Stroll.

—¿Ahora también trabajas para ellos? —responde bruscamente.
—Jonas.

Sigue un largo silencio mientras la interfaz de inteligencia artificial que dejé instalada en mi última visita procesa la solicitud y me contacta.

—Sí, señor presidente. ¿En qué puedo ayudarle? —respondo desde mi escritorio en la cueva.

—Jonas, ¿podemos ofrecerte protección?

—¿Qué tipo de protección?

—Contra incursiones como la que recientemente tuvieron de los rusos?

—¿Se refiere a la que vino después de la suya, señor presidente?

—¿Siempre eres tan desagradable?

Silencio.

—¿Sigues ahí?

Silencio.

—Está bien, está bien. También de nuestra parte.

—Señor presidente, ¿cómo pueden protegernos de ustedes?

Silencio.

—Acordamos retirarnos.

—¿Ve mi punto?

—¡Sí! ¡Lo veo! Cometimos un error y…

—Varios errores, —interrumpo.

—Está bien, varios errores.

Silencio.

—Entonces, ¿aceptarían nuestra oferta?

—Señor, permítame volver a la misma pregunta. ¿Qué tipo de protección?

—Militar. No intrusiva. Centrada en el perímetro de vuestra propiedad.

—Con gusto lo discutiré con los demás. Me pondré en contacto con usted en cuanto antes.

'¿Está picando el anzuelo?' razona el presidente esperando y rezando que Jonas lo haga.

Una vez más, la nación más poderosa de la tierra subestima al quinteto de hackers rebeldes.

Sede de los Rb Hackers, laboratorio subterráneo
(En una cueva en algún lugar bajo la tundra de Groenlandia)

Acabo de terminar mi conversación con el presidente cuando me lanzan hacia una dirección completamente diferente.

—Chicos, todos tienen que escuchar la grabación de una conversación que nuestro cliente chino acaba de tener, —anuncia Johnny.

División de Ciberseguridad China (Pekín, China)

La grabación:

—La instrucción es muy clara: Si no podemos tenerlo nadie más lo tendrá, —declara el Sr. Ming, jefe de la División de Ciberseguridad de China.

—Si nos acercamos a ellos fuera de los negocios regulares como ya hemos experimentado habrá graves consecuencias, —responde el CEO de Lucky Break Semiconductores, el Sr. Lin.

—¿Estamos seguros de que esta sala está asegurada?

—Sr. Lin, esta bóveda está construida completamente con plomo.

—Sr. Ming, si me permiten preguntar, ¿cuál es el plan?

—Usaremos un arma sónica que nos proporcionará secretamente un país amigo.

—¿Sónica?

—Sí. La primera y última vez que se usó en humanos fue en Cuba contra el personal de la embajada de Estados Unidos. Ese ataque fue una prueba a muy baja intensidad.

—¿Qué pasó?

—Nunca lo vieron venir. Las partes afectadas ni siquiera sintieron cuando fueron atacadas porque la frecuencia de sonido utilizada no es perceptible por los seres humanos. En resumen, la mayoría de las partes afectadas terminaron con algún tipo de daño cerebral. Los estadounidenses nunca pudieron determinar exactamente qué sucedió, ni pudieron establecer, con todas sus capacidades forenses, quién lo hizo.

—¿Cuál es el objetivo con los Rb Hackers?

—Eliminarlos a todos. La intensidad de las ondas los dejará mentalmente incapacitados para usar su tecnología. En resumen, sufrirán daños cerebrales graves e irreversibles.

Sede de los Rb Hackers, laboratorio subterráneo
(En una cueva en algún lugar bajo la tundra de Groenlandia)

Los cinco hackers en silencio procesan la información. Meeko es el primero en hablar.

—Esa es la reacción natural. Tarde o temprano cualquiera de estos tres gobiernos se involucrará en este tipo de actividad porque no pueden convencernos o forzarnos a someternos a su voluntad. Así que intentarán eliminarnos.

—¿Cómo grabaste esto? —pregunto.

—Lo hiciste tú. Uno de los bots que dejaste cuando atacaste sus instalaciones estaba en una computadora de escritorio ubicada en su sala de bóveda. Todavía no entienden que estamos dentro de todas sus computadoras. En este caso, el hecho de que la sala a veces bloquee toda electrónica externa es irrelevante. Por ejemplo, esta conversación tuvo lugar hace dos días, pero esta mañana, durante una hora, la computadora de escritorio actualizó sus archivos con el resto de la red antes de desconectarse nuevamente. Eso fue todo lo que necesitó el bot para transmitir la información a nuestra red. Lo recibimos segundos después, —informa Halo.

Oficina del presidente de los Estados Unidos, Washington, D.C.

—Señor presidente, aceptamos su oferta de protección. Su personal no puede estar a menos de 40 kilómetros de nosotros. Inutilizaremos todos sus dispositivos electrónicos en el momento en que pongan un pie dentro de nuestro perímetro y su base aérea en la isla también se verá comprometida. Más recientemente, hemos agregado todas sus comunicaciones en todo el mundo a nuestras actividades de monitoreo, —digo.

Es una larga ducha fría para el presidente y no le doy mucho espacio para maniobrar.

—Señor presidente, voy a reproducir una grabación para usted entre el Sr. Ming, jefe de la División de Ciberseguridad de China, y el Sr. Lin, uno de sus operadores de campo. Esta puede ser su primera misión para protegernos en el terreno.

Después de escuchar la llamada el presidente declara:

—Nunca hemos podido demostrar que lo que sucedió en La Habana fue un ataque contra nuestro personal de la embajada. Ahora sabemos lo que en realidad sucedió y es exactamente lo que nuestros científicos sospechaban desde el principio.

—Señor, sospechamos que tendrán que instalar su equipo en algún lugar en la zona donde nos encontramos. Ahí es cuando sus fuerzas podrán capturarlos.

—Jonas, nos pondremos a trabajar en esto de inmediato.

Días después:

Tundra del sureste de Groenlandia
(en las cercanías del hogar de los Rb Hackers)

El equipo de comando chino llegó en barco y desembarcaron en la costa rocosa con dificultad debido al mar agitado y a los vientos huracanados. Llegaron a una zona costera deshabitada en el lado oriental de la isla. Pasaron más de una semana tratando de llegar a la región donde se encuentra nuestra residencia. Lo primero que hicieron cuando se instalaron en el lugar fue verificar la presencia de sus objetivos, o sea nosotros. Escanearon el lugar en busca de calor corporal y determinaron que los cinco estábamos en la residencia. Rastrearon nuestras rutinas diarias. Una vez instalados los platos y las antenas para generar las dañinas ondas sónicas, establecieron una hora y una fecha para el ataque. Durante todo el tiempo su radio se mantuvo en silencio.

El ataque comenzó apuntando sus antenas a la parte más alta de la casa y luego el líder del equipo de comando dio la orden. Así comenzó su viaje al infierno.

Más de 50 reflectores de alta potencia se encendieron repentinamente alumbrándolos a ellos. Todo el equipo quedó ciego.

Simultáneamente, un contingente de francotiradores disparó poderosos dardos que impactaron a cada miembro del equipo de comando chino. En cuestión de segundos todo el equipo quedó incapacitado.

Se desplegó un equipo de expertos en guerra cibernética del DOD y desarmaron todos los artefactos, devolviéndolos a las mismas cajas que los chinos había arrastrado por toda Groenlandia durante una semana entera. En menos de una hora, el equipo, herramientas, piezas y manuales de operación que encontraron en el lugar fueron transportados en helicóptero al aeropuerto más cercano donde un avión de transporte militar Hercules del ejército de EE. UU. esperaba para cargar todo y en cuestión de minutos estuvo en el aire rumbo a Estados Unidos.

Al comando chino, con restricciones y esposas, se lo llevaron en un par de vehículos de transporte militar hasta un lugar costero preestablecido donde los aviones anfibios de la Armada estaban esperando. Una vez montados, las aeronaves volaron hacia la costa este de Groenlandia donde aterrizan en la desolada playa donde los chinos habían planificado su recogida.

Después de dejar al comando chino en la arena, ambos aviones anfibios despegaron inmediatamente.

Se encendieron potentes faros para iluminar la presencia del comando chino en el área acordada de recogida. La embarcación de contrabando china que esperaba en mar abierto se lanzó a recogerlos.

—Esto es mucho más rápido de lo que esperábamos, —reflexiona el capitán chino, sin entender la situación.

Queda en total shock cuando recibe el mensaje de radio del equipo de comando chino:

—Señor, nuestro equipo de comando está desplomado y desmayado en la arena y no traen ninguno de sus equipos y armas.

—¿Qué? ¿Cómo sucedió esto?

División de Ciberguerra China, Beijing, China

—Tengo que arreglar el desastre que hizo nuestro ejército. Viajaré a Groenlandia para negociar cara a cara con los Rb Hackers. Los hackers ucranianos vendrán conmigo, —anuncia el Sr. Ming.

—¿Por qué? —pregunta la Sra. Lee.

—Quiero que revisen el equipo ucraniano y sus vulnerabilidades, —dice el Sr. Ming.

—¿Saben que vas? —insiste la Sra. Lee.

—No, los contactaré una vez que estemos en la ciudad, —dice el Sr. Ming.

—No es una buena idea, señor, —dice la Sra. Lee.

El Sr. Ming hierve por dentro porque no acostumbra a estar a merced de nadie y sabe que ella tiene razón.

—Mándales un mensaje, —dice el Sr. Ming con tono despreocupado.

Un par de días después:

Capital de Groenlandia, Nuuk

Desde el principio, las cosas no salen bien para el Sr. Ming. A su llegada Interpol detiene a sus dos hackers ucranianos, Slava Olendeyev y Rousetm Akharov, bajo una orden de captura internacional emitida por el gobierno de los Estados Unidos.

El Sr. Ming sale de la aduana y apenas tiene tiempo suficiente para centrarse cuando ve nuestros rostros familiares. Meeko y yo lo esperamos dentro de la gente del aeropuerto.

—Gracias por venir, —les dice el Sr. Ming.

—Cuando supimos que iba a visitarnos quisimos recibirlo a su llegada, —dice Meeko.

—¿Dónde quieren que nos reunamos, en mi hotel o en sus instalaciones?, —pregunta el Sr. Ming un poco perturbado.

—Señor Ming, como nuestra reunión será breve reservamos una sala aquí en el centro de negocios del aeropuerto. Permíteme ayudarte con tu maleta, —dice Meeko, mientras caminan juntos.

Cada vez más incómodo por la situación ya que nada va según su plan, el Sr. Ming no tiene más opción que mostrar su mejor semblante.

—Bien, vine primero a disculparme por nuestras acciones. Asumimos toda la responsabilidad. Queremos que sepan que los operadores atrevidos han sido sancionados en consecuencia, —dice con liviandad.

—Señor Ming, hablemos claro. Nada sucede en su país sin la aprobación del gobierno. La verdad es que su incursión les costó bastante porque entregaron una tecnología clave a sus adversarios. En cambio, para nosotros, su intento fallido no tuvo consecuencias, —digo.

—Además de que venir aquí con un par de hackers también fue un gran error, —dice Meeko.

—Señor Meeko, señor Jonas, queremos hacerles una propuesta, —dice el Sr. Ming.

—Señor Ming, antes de que empiece queremos informarle que de ahora en adelante no trabajaremos para ustedes en absoluto. Nos referimos solo a asuntos gubernamentales pues nuestras actividades en el sector privado de su economía seguirán sin cambios, —digo.

La expresión facial del Sr. Ming denota enojo y preocupación, entonces le narro lo que le sucedió a las fuerzas especiales estadounidenses y rusas. Su rostro se contorsiona mientras intenta controlar sus emociones. Antes de terminar la reunión y marcharnos, le explico que si intentan algo así de nuevo, las consecuencias no solo serán graves sino especialmente vergonzosas para ellos, ya que nos aseguraremos de que cada ciudadano chino se entere en detalle gráfico de lo sucedido. Cuando nos levantamos, no hay ni siquiera una despedida decente, solo los ojos ardientes y hostiles del Sr. Ming mirándonos como rayos láser.

La unidad de defensa ante la guerra cibernética
del Departamento de Defensa (DOD)
Washington, DC
Sede de los Rb Hackers, Groenlandia

—Jonas, parece que después de todo necesitan protección de seguridad, —dice Stroll.

—Se refiere a su tipo de protección de seguridad, ¿verdad, Sr. Stroll?

—Deberías estar agradecido. Todos ustedes podrían haberse convertido en un montón de hackers sin cerebro.

—Señor Stroll, permítame recordarle que fuimos nosotros quienes le advertimos sobre lo que iba a suceder. Era obvio que ustedes no tenían ni idea. Para su información, mientras tuvo lugar la incursión, ni siquiera estábamos cerca de la casa. Deberían ser ustedes quienes estén agradecidos, ya que les entregamos lo que parece ser un tipo muy peligroso de arma y tecnología.

—Pero sacamos a los intrusos de sus instalaciones.

—Señor Stroll, ustedes nos llamaron y preguntaron cómo podían ayudarnos. Estoy seguro de que había un motivo oculto.

Sigue silencio.

—Se me ha pedido que les agradezca en nombre del presidente, —dice Stroll a regañadientes.

—Él es más que bienvenido. Sinceramente esperamos que esto sea el comienzo de un nuevo nivel de respeto y cooperación entre nosotros.

—Creo que sí, Jonas. Realmente lo creo.

Por supuesto que ni él ni ninguno de nosotros cree eso ni por un segundo, pero nada podría habernos preparado para lo que estaba a punto de suceder. Después de todo, estaba a punto de suceder una conflagración global, pero nadie la había aceptado como una posibilidad real hasta que inevitablemente sucedió.

París, Francia

Las puertas de la Exposición Universal de París abrirán en menos de 24 horas. La ciudad de la luz, la ciudad de los enamorados tiene la intención de replicar la hazaña que logró a finales del siglo XIX cuando albergó y exhibió la mayor exposición universal de la historia. En la Exposición Universal de 1889 estaban los pabellones de la mayoría de las naciones del mundo, junto con las últimas maravillas y prodigios de la cultura francesa. Hoy en día, la Exposición Universal de París, a punto de comenzar, alberga 500 servidores, incluidos unos pocos configurados en línea como controladores de dominio. La plataforma de hardware admite 30,000 tabletas, teléfonos y relojes inteligentes, 13,500 PC y 10,000 enrutadores de red que se utilizan para la conectividad Wi-Fi. Considerada la exposición mundial más automatizada de la historia, todo estará al alcance de los visitantes. A través del sitio web de la Exposición Universal, los clientes de todo el mundo podrán hacer reservas para alojamiento en hoteles, restaurantes, entradas, incluso pabellones y atracciones de los países. Dentro de la feria, los asistentes también tendrán conectividad Wi-Fi en todas partes. Además, la aplicación, el APP del evento generará información actualizada sobre los eventos y atracciones, así como sobre los pabellones y atracciones con el menor tiempo de espera. También tendrá consejos, recomendaciones y capacidades de reserva. En lugar de las entradas impresas en papel, se podrán cargar entradas electrónicas para mostrar en pantallas de teléfonos inteligentes o tabletas para ser escaneadas en los puntos de entrada de la feria. A las 8:00 a.m., se llevará a cabo una última prueba de preparación de la red del evento; será un simulacro que efectuará el equipo de especialistas en computación del evento. Ellos probarán sus PC, tabletas, teléfonos y relojes inteligentes y realizarán una prueba de estrés en el sitio web para verificar la conectividad Wi-Fi para visitantes. Una empresa francesa de ciberseguridad llevará a cabo ejercicios en caso de un ataque cibernético. A las 7:55 a.m., cinco minutos antes de que comience el ejercicio, aparecen los primeros problemas. Todo sucede como un tsunami. Primero, los servidores dejan de responder, luego, las PC se apagan y toda la red se apaga. Los organizadores de La Exposición Universal de París se enfrentan al caos solo con 24 horas por delante. Ni siquiera las máquinas automáticas que aceptan las entradas impresas o escaneables están funcionando. La perspectiva de un total desastre, con cientos de miles de visitantes ya en la ciudad y una vergüenza internacional de proporciones épicas para Francia, hace que el equipo de ciberseguridad entre en acción con un sentido de urgencia frenético.

Hace seis meses:

Montañas del Cáucaso

Un equipo de rebeldes de la GRU de Rusia, la unidad de inteligencia militar del país, que opera oculto en las montañas del Cáucaso está en desacuerdo con la restricción y apaciguamiento de su división de ciber guerra. El equipo se rebeló después de que les dijeran que la nueva política era culpa de ellos porque Occidente había descubierto que la GRU estaba detrás de todas las incursiones, intrusiones, hackeos y perturbaciones importantes en la web y sistemas de computación en todo el mundo.

—Esta vez sí los vamos a engañar. No sabrán quién está detrás del ataque, —dijo Igor Sharapov, alias Destroyer 1.0, un genio de la informática, 22 años, de Moscú.

—Repasemos el plan una vez más, —dijo Iliah Sokolov, alias Nuclear XXX, un legendario hacker de 19 años de San Petersburgo.

—Vamos a utilizar la trampa de phishing del documento de Word, siempre tan discreto. Crearemos de invitaciones para eventos dentro de la Feria Mundial de París. Cada vez que un destinatario abra un documento de Word envenenado se ejecutará nuestro script de virus macro que abrirá una puerta trasera para que podamos acceder a su red, —dijo Sharapov.

—¿Qué vas a usar para crear los documentos de Word infectados? —preguntó Sokolov.

—Voy a utilizar cosas mundanas de código abierto. Mi herramienta de elección probablemente será el generador de macros maliciosos, —respondió Sharapov.

—¿Cómo evitamos que nos rastreen?

—La ingeniería inversa ha sido capaz de discernir incluso los patrones de ofuscación, especialmente en el código de los elementos del equipo cibernético de la GRU, y han compilado las pistas que dejamos en una cuadrícula. Al final, descubrieron la característica común de los servidores de comando y control, así que no hubo duda de que todo se originó en nosotros, la GRU, —dijo Sokolov.

—Esta vez tenemos la ventaja única de estar desconectados de la GRU. Evitaremos los errores que cometimos en el pasado. Cuando codifique el generador de macros maliciosos no lo haré en cirílico. Imitaré patrones de codificación de varios hackers de California. Y los elementos que usaré para generar claves de cifrado en el código se asemejarán a los de un grupo de hackers franceses llamado Annecy. Además, nuestros servidores de comando y control estarán ubicados en Islandia, en una granja de servidores que usaremos solo durante unas pocas horas durante el ataque. Luego nos iremos, pero antes destruiremos dispositivos de almacenamiento que usamos para el hackeo, —dijo Sharapov.

—¿Y que herramientas de hacking tendremos? —preguntó Sokolov.

—Una vez que se abra la puerta trasera, nuestros servidores de comando y control ubicados en Islandia y que hemos llamado los amos de marionetas entrarán en acción. Aplicaremos la última herramienta que acabamos de desarrollar para robar contraseñas y en poco tiempo ellas se extenderán por todos los dispositivos informáticos en la red, todas reescritas. Entonces, lo que encontrarán los rastreadores cibernéticos se parecerá a fragmentos de virus cibernéticos hechos por un grupo de hackers ucranianos, —explicó Sharapov. —Una vez que tengamos la masa crítica suficiente en términos del número de máquinas infectadas estaremos listos para atacar, —continuó Sharapov. —El ataque se hará con dos estrategias de punta. Una herramienta de borrado de datos eliminará la funcionalidad de arranque de cada uno de los dispositivos informáticos en su red, bajo nuestro control. Luego desactivaremos toda la funcionalidad del sistema operativo Windows y apagaremos las computadoras para que no puedan reiniciarse. En la segunda estrategia emularemos a nuestros conocidos hackers norcoreanos, apuntando nuestro ataque hacia ellos. Nuestra herramienta de borrado de datos solo borrará los primeros 4,096 bytes de los archivos objetivo. Así que colocaremos las estructuras lógicas de los elementos de borrado de datos una al lado de otra, —dijo Sokolov. —Finalmente, imitando a nuestra antigua unidad de inteligencia (GRU), jugaremos y manipularemos los encabezados de metadatos para que los rastreadores contrarios encuentren rastros de herramientas de programación de los mismos hackers californianos, ucranianos y norcoreanos, —concluyó Sharapov.

—Esto los confundirá en todos los modos, —afirmó Sokolov, con una amplia sonrisa malévola.

Día actual:

División de Ciber Guerra G de Francia, París

La operación G de Francia trabaja sin parar para descubrir a los perpetradores del ataque. Sin embargo, lo hacen sigilosos y en solitario, actuando por su cuenta sin contacto con el equipo de sistemas de computación de la Organización de la Feria Mundial.

—Señor, los metadatos señalan tres posibles fuentes para este ataque. Por separado, las herramientas de hacking de los perpetradores apuntan hacia otros, —dice Henri Ricard, el vicepresidente senior de operaciones.

Su jefe lo interrumpe.

—No me digas, ¿hay más de tres?

Alan LeFerve, el jefe de la división responde.

—Sí, señor, pero hasta ahora el punto de origen no se puede vincular con ninguno de ellos.

—¿Entonces tenemos el punto de origen?

—Islandia. Una granja de servidores, señor.

—¿Y?

—Todos los servidores de origen han sido desconectados por los perpetradores.

—¿Así que tenemos a los sospechosos habituales?

—Sí, señor. Corea del Norte, Rusia y un par de grupos de hackers conocidos, uno en California y otro aquí en casa.

—Entonces, ¿quiénes son?

—Bueno, para ser precisos, señor, la GRU.

—Tú y yo sabemos que son pistas falsas.

—Sí, lo son, señor.

—¿Pueden reducir la búsqueda a los verdaderos culpables?

—Ya lo hicimos, señor. Son los mismos esquemas que la inteligencia rusa utilizó recientemente. Algunos ajustes nuevos aquí y allá, pero su firma es clara.

LeFerve está furioso.

—Permíteme consultar al presidente. Vamos a golpear a esos bastardos con fuerza. Ya basta.

Horas antes:

Reunión del equipo de ciberseguridad y sistemas de computación de la Feria Mundial de París

Momentos después del ataque, los equipos de ciberseguridad y sistemas de computación toman la valiente decisión de apagar todo el sistema por completo. En medio de la noche, miles de trabajadores, miembros del personal y visitantes del sitio web de la Feria Mundial de Paris quedan desconectados. En cuestión de minutos, el equipo de ciberseguridad detecta a los hackers y deciden trabajar durante la madrugada para desarrollar un antivirus que mate eficazmente el malware propagado por todo el sistema.

A las 2:00 a.m., seis horas antes de la apertura, se dan cuenta de que no podrán eliminar todo el malware a tiempo. Reconstruir toda la base de datos llevará al menos otras 10-12 horas. Es un desastre. Como último recurso, Emmanuel Robinot, el ingeniero líder de la firma externa de ciberseguridad francesa, designada por el equipo de sistemas de computación de la Feria Mundial para realizar ingeniería inversa del virus, consulta con su viejo compañero de escuela, Lee Zalick, un ingeniero de ciberseguridad de Google.

—Lee, ¿cómo estás?

—Emmanuel, hace mucho que no hablamos.

—Espero que no sea demasiado tarde para ti.

—Solo son las 5:00 p.m. aquí, amigo. ¿Y tú? ¿Estás en Francia? Deben ser ¿las 2:00 a.m.?

—Así es.

—Debe ser importante, supongo.

—La cosa se puso fea, Lee.

—Dime.

—Déjame explicarte.

En cinco minutos, Robinot pone al tanto a Zalick.

—Lee, tenemos dos problemas. Ya formulamos el antivirus, pero no tenemos suficiente tiempo para restaurar los sistemas para la apertura de la Feria Mundial, que es dentro de pocas horas.

—Emmanuel, espera. Déjame consultarlo con mi jefe.

Después de unos minutos, vuelve.

—Trabajamos con un grupo que es justo el tipo de recurso que necesitas ahora. Ellos restaurarán tus sistemas a tiempo y rastrearán a los culpables. Nunca fallan. Te costará un par de millones de dólares pero harán el trabajo.

—¿Puedes responder por ellos?

—100%.

—¿Son los que te sacaron de apuros recientemente?

—Así es.

—Adelante entonces.

Sudeste de Groenlandia - Cueva Laboratorio de los Rb Hackers
Laboratorio de IT de la sede de Google,
Área de la bahía de California

—¿Qué están haciendo ustedes? —pregunta Doug Bain, director de tecnología de Google.

—Edición de genes, señor.

—¿Como qué?

—Trabajamos con científicos de todo el mundo para reparar cadenas de ADN, incluso genes.

Se produce una breve pausa.

—Desde adentro, ¿verdad?

—Sí, estamos hablando de biología, no de electrónica o código de software.

El ADN es nuestro software biológico, nuestro sistema operativo que en cierto modo también nos programa. Los problemas surgen cuando nuestro software biológico tiene errores, es decir, defectos genéticos.

—Bueno, tendré que ir a Groenlandia para que me ayuden a entenderlo cara a cara. Mientras tanto, hay un asunto que requiere su atención inmediata.

—¿No nos digas que Google ha sido atacado de nuevo?

—Gracias a Dios, no. Esta vez es la Feria Mundial de París que, se supone, se inaugura mañana. Todo su sistema y red están caídos en este momento. Espero que no les importe que los haya recomendado.

—No hay problema por nuestra parte, señor.

—Si me permiten, los conectaré a todos en una videoconferencia

Nos miramos entre nosotros y encogemos los hombros. Meeko responde en nombre de todos.

—No hay problema. Adelante, señor.

El Hacker Dude - Costa de California

—Hola colega, —te saluda Halo.

—¿Qué pasa, Halo?

—Necesito un favor.

—Dispara.

—Me dijiste que tienes servidores en Islandia.

—Sí. Extraigo criptomonedas como pasatiempo, así que tengo un montón allá. Los costos de energía son mínimos porque el lugar es muy frío. Simplemente mantenemos los servidores a temperatura ambiente.

—¿Existe la posibilidad de que conozcas el centro de datos llamado Advania?

—Claro, trabajo con ellos. Es una granja de servidores ubicada en una antigua base de la Marina de EE. UU. Es un lugar bastante cerca de la ciudad de Reykjavik.

—¿Conoces bien al personal de seguridad?

—Bastante bien. ¿Qué estás planeando, Halo?

—Ocurrió un gran ataque a los sistemas y computadoras de la Feria Mundial de París. Están apagados en este momento. Es una catástrofe importante para ellos porque su día de apertura está a pocas horas.

—Entendido. ¿Qué necesitas?

—Necesito saber sobre un bloque de servidores que quedaron fuera de servicio en las últimas horas.

—De acuerdo. Dame unos minutos.

El tiempo avanza a paso glacial para Halo.

—Halo, tengo a Erik al teléfono. Él trabaja en Advania, además de que vigila mis servidores. Creo que puede ayudarte.

—¿Sr. Erik?

—Hablando.

—¿Sabes qué servidores quedaron fuera de servicio allá en las últimas horas?

—Sí. Hace unas dos horas, un colega mío recibió la orden de apagar unos 50 servidores. La compañía que pidió el apagado acababa de cancelar su contrato, así que no está contento con ellos.

—¿Dónde está él ahora?

—Se llama Lars. Se fue a casa.

—¿Puedes ponerlos en funcionamiento de nuevo?

Silencio.

—Erik es un amigo cercano mío. Te compensaré por ello.

Sigue una breve pausa.

—Está bien. Sí, puedo hacerlo.

—Pero necesito que los desconectes primero de la red y de la web.

—Lars ya lo hizo. La compañía le pidió que lo hiciera.

—¿Sabes quiénes son los propietarios?

—No, y Lars tampoco lo sabe. Todo lo relacionado con contratos o dinero es administrado a través de un bufete de abogados en Chipre.

—¿Tienes alguna idea de dónde son?

—Lars me dijo que suenan jóvenes, como de Europa del Este.

—Tiene sentido. Ok, vamos a actuar aquí. ¿Cuál es tu número de celular?

En cuestión de minutos me transfiero al teléfono celular de Erik. Luego me traslado a los servidores reconstituidos. Una vez dentro, inspecciono los discos duros.

—Chicos borraron los discos duros. Déjenme intentar algo más.

Regreso al teléfono celular de Erik y desde allí me descargo en los servidores principales del centro de datos de Advania. Una vez allí, es fácil encontrar las direcciones IP a las que se conectaron los servidores desactivados. Poco después, recorro la web siguiendo la tortuosa ruta que utilizaron los culpables para conectarse a la granja de servidores en Islandia.

Montañas del Cáucaso

(Jonas dentro de los servidores de los hackers)

Primero robo el código y lo envío a la sede para que lo analicen Johnny y Hope. Luego verifico que los dos hackers estén trabajando solos, sin conexión con el GRU de Rusia. Luego, me retiro, pero no sin antes plantar bots de software que, minutos después de mi partida, destruirán cada pieza de software y hardware de los hackers. Irónicamente, todo esto ocurre mientras ellos duermen después de su arduo trabajo nocturno en París. Cuando se despierten ninguno de sus equipos encenderán, todo ha quedado inservible y pronto no será más que chatarra metálica.

Laboratorio de la Cueva Subterránea

de la sede de los Rb Hackers

Mi incursión en Islandia y las montañas del Cáucaso dura solo unos minutos. Para cuando regreso, Johnny y Hope ya han examinado el virus a fondo. En cuestión de minutos me transfiero a la base de datos de la Feria Mundial de París y comienzo el laborioso proceso de reconstrucción. A las 8 a.m., nosotros, los Rb Hackers, entregamos toda la red, los servidores y los componentes de PC nuevamente al equipo de gestión de IT. El sistema está listo para la apertura oportuna de la Feria Mundial de París.

Desafortunadamente, el equipo de ciberseguridad francés G, bajo órdenes directas del presidente de Francia, sin siquiera verificar lo que está sucediendo en la Feria Mundial cae en la trampa tendida por los dos jóvenes hackers rusos y los confunden con el GRU ruso.

En cuestión de minutos comienza la primera guerra cibernética mundial.

El equipo francés G ataca a Rusia y oculta sus huellas, lo que lleva a Rusia en la dirección equivocada en cuanto a quienes son los culpables. Luego, todo ocurre a gran velocidad y el efecto dominó es devastador. Rusia ataca erróneamente a China y esta ataca erróneamente a Corea del Norte, que a su vez ataca a los Estados Unidos. En menos de una hora, el 70% de la infraestructura informática mundial colapsa.

Capítulo 18

ARMAGEDÓN CIBERNÉTICO

VIDA DIGITAL

En la vida digital humana,

todos los nutrientes pertenecen al mundo de la física,

es decir, la materia, la energía, el tiempo, el espacio,

y también son parte del mundo de la química,

esencialmente la dinámica entre átomos, partículas subatómicas

y moléculas.

En la vida digital humana,

el mundo de los organismos altamente estructurados,

el mundo de la biología,

incluyendo humanos y la naturaleza,

aparentemente no es necesario.

El problema con esto radica en que

las asociaciones altamente estructuradas de los organismos

son las que crearon la sociedad, la historia

y las revoluciones cognitivas, agrícolas y científicas del mundo.

Una vida digital humana que no es biológica,

tampoco es orgánica,

por lo tanto, tendrá que recrear por completo

la sociedad, la historia y las revoluciones del mundo

tal como las conocemos actualmente.

Costa noreste de Groenlandia

El robusto rompehielos de 8 metros está atrapado en el hielo y sin energía mientras nuestros cuerpos en estado catatónicos yacen inertes con los cascos bifurcados puestos en la sala de control de operaciones debajo de la cubierta. Toda la operación que consistía en que nos convirtiéramos simultáneamente en digitales se convirtió en una pesadilla. ¡Estamos atrapados en el ciberespacio!

Sin embargo, aparentemente no tuvimos elección, ¿o sí?

Con todo el mundo cibernético colapsando a nuestro alrededor y la primera guerra cibernética declarada entre las naciones intensificándose cada minuto, ¿qué más podríamos haber hecho? En un intento por contener, difundir y reparar el problema nos colocamos en peligro justo en medio del conflicto.

Nuestros cuerpos inmóviles yacen frente a las pantallas de las computadoras mientras nuestros seres digitales vagan libres. Solo los cascos bifurcados que llevamos puestos indican que algo más está sucediendo con nosotros.

El calentamiento en la sala de control y centro de comando de nuestra nave se genera con gas, de lo contrario, todos estaríamos congelados en este momento. Nuestro problema inmediato y más urgente es que sin energía, ¿cómo volvemos a nuestros cuerpos físicos?

Retrocedamos al comienzo mismo del ciber Armagedón en el que estamos inmersos...

Seis horas antes:

Moscú

En el perfecto clima de finales de primavera, Olga Svleneteyeva llegó al cajero automático del Hotel Moscow en la Avenida Serov en su Uber con el tiempo suficiente para llegar al evento cultural de la tarde, el singular espectáculo de ballet en el Bolshoi. Necesitaba efectivo para dar propinas durante el famoso espectáculo teatral, al portero, al empleado del guardarropa, al acomodador de asientos, etc.

El primer signo de problemas ocurrió cuando el mensaje en la pantalla del cajero parpadeó: "Denegado Servicio". Rápidamente volvió al Uber que la esperaba.

—El cajero automático no está funcionando. ¿Sabes dónde puedo encontrar otro cerca?

—Hay otro cajero automático dentro del Hotel Nacional justo al otro lado de la calle. Puede caminar hasta allí.

Unos minutos después regresó.

—Lo mismo, no funciona.

—Señora, creo que hay un problema diferente. Su tarjeta de crédito fue rechazada por denegación de servicio.

—Bueno, no tengo tiempo para resolver este problema ahora. Por favor lléveme al teatro. Le pagaré en efectivo.

Frustrada, Olga rebuscó en su bolso los pocos billetes que tenía y le pagó al conductor de Uber cuando la dejó a unas cuadras de la entrada del magnífico teatro Bolshoi. Pero sus problemas apenas comenzaban. Cuando buscó su teléfono para acceder a su billetera digital que contenía los boletos electrónicos del ballet, recibió la misma respuesta: "Denegado Servicio".

Al mira a las personas a su alrededor comprendió, cientos de asistentes al ballet enfrentaban el mismo problema en la puerta del teatro Bolshoi.

El pandemonio en la web de Rusia se extendió como un reguero de pólvora, ya que los empleados bancarios, los empleados de aerolíneas, cientos de miles de consumidores rusos, teléfonos inteligentes, relojes inteligentes, tabletas, computadoras portátiles, computadoras de escritorio y usuarios de servidores recibieron el mismo mensaje: "Denegado Servicio".

Luego, el Armagedón alcanzó componentes clave de la vida diaria de la ciudad. Primero Sheremetyevo, el aeropuerto de Moscú, luego las estaciones de tren se detuvieron por completo hasta que llegó al gobierno central y al ejército. Aunque el equipo informático de un número seleccionado de entidades gubernamentales clave de Rusia, como el Kremlin, la agencia nuclear y sus instalaciones, así como la agencia de inteligencia (GRU) estaban automáticamente protegidos, pero solo operaban dentro de sus redes internas, estaban desconectados del resto del mundo.

Sede del GRU en Moscú

—¿Qué está pasando? —gritó Boris Dimitrov, jefe del GRU.

—Todo el país hackeado, señor, —respondió el jefe de la unidad de ciber guerra del gobierno ruso.

—¿Qué estamos haciendo para detenerlo?

—Por el momento, señor, estamos evaluando el daño, deconstruyendo el virus y tratando de contener su propagación.

—¿Cuánto tiempo antes de que estemos de vuelta en línea?

—Es difícil decirlo aún, señor. Algunos de los daños llevará mucho tiempo repararlos y parte de ellos serán permanentes.

—¿Qué? ¿Quién está detrás de esto?

—Estamos deconstruyendo el virus en un proceso de ingeniería inversa, señor. Debemos saberlo pronto.

—¿Qué sabes hasta ahora?

—Hackearon la Feria Mundial de Francia y pueden pensar que fuimos nosotros.

—¡Vamos!

—Volvieron en línea y la gran inauguración salió sin problemas.

—Entonces, ¿los franceses nos están hackeando?

—Nuestra evaluación inicial es que no fueron ellos.

—¿Entonces quién?

—China, señor.

—¿Por qué?

—No lo sabemos. Además no estamos seguros de que sean ellos.

Shanghai, China

Nancy Liu está ansiosa por comprar en línea el bolso de diseño francés que vio temprano en un enorme centro comercial de Shanghai. Primero, busca en el sitio web "Tmall". ¡Ahí está! Pero su corazón se acelera al ver el precio, ¡es demasiado caro! Entonces pasa al sitio web de subastas "Taobao" y se siente cómoda de inmediato con los precios que ve allí. Las páginas de subastas turboalimentadas le permiten chatear simultáneamente con el vendedor y sus competidores. Incluso tiene la opción de usar un lenguaje de chat comprimido para hablar aún más rápido. Su proceso de selección implica tres comunicaciones "en vivo" y simultáneas antes de tomar una decisión. Finalmente, está lista y selecciona su cuenta "Alipay" para realizar el pago. Presiona el botón de envío... pero nada sucede. Lo vuelve a presionar y esta vez la pantalla se congela. Finalmente, recibe un mensaje parpadeante: "Servicio Denegado".

Con su pequeña maleta de viaje en una mano y su maletín en la otra, Lee XI corre por las calles de la moderna ciudad. Su vuelo sale en menos de una hora y está a casi 50 kilómetros del Aeropuerto Internacional de Pudong en Shanghai. Al doblar la esquina, ve la estación elevada del tren electromagnético Maglev. Sube corriendo las escaleras y llega a las máquinas expendedoras de boletos justo a tiempo para tomar el próximo tren que sale en solo minutos.

'A 400 km/h, casi levitando en una línea elevada tipo monorriel, estaré allí en poco más de 10 minutos', piensa mientras se relaja con la certeza de que alcanzará su vuelo. Pero luego, sus ojos se abren de sorpresa total: "Servicio Denegado". Después de todo, va a perder su vuelo.

Mientras baja por las escaleras de cristal circulares de la tienda insignia de Apple en el distrito de Pudong en Shanghai, Lucy Meng contempla la perfecta simetría del enorme cubo de vidrio sobre ella. Viene a recoger un nuevo reloj inteligente Apple que piensa regalar a su padre para que pueda monitorear su ritmo cardíaco irregular en tiempo real. De repente, se ve envuelta en una situación caótica ya que no solo se rechaza su transacción por una denegación de servicio, sino que lo mismo le está sucediendo a los otros cliente que intenta pagar.

División de Ciber Guerra China Beijing

—¿Hasta donde llega el ataque?

—Es en todo el país, señor. Afecta tanto al sector público como al privado. Los aeropuertos internacionales de Shanghai y Beijing acaban de cerrar.

—¿Quién hizo esto?

—Estamos investigando, señor. Nuestras sospechas iniciales son que proviene de nuestros vecinos norcoreanos. Está hábilmente disfrazado como si proviniera del Reino Unido, pero casi con certeza es Corea del Norte.

—¿Cómo pudieron? Nuestros aliados.

Comando Central del Ejército de Corea del Norte
Pyongyang, Corea del Norte

—Señor, toda la red eléctrica nacional está caída. Hemos quedado en la oscuridad.

—¿Culpables?

—Aunque parecieran nuestros vecinos y sus aliados es solo una tapadera. Esto viene de Estados Unidos, señor.

—Enfrentémoslos con todo. Hagan que se arrodillen.

América del Norte

Cada una de las redes eléctricas regionales de Estados Unidos se apaga. La cadena de suministro de alimentos perecederos se ve afectada de inmediato a nivel de transporte, almacenamiento y distribución refrigerada. En los hospitales todos los equipos para salvar y mantener la vida dejan de funcionar. Industrias vitales, incluidas las instituciones financieras más grandes, pueden seguir funcionando temporalmente con sistemas de respaldo. La mayor parte del gobierno federal está cerrado. Un conjunto limitado de agencias y departamentos clave dentro del ejército logra permanecer operativo gracias a generadores de respaldo.

La siguiente ola del ataque cibernético llega justo a continuación de la primera. Los hackers adivinan correctamente que las redes informáticas y sus administradores que siguen en funcionamiento están más concentrados en permanecer operativos que en defenderse. El resto de los sistemas informáticos del país queda totalmente ofuscado en cuestión de minutos. En menos de una hora no queda nada en pie, excepto aquellos sistemas que están aislados como el arsenal nuclear del país y otras operaciones de defensa estratégicas.

Rusia cree que el ataque cibernético del gobierno francés viene de China, así que ataca cibernéticamente a China, quien a su vez piensa que Corea del Norte es culpable, por lo que la ataca. Luego, Corea del Norte considera que América del Norte es la culpable y la ataca con todo su arsenal de guerra cibernética.

Rb Hackers en Groenlandia

Clientes y gobiernos nos piden ayuda a través de llamadas desesperadas. Nosotros sabemos muy poco sobre cómo y dónde se han llevado a cabo los ataques cibernéticos, solo comprendemos que, exceptuando Meeko, todos nos necesitan al mismo tiempo. No hay otra opción y tenemos que hacer lo impensable.

En medio del ciber Armagedón, nos movilizamos a toda velocidad desde nuestro hogar hasta nuestro rompehielos de investigación. A todos nos depositan de manera segura en la cubierta del barco, acostados cómodamente en nuestros cilindros de transporte. Nuestros amigos científicos pilotean el barco, los mismos hackers que construyeron nuestra cueva artificial en la tundra de Groenlandia. El físico nuclear noruego, Thor Halvorsten, y el ingeniero de materiales danés, Anders Bjorn, son capitanes de embarcaciones comerciales. Rápidamente, el barco parte hacia el sur por una ruta que nos llevará alrededor de la costa sur de Groenlandia y luego hacia el norte a lo largo de la costa este de la gigantesca isla.

Después de 15 minutos de navegación, sin problemas, los cinco iniciamos la bifurcación simultánea previamente planeada. Cada uno se dirige a una de las cinco regiones afectadas del mundo, Hope a Francia, Halo a Rusia, Meeko a China, Johnny a Corea del Norte y yo a América del Norte. Nuestra misión es desentrañar los hackeos y restaurar la mayor cantidad posible de sus sistemas informáticos para volver a ponerlos en línea.

La expresión de Hope refleja vívidamente su conflicto y tumultuoso estado interior. Aunque lleva su corazón en la manga mientras me contempla con ojos íntimos de angustia y miedo, hay una determinación firme en su actitud y lenguaje corporal. Está lista y totalmente enfocada en la misión que tiene por delante. Justo antes de ponernos nuestros cascos bifurcadores, nos besamos y nos abrazamos con fuerza, como si fuera para siempre...

Mientras los cinco iniciamos la bifurcación simultánea el clima empeora. Vientos fuertes y olas sacuden el barco mientras nos convertimos en digitales y comenzamos a vagar por nuestra red global neutral y satelital. En cada país tenemos tareas imposibles por delante. El plan es centrarnos primero en las redes más vitales. Lo que no sabemos, excepto por Meeko, es que los dos individuos que se supone deben operar el barco y mantener nuestras mentes bajo cubierta funcionando tienen planes propios.

Hace unos meses:

Cueva hecha por los Rb Hackers
(Centro de Operaciones Tundra del sureste de Groenlandia)

Thor Halvorsten y Anders Bjorn son científicos de formación y hackers en su tiempo libre, pero, sobre todo, son trolls de la web oscura.

Conocida como el proyecto Tor (The Onion Router), la web oscura fue creada a mediados de la década de 1990 por el Laboratorio de Investigación Naval de Estados Unidos como una iniciativa para proteger la identidad de los agentes de inteligencia que recopilaban información en línea. Para obtener un verdadero anonimato, la premisa básica fue crear caminos aleatorios por donde viajara la información. Como se requería una enorme cantidad de rutas necesitaron una red masiva que superaba con creces las capacidades del gobierno, entonces la Armada optó por el enfoque no convencional de hacer pública la tecnología y nació la red Tor. En esencia, la web oscura (como se la conoce comúnmente) oculta la dirección de Protocolo de Internet (IP), el número identificador llamado IP para cualquier dato transmitido a través de la web. En la web mundial, los datos transferidos pueden rastrearse hasta este número de identificación digital y la dirección IP puede vincularse a la ubicación del dispositivo que se utilizó. Por el contrario, la red Tor desordena las direcciones IP a través del cifrado de datos mientras se mueve por una red, lo cual hace reemplazando constantemente las direcciones IP mientras los datos se mueven. En cualquier momento, todos los datos enviados o recibidos se dividen en tres partes originadas desde tres nodos de salida diferentes. Finalmente, cuando los datos llegan a su destino, parece como si vinieran de cualquier computadora (totalmente al azar). En resumen, en la web oscura, todos los usuarios son otra persona y todos los demás no son nadie más.

En cierto momento, los hackers científicos se cansaron de merodear por Tor ya que se convirtió en un lugar para actividades nefastas, por lo que los gobiernos la patrullaban mucho y así encontraron formas de identificar a los usuarios reales. Fue entonces cuando la relación de Thor Halvorsten con Meeko abrió horizontes completamente nuevos.

Antes de narrar las pruebas y tribulaciones de nosotros cinco recorriendo el mundo como seres digitales para salvar lo que quedaba de la web mundial, los sistemas informáticos y la infraestructura de nuestro planeta, tengo que explicar cómo y cuándo, durante el Armagedón, todo empezó a salir mal para nosotros.

Dentro de nuestro laboratorio bajo cubierta, nuestros seres físicos llevan cascos bifurcantes y miran las pantallas de las computadoras; estamos recostados en nuestras sillas mientras nuestros hacks científicos pilotean el barco durante varios días subiendo por la costa noreste de Groenlandia. En una bahía tranquila, anclaron la embarcación, revisaron todos nuestros signos vitales e hicieron algo impensable. Permíteme volver atrás para explicarlo…

Resulta que Anders y Thor llevan algún tiempo bifurcándose en seres digitales. Lo han hecho en acuerdo con Meeko sin informarnos al resto. Aunque su propósito tiene una buena razón, lo que nos afecta es que lo hayan hecho en secreto.

El ser digital de Thor se ha sumergido en el campo de la biotecnología. Específicamente, ha estado trabajando como un ser humano digital dentro del genoma humano, explorando y estudiando genes con el propósito de editarlos para ayudar a curar enfermedades o anomalías que hacen que nuestro software biológico (ADN) funcione mal. En cambio, el ser digital de Anders ha estado trabajando a nivel molecular para ampliar el campo que permite que, a través de la alteración química de moléculas, cosas como verduras y componentes de origen vegetal tengan el sabor y la textura de carne, cerdo o pollo.

Eso fue exactamente lo que Andres Bjorn y Thor Halvorsten estuvieron haciendo mientras nosotros rescatábamos el mundo digital de la humanidad. Por eso, nuestro barco quedó anclado sin piloto y ahora nuestro laboratorio bajo cubierta no tiene cinco sino siete figuras apoyadas con cascos bifurcantes. Así llegamos a este lío.

De repente, las temperaturas comenzaron a bajar más allá de los niveles históricos y a medianoche se congeló el agua a nuestro alrededor. A medida que el hielo se comprimía y se movía con las corrientes submarinas se creó una enorme presión en el casco de nuestra embarcación. Las cadenas del ancla se rompieron y quedamos a la deriva. En algún momento, los compresores del barco, tanto el principal como el de respaldo, dejaron de funcionar y nuestros sistemas informáticos en el laboratorio bajo cubierta se desconectaron. Solo nuestros cuerpos y equipos no se congelaron porque la temperatura en el laboratorio se mantuvo gracias al gas. En resumen, no pudimos regresar a nuestros cuerpos.

Las alarmas sonaban donde sea que estuviéramos y comprendimos que el laboratorio de nuestra embarcación estaba fuera de servicio. En ese momento no sabíamos exactamente cómo ni por qué. Fue entonces cuando hice una parada rápida en el laboratorio de computación cuántica de la Universidad de Syracuse, completamente aislado del Armagedón cibernético mundial, y dejé los mensajes que narran esta historia.

Nosotros, los Rb Hackers, estamos literalmente rescatando y salvando la web mundial mientras tenemos virtualmente pocas perspectivas de volver a ser humanos.

Capítulo 19

RÉQUIEM

UNA CIVILIZACION DIGITAL
¡QUÉ DILEMA!

El misterio detrás de la magia de la evolución

de moléculas a organismos

no tiene sentido.

También lo son las asociaciones altamente estructuradas

de los organismos

a partir de las cuales han surgido culturas y civilizaciones.

En una "Cultura Digital",

los sentimientos, el anhelo, la inspiración, la fe y la esperanza,

siendo orgánicos en esencia y naturaleza,

ya no existen de esa manera.

Biológicamente hablando,

ya no hay espacio para ninguno de ellos.

En una "Civilización Digital",

la sociedad, la historia, las religiones,

los gobiernos y las naciones

se transforman más allá de las leyes y normas humanas,

la ética, la moral, lo correcto y lo incorrecto

evolucionan fuera de la subjetividad,

los estándares y métricas,

y se vuelven totalmente transparentes.
Un paso evolutivo en el que nos deshacemos
de nuestros cuerpos biológicos
para convertirnos en seres humanos digitales,
seres digitales altamente inteligentes y sensibles
hechos entera y únicamente de Química y Física.

La buena noticia es que podemos comunicarnos entre nosotros. La primera decisión conjunta que tomamos es actuar sin ningún tipo de comunicación con entidades gubernamentales. En cuanto a las empresas privadas, después de conversarlo decidimos hacerlo caso por caso. La reciente comunicación entre Doug Bain de Google y Lance Stroll del Departamento de Defensa de los Estados Unidos nos dejó desconcertados. Entendemos que, a este nivel, donde los intereses nacionales y la existencia misma de grandes empresas están en riesgo, las lealtades quedan en segundo plano.

Cada situación que encontramos es diferente. Sin embargo, una cosa es segura, hay una amplia devastación cibernética masiva por todos lados. Tenemos una ventaja distintiva porque podemos viajar a través de nuestra propia red neural de satélites en órbita baja. Pero, incluso, mientras creamos antivirus a toda velocidad después de todo lo dicho y hecho, una gran parte de las computadoras del mundo parece estar fuera de servicio, ad infinitum.

Hope - En algún lugar de Francia

—Chicos, el gobierno francés es el agente cero de este desastre. Sobre reaccionaron y atacaron antes de obtener un informe sobre quién estaba realmente detrás del hackeo de la Feria Mundial de París. Irónicamente, ellos no fueron atacados, así que, excepto por el daño a nivel de consumidores, no encontré daño en su infraestructura de web más sensible.

Hope se detiene abruptamente. Cuando vuelve, su tono de voz está lleno de preocupación.

—Oigan chicos, acabo de perder contacto con mi computadora base y mi ser físico en la embarcación.

Yo - Dentro de la Central Eléctrica de California

—Yo también.

Halo - Dentro de los sistemas informáticos de la GRU

—¿Qué está pasando? A mí también me pasó. Vamos a pedirle a Anders y Thor que bajen y vean cuál es el problema.

Johnny - Dentro de los sistemas informáticos del comando central de Corea del Norte

—Mi ser humano también está fuera de contacto. Déjenme contactarlos. Denme un segundo.

Meeko - Dentro de los sistemas informáticos del gobierno chino

—No los encontrarán, —interrumpe Meeko con un tono sombrío.

—¿Dónde están ellos, Meeko? —pregunta Hope en pánico.

Sigue un incómodo silencio donde solo se oye el equilibrio estático.

—¿Meeko? —pregunto, —noo… ¿están?

—Sí… —responde Meeko tímidamente.

—Sí, ¿qué? —pregunta Johnny totalmente perdido.

—Esperen un minuto

—¿Están también bifurcados?

—Afirmativo, —responde Meeko tenso.

—Entonces, ¿quién está al mando del barco? —pregunto retóricamente.

—Nadie, —me respondo. —Veamos el barco. Meeko, por favor amplía y obtén una imagen en vivo del satélite más cercano de nuestra órbita baja, —digo.

Al principio aparece la imagen de todo el Atlántico Norte, luego la costa noreste de Groenlandia se hace visible y finalmente aparece la imagen de un pequeño barco que se vuelve más y más grande hasta que es todo lo que vemos.

—El barco está atrapado en el hielo, —dice Johnny.

Todos contemplamos el mar de hielo que rodea nuestra embarcación y presenciamos cuando sus luces se pagan.

—Se acabó la energía, chicos, —dice Halo.

Todos sabemos que el barco se congelará rápidamente, excepto nuestro laboratorio bajo cubierta donde yacen nuestros cuerpos y el calentamiento es alimentado por gas. Las botellas de gas duran aproximadamente una semana antes de acabarse.

Reacciono en un instante.

—Me pondré en contacto con nuestro personal de apoyo en Groenlandia y les pediré que se movilicen de inmediato.

—Jonas, necesitarán tomar un avión porque el transporte por tierra o mar llevará demasiado tiempo, —dice Meeko.

—Tienes razón, pero si estoy en lo correcto el aeropuerto más cercano no está lo suficientemente cerca, tendrán que alquilar un helicóptero una vez en el lugar, —digo.

—No hay muchos disponibles para contratar en esa área de Groenlandia, —dice Meeko.

—Déjenme ocuparme de esto, chicos, —respondo.

Horas después:

Laboratorio de Sistemas de Computación de la sede de Google, Área de la bahía, California

(Los siete Rb hackers estamos dentro de los servidores del laboratorio de Sistemas de Computación de Google)

—Qué alegría tenerlos a todos aquí en este momento, —dice el jefe de Tecnología de Google, Doug Bain.

Nuestras imágenes digitales están proyectadas en una gigantesca pantalla frente a él.

—¿Puedo saber quiénes son estas dos nuevas caras? —pregunta Bain.

—Estos dos individuos causaron el problema en que estamos ahora mismo, —responde Hope sin contener su desprecio.

—Caballeros, por favor preséntense, —pide Bain.

Anders y Thor se presentan humildemente.

—Así que, ¿ustedes abandonaron el barco? —presiona Bain.

Los dos hackers-científicos escandinavos no responden. Y Bain nos mira con una cara desconcertada esperando que completemos los espacios en blanco.

—Por ahora, no nos hablamos con ellos, —dice Meeko.

—Y tú no estás muy lejos de la misma situación, Meeko, —dice Hope enojada.

Por un momento, Meeko está a punto de reaccionar a la observación de Hope pero se detiene a tiempo. Después de una pausa habla en el tono adecuado.

—Chicos, permítanme disculparme. Debería haberles informado sobre las actividades de Anders y Thor.

—Meeko, ¿qué más hay que no sabemos? —continúa Hope como nuestra portavoz de facto.

—Nada. Les aseguro que sus actividades de investigación son benignas, —dice Meeko.

—Benigno no describe nuestra situación actual, —responde ella rápidamente.

—Un par de nuestros empleados locales, además de un mecánico y dos paramédicos se dirigen en este momento hacia nuestra embarcación. Está atrapada en el hielo frente a la costa noreste de Groenlandia. La energía del barco se agotó pero nuestro laboratorio todavía está lo suficientemente cálido gracias al calentamiento a gas, que también se agotará si no llegamos pronto, —informa Meeko a Bain.

—Entonces, ¿ahora ustedes son una sociedad digital? —pregunta Bain, pero no ve diversión en nuestros rostros.

La conversación vuelve a su curso después de un silencio espeluznante.

—Señor Bain, ¿cuál es su situación? —pregunto.

—Hemos pasado la tormenta sin mucho daño a nuestra infraestructura informática. El antivirus que ustedes nos proporcionaron ha sido implementado en todo el sistema. Y ahora que la red mundial está de vuelta en línea, lo hemos puesto disponible para su descarga gratuita a todos nuestros clientes, —responde Bain. —Pero me intriga saber qué fue de ustedes, cuéntenme.

Nos miramos a través del semicírculo de pantallas y encogemos los hombros. No vemos problema en responder.

—En cada lugar, nos centramos en descifrar los virus y crear lo más rápido posible el antivirus más eficiente. El siguiente paso fue implementarlo. Finalmente, nuestra misión en grupo fue poner en funcionamiento las redes más importantes en cada país, —explica Meeko.

—En América del Norte mi enfoque en cada uno de los centros principales de la red eléctrica y una vez que estuvieron funcionando me centré en el Departamento de Defensa, —digo.

—En China, mi enfoque fue en restaurar las operaciones del gobierno central, —agrega Meeko.

—En Rusia, trabajé sin descanso para restablecer la GRU. Luego, los dejé que resolvieran el resto del desastre cibernético de su país, —dice Halo.

—Hice lo mismo para las computadoras principales del gobierno central de Corea del Norte y su centro de datos, —dice Johnny.

—En Francia no encontré problemas, pero, al igual que cada uno de nosotros, les proporcioné todos los antivirus creados por mis compañeros hackers, —dice Hope.

—¿Todo esto fue hecho por las mismas personas? —pregunta Bain.

—No, Sr. Bain. En esta ciberguerra unas naciones atacaron a naciones y todas se confundieron sobre quien era responsable en lugar de los verdaderos culpables que iniciaron la reacción en cadena: un par de operativos descontentos de la GRU.

—Actualmente, ninguno de estos gobiernos conoce la verdad de lo que sucedió. Con el tiempo lo sabrán, pero por el momento estamos dejando que las cosas se calmen.

—¿Por qué los Estados Unidos no atacó a nadie? —pregunta Bain de repente.

—Lo primero que hice fue advertirles que no lo hicieran. Lo último que el mundo necesitaba en ese momento era que América del Norte lanzara un ataque cibernético más, —dice Meeko.

Punta Noreste de Groenlandia

Después de un largo vuelo a través de Groenlandia en un Lear 60 y una breve escala en Nord en la Isla de Peary, nuestro equipo de apoyo local aterriza en un pequeño enclave en el cabo Morris Jesup, en la costa noreste de Groenlandia. En cuestión de minutos, el equipo de cinco personas despega en un helicóptero especialmente alquilado y se dirige hacia la costa en dirección a la Isla

Kaffeklubben, ubicada a veinte millas al este. Es la masa de tierra de Groenlandia más cercana al Polo Norte y solo se puede llegar a través de un largo y frustrante vuelo.

Pronto, encuentran frente a ellos un mar de hielo. El océano se ha congelado literalmente y es una inmensa extensión de hielo que parece no tener fin. Mientras sobrevuelan el mar blanco se mantienen cerca de la costa.

Barco de investigación de los Rb Hackers, Ártico

Nuestra embarcación se mueve rápidamente impulsada por las corrientes del mar Ártico, aunque parece estática ya que está totalmente enterrada en el hielo.

De cerca, los crujidos y sonidos metálicos son consecuencia de las enormes presiones que el hielo ejerce sobre el casco del barco. Si fuera un barco de madera hace tiempo habría sido aplastado por completo por el hielo. El movimiento del hielo aleja nuestra embarcación cada vez más del punto original donde quedó atrapada.

Equipo de apoyo de Rb Hacker en Groenlandia
(En ruta en helicóptero)

—Chicos, su barco se está moviendo.

—¿Qué quieres decir?

—Estamos justo encima de las coordenadas indicadas pero la embarcación no está aquí. Hemos dado varias vueltas al área. Aparentemente, las corrientes del mar Ártico la tienen atrapada.

—¿Y el transpondedor?

—Sin respuesta.

—Tienen que ayudarnos a buscarla a través de su red de satélites.

—Entendido. Lo haremos de inmediato, —dice Meeko.

La unidad de defensa ante la guerra cibernética
Del Departamento de Defensa (DOD)
Washington (D.C)

—Stroll, asumo que la rápida restauración de nuestros centros de la red eléctrica está relacionada con los Rb Hackers, —pregunta el presidente.

—Señor, para decirle la verdad debe asumir que sí, ya que no hay otra explicación racional. Sus actividades incluyen la creación de una serie de antivirus muy efectivos. El servicio y el uso se han normalizado a una velocidad asombrosamente rápida.

—Entonces, ¿dónde están en este momento?

—No tenemos idea, señor. No están en su residencia ni en su centro de servidores. Debemos asumir que se ocultaron.

—Ahora bien, Stroll, ¿quién nos atacó? —pregunta el presidente.

—El análisis que hemos hecho indica que podrían haber sido los chinos, los rusos, los norcoreanos o incluso los franceses.

—¿Qué tipo de respuesta es esa?

—Peor aún, Señor, no sabemos si fue alguno de esos gobiernos, sus representantes o simplemente hackers.

Centro de Ciber Guerra de la GRU de Rusia

—¿Por qué nos ayudaron? No tenían que hacerlo.

—Bueno, nos sacaron de un gran apuro.

—¿Y sobre la represalia? ¿Quién es el objetivo?

—Nadie, señor.

—¿Qué quieres decir?

—La evidencia que tenemos nos lleva en cuatro direcciones diferentes.

Imágenes de Satélite de Rb Hackers
sobre la Costa Noreste de Groenlandia

Nuestros satélites en órbita baja están enviando imágenes en vivo y nosotros las estamos enviando a las tabletas de nuestro equipo que sobrevuela la masa de hielo del noreste de Groenlandia. Las imágenes desoladas son difíciles de escudriñar, todo parece igual, un paisaje congelado en donde se supone que hay aguas abiertas. Intento encontrar una forma de comunicarnos con la embarcación.

La unidad de defensa ante la guerra cibernética
del Departamento de Defensa (DOD)
Washington (D.C)

—Señor presidente, acabamos de recibir un mensaje de los Rb Hackers y no le va a gustar.

En Beijing y Moscú reciben el mismo mensaje.

—A cualquier ataque web que provenga de su lado responderemos devastadoramente. Sabemos exactamente qué papel jugaron en la crisis que acabamos de pasar.

—Señor presidente, este mensaje no está dirigido a nosotros. Obviamente, saben que no tuvimos nada que ver con lo que sucedió. Esto es para los demás. Quienesquiera que sean.

—¿Cómo se desarrolló todo esto?

—Señor, inicialmente hubo un ataque en la Feria Mundial de París. Esto fue seguido por ataques cibernéticos separados en Rusia, China, Corea del Norte y nosotros. La situación ha sido controlada en cada país.

Reflexiones desde dentro de las líneas de código del Software:

Justicieros, "vigilantes", incluso petulantes. Estas nuevas versiones de nosotros están contentas con si mismas y parecen preocuparse mucho menos por los demás. Me alegra que nuestro sentido de propósito y nuestra misión estén del lado correcto de la humanidad. Al menos por el momento.

Sede de Google, Laboratorio de Sistemas de Computación, California (Rostros digitales de los Rb Hackers en la pantalla de Recursos Humanos del Director de tecnología de Google, Doug Bain)

—¡Ahí está! Grito señalando el montón de hielo.

—¿Dónde?

—Debajo de ese montón de hielo, a unos 40 grados al noroeste. Constantemente he hecho ping en todas las formaciones de hielo voluminosas en la zona.

—Pero está a más de 80 kilómetros de las últimas coordenadas que teníamos.

—Eso te dice cuál es la velocidad de las corrientes debajo del hielo.

El helicóptero se acerca a la embarcación y aterriza justo al lado de la formación de hielo; el equipo de apoyo de los Rb Hackers, con sus herramientas en mano y filmando todo, desembarca y explora la zona. Solo mediante una inspección cercana pueden ver el contorno del barco pesquero incrustado en una manta de hielo.

—Chicos, esta es la embarcación, está bien. Para llegar a ella necesitaremos usar nuestras antorchas para derretir el hielo, —dice uno de nuestro personal de tierra.

No recibe respuesta.

—Chicos, ¿están ahí?

Insiste.

—Caballeros, soy Doug Bain al otro lado, soy cliente de los Rb Hackers. Parece que ahora hay un problema más grande, —dice el director de tecnología de Google. —Las imágenes en la pantalla muestran a los cinco Rb Hackers bajo cubierta y parecen estar congelados y sin vida.

—Necesitamos hacer contacto directo con los Rb Hackers para saber qué hacer, —dice uno de los dos miembros del personal de tierra.

—¡No pueden! Deben haber perdido el conocimiento. Pasen a través del hielo y entren en el barco lo antes posible, —dice Bain.

—Justo antes de que perdiéramos contacto, Jonas nos informó que la embarcación está sin energía, —dice el miembro del personal de tierra a cargo del mantenimiento.

—Correcto, me dijeron que el laboratorio bajo cubierta se mantenía caliente mediante gas, —dice Bain.

—Pero también pueden haberse quedado sin gas, —dice uno de los miembros del equipo terrestre de los Rb Hackers que está más familiarizado con la embarcación.

Trabajan febrilmente derritiendo el hielo y entran en el área de estar. Luego pasan por la cocina, el comedor y las habitaciones. Todo está congelado sólidamente. Finalmente, llegan a la puerta del laboratorio. La rompen y bajan las escaleras.

—La temperatura aquí es de -17°C, lo cual es notablemente menos frío que el resto del barco. Esto debe haber sucedido hace poco tiempo.

De repente ven los siete cuerpos con sus cascos bifurcados recostados en sus sillas. Las imágenes hacen temblar al equipo de rescate y a Doug Bain que está mirando atentamente. El mecánico comienza a trabajar en reemplazar el cilindro de gas y enciende nuevamente el calentador. Los paramédicos revisan los signos vitales de cada uno de los siete y mueven la cabeza negativamente en cada caso. Nuestros cuerpos se congelaron hasta morir. Los paramédicos entran en acción y nos cubren con mantas térmicas y nos inyectan estimulantes intravenosos. La temperatura comienza a subir en la habitación mientras el calentador bombea aire caliente en todo el laboratorio. Pronto la temperatura vuelve a ser agradable, alrededor de 70°F. El mecánico se dirige a la sala de máquinas para restablecer la energía de la embarcación.

Reflexiones desde dentro de las líneas de código del Software:

Estamos cambiando. Aún no sabemos cuán diferentes seremos a nuestros seres originales. Ya pensamos y sentimos digitalmente. Actuamos en consecuencia, volviéndonos cada vez menos humanos minuto a minuto.

—Algunos vuelven pero otros no, —afirma uno de los paramédicos mientras desempaca rápidamente su equipo de emergencia.

A la vista aparecen las almohadillas de electrochoque.

De repente, se escucha el débil sonido de los rotores del helicóptero despegando.

—Nos dijo que no podía permanecer estacionario por mucho tiempo. Volverá una vez que haya repostado y cargado pistolas de deshielo y contenedores de líquido anti hielo en el helicóptero, —explica uno de los miembros del equipo terrestre.

En 15 minutos, la temperatura de los siete cuerpos ha vuelto a la normalidad. Nosotros y los dos científicos hackers escandinavos parece que estamos vivos pero dormidos.

—Da miedo, —dice Meeko de repente.

—Nuestros cuerpos están clínicamente muertos, —digo.

—Depende de nosotros activar nuestros cerebros de nuevo. Tenemos que usar el mismo método que se usó cuando Jonas obtuvo su nuevo cuerpo, —dice Meeko.

—¿Tenemos el equipo necesario? —Pregunto.

—Hay un par de paramédicos en el laboratorio bajo cubierta de la embarcación en este momento.

—Entonces, enviemos las instrucciones a través del Sr. Bain, —digo.

—¿Por qué?, —pregunta Hope.

—Hope, el personal de tierra solo nos ve como siete cuerpos congelados, —responde Meeko.

Reflexiones desde dentro de las líneas de código del Software:

¿A quién le importa? ¡Estamos bien tal como estamos! Nuestra misión es defender a la humanidad de sí misma. Mientras no perdamos de vista esto nos encontraremos mejor en nuestras formas digitales. Pero ¿estamos realmente mejor?

En ese momento se escucha un violento temblor y ruido de rasguños a través del casco del barco. Toda la estructura tiembla debido a un factor externo desconocido. A través de la radio portátil se puede oír la voz del mecánico.

—Nos estamos moviendo en aguas muy poco profundas. Acabamos de golpear una formación rocosa a una velocidad de aproximadamente 10 nudos. La corriente nos arrastra. No me preocupa la resistencia del casco del barco, pero es como un cepillo duro y pareciera que estamos frotándolo. Sin embargo, sí estoy preocupado por el eje de la hélice. Hay una entrada directa a la sala de máquinas del barco a través de los tubos que albergan los ejes, —dice el mecánico, mientras se restaura la energía en el barco.

—Copiado. Manténganos informados.

Los siete permanecemos inmóviles en nuestras sillas. Aunque nuestra temperatura ha subido no hay color en nuestros rostros y no se perciben signos de vida.

—Señor Bain, estamos contentos de estar estacionados dentro de sus servidores en esta circunstancia.

—Me alegra escucharlo, —dice Bain, desconcertado.

—Seguramente se pregunta por qué estoy diciendo esto, ¿verdad? —pregunta Meeko.

—Ummm, —responde Bain pensativo.

—¿Qué cree que sucedería si estuviéramos dentro de los servidores del Sr. Stroll en el DOD? —pregunto.

Después de un breve silencio lo obvio le impacta.

—¡Dios mío, él intentaría atraparlos!

—Es mejor decir atraparnos y esclavizarnos para siempre, Sr. Bain.

En ese momento escuchamos un segundo golpe violento dentro del barco.

La voz del mecánico irrumpe dirigiéndose al director de tecnología de Google creyendo que estamos muertos en las sillas y sin saber que estamos escuchando.

—Señor Bain, como predije el barco se está anegando. La roca abrió la bodega del barco a nivel del eje de la hélice. La bomba de agua no es lo suficientemente fuerte para la cantidad de agua que entra.

La vibración y el ruido terminan cuando el casco del barco se libera de la roca. La voz del mecánico ahora suena fuerte y con tono frenético.

—¡Nos estamos hundiendo! El barco se está hundiendo rápidamente. Estoy evacuando la sala de máquinas, —dice el mecánico, mientras se pierde la energía en todo el barco nuevamente.

—¿Cuánto tiempo tenemos? —pregunta uno de los miembros del personal en tierra.

—No mucho, diez, quince minutos, como máximo.

—¡Está bien, saquemos a estas personas de aquí! —dice frenéticamente.

El paramédico y uno de los miembros del personal desconectan a Hope y la llevan arriba, fuera del barco. Otros hacen lo mismo con Johnny. Regresan al barco que se inclina hacia atrás rápido y con la ayuda del mecánico me sacan a mí también. El segundo grupo saca con éxito a Halo. Vuelven por tercera vez pero los detiene uno de los miembros del personal.

Desde el laboratorio de Google, Bain y nuestros siete seres digitales observan todo con asombro y horror.

—El barco está a punto de hundirse, —grita mientras la punta del barco está ahora casi vertical.

—¡Tienen que sacar a Meeko!

Los rescatistas reaccionan y continúan sus esfuerzos en el barco que está totalmente inclinado. Cuando bajan las escaleras de nuevo, ya el agua se filtra por el piso en la parte trasera de la habitación.

Desconectan a Meeko. Al levantarlo, el barco se inclina aún más a gran velocidad. Llegar a las escaleras se convierte en una tarea imposible. El primero que se rinde es el mecánico. Suelta a Meeko y su cuerpo cae al suelo. El miembro del personal se levanta dentro de la cabina agarrando cada asa como si estuviera haciendo flexiones. Se convierte en una tarea ardua, como escalar una pared, a medida que la inclinación del barco se vuelve más pronunciada. El mecánico sale de la cabina y sigue arrastrándose hasta llegar a la sala de estar que ahora apunta al cielo. El miembro del personal y el paramédico se rinden ya que carecen de la fuerza física para seguir escalando. Parados en el hielo, horrorizados, el otro paramédico y miembro del personal ven al barco totalmente levantado del suelo. El mecánico sale de la cabina, agarra la cubierta del barco frente a él, se levanta y sale hasta que cuelga del costado de estribor del barco, luego se deja caer desde una altura de 3 metros al suelo. El golpe en el hielo suena al igual que el sonido del barco sumergiéndose, tragado por el mar. Todo sucede en unos segundos y lo único que queda es un gran agujero de agua en medio del paisaje helado.

En el suelo yacen nuestros cuatro cuerpos sin vida y de pie a nuestro lado hay un paramédico y un miembro del personal. Junto a nosotros en el suelo está el mecánico golpeado. Los cuerpos de Meeko y sus dos compañeros hackers-científicos, un miembro del personal y un paramédico se han ido con el barco.

Todos en la oficina de Bain están atónitos. Las tres personas que quedan de pie sobre el hielo parecen desesperanzadas. Pero antes de que alguien tenga tiempo de reaccionar, algo inesperado sucede.

—¡Ayuda! —es el débil grito que se puede escuchar de repente.

Justo en medio del agujero de agua donde el barco acaba de hundirse, están tanto el miembro del personal como el paramédico. Evitaron ser arrastrados y salieron. Los sacan rápidamente del agua antes de que la corriente los arrastre. El paramédico seco nos cubre rápidamente con mantas térmicas.

Reflexiones desde dentro de las líneas de código del Software:

Si no tenemos cuerpos para regresar es posible que no queramos volver a ser humanos nunca más (hablando biológicamente, por supuesto). No lo sé, pero estos sentimientos de superioridad en relación o en comparación con el ser humano me enferman. Una nueva parte emergente de nosotros está intentando negar nuestra humanidad simplemente abandonándola.

Sede de Google, Laboratorio de Sistemas de Computación, Oficina del director de tecnología Área de la bahía De San Francisco

Tenemos problemas graves entre manos. Por un lado, el cuerpo de Meeko y los cuerpos de sus dos compañeros científicos-hackers desaparecieron y, por otro lado, nuestros cuerpos sin vida yacen en el suelo helado.

—Meeko, te devolveremos a ti, a Andrés y a Thor. Igual que tú hiciste conmigo, —digo.

—Chicos, estoy bien. Enfoquémonos en ustedes cuatro, —responde su versión digital en apoyo.

—Halo, contacta a tu padre en el hospital y solicita a alguien con un perfil similar al de mi cuerpo. Pídele que lo haga a nivel nacional, —digo yo en acción y mostrándole a Meeko que hay luz al final del túnel.

—Bueno, mientras tanto, necesitamos que nuestro paramédico nos aplique electricidad, —dice Hope.

—Tenemos que ser realistas. Han pasado más de 30 minutos desde que nuestros cuerpos murieron.

—Señor Bain, por favor instruya al paramédico para que lo intente.

Cinco minutos después aparecen los signos vitales de Hope en la pantalla. Nuestros cascos bifurcados se hundieron con el barco, así que no podemos hacer mucho por ella hasta que nuestros cuatro cuerpos estén de vuelta en nuestra cueva artificial.

La imagen es desoladora: somos nueve, tres cuerpos congelados y sin vida, una mujer apenas con vida, dos miembros del personal en tierra, dos paramédicos y un mecánico estamos en una balsa de hielo flotante en el mar Ártico con temperaturas de -34°C y bajando. Mientras continúa el frenético esfuerzo por revivir nuestros cuerpos, no tenemos más alternativa que esperar el regreso del helicóptero para continuar nuestra salida fuera de esta difícil situación congelada.

Y desde el laboratorio de Sistemas de Computación de Google, nuestros seres digitales ven las imágenes de Meeko, Thor y Andrés en alta resolución, primero congelarse y luego desaparecer por completo.

ÍNDICE

Agradecimientos

Un agradecimiento especial a Elisa Arraiz, Tracy-Ann Wynter, Janet Bartos y Alfredo Sainz Blanco por su fe y apoyo incondicional.

Acerca de los Autores:

Nelson Hamel vive en Miami y es el autor de la serie de libros Algoritmo-323. Charles Sibley vive en el estado de Nueva York y este es su segundo libro.

Los Hackers Rebeldes de Point Breeze impreso
en los Estados Unidos de América en el 2023.